姑娘這回要使壞 2

文創風 1281

菱昭 著

目錄

第十一章

沈雲商醒來時，已經是次日。雪在半夜停了，但樹梢枝頭還是染上一層白。
她睜開眼望著紗帳半晌，記憶才逐漸清晰。
精壯的腰腹、溫熱又冰涼的胸膛、凸出的喉結、唇舌的糾纏……
沈雲商重重閉上眼，拉過被子將自己蓋住。
她好像將裴行昭啃遍了……啊，丟死人了！
半晌後，被子被輕輕拉下，那雙流轉的眸中帶著幾分嬌羞和星光。
好像……裴行昭的身材真的很不錯呢。
突然，她似乎又想起了什麼，臉倏地漲紅，將自己再次埋入被中，並翻滾了幾圈。
她好像、似乎、大概碰到了他的……
大約是太過羞恥，她整個人都紅透了。
這時，門被輕輕推開，傳來玉薇的聲音。
「小姐醒了？」
沈雲商仍舊藏在被中，悶悶地答了聲。
玉薇上前盯著那團鼓起的被子看了片刻後，得出結論。「小姐害羞了？」

沈雲商猛地拉下被子，瞪著玉薇。「沒有！」然而通紅的臉頰卻出賣了她。

玉薇抿唇忍下笑意，道：「昨日，是準姑爺抱著小姐一起泡的冷水——」

「不准說了！」沈雲商抬手將一個枕頭扔出去，威脅道。

玉薇見她確實羞赧得厲害，便沒再打趣，撿起枕頭拍了拍，放回床上道：「小姐，該起身用早飯了。」

沈雲商眼神一暗。「不去！」她不想見到趙承北，怕自己忍不住動了手。

玉薇似乎猜到了她的想法，道：「崔公子他們已經離開了。」

沈雲商一愣，抬眸。「離開了？」

「嗯，今日天還沒亮，崔公子就出了莊子，之後二皇子和公主也跟著前後離開。聽管事說，臉色都不怎麼好，似乎是鬧了什麼矛盾。」

沈雲商怔了一會兒後，這才坐起身。

大約是崔九珩猜到昨日的事是趙承北做的了，依他的性子肯定無法容忍。那一次在得知她和裴行昭退婚並非是受利誘而是被威脅後，他跟趙承北冷戰了幾個月。

最後是為何和好的，她就不清楚了。

沈雲商漱洗穿戴整齊後，便往飯廳走去，一進飯廳，就看到已坐在桌前等她的裴行昭。

沈雲商腳步一滯，下意識轉頭想溜，但那人已經抬眸看了過來，並猜到了她的想法，先一步開口。

「過來。」
尋常不過的兩個字，卻讓沈雲商又紅了臉。
昨日那低沈的聲音似乎仍迴響在耳畔——
「商商，別動了……」
「商商，張嘴！」
「商商，放手，乖……」
「聽話，別碰這裡……」
沈雲商越想整個人越發燙，甚至已不敢抬頭去看裴行昭。
她很想轉身就跑，但腳又好像是被黏在地上一般，動彈不得。
直到她聽到叮叮噹噹的聲音，才趕緊抬起頭，卻剛好撞進裴行昭似笑非笑的眼中。
他彎腰靠近她，低聲道：「怎麼了，想起什麼了？害羞了？」
玉薇在裴行昭起身時就已經悄悄退出飯廳，並帶走原本在這裡伺候的下人。
沈雲商抿著唇，緋紅著臉否認。「沒有！」什麼都沒想起來，也沒有害羞！
「是嗎？」裴行昭又靠近一分，抬手戳了戳她的臉。「可妳的臉都快要熟了。」
沈雲商慌忙往後退。
裴行昭卻突然逼近，一掌握在她腰間，將她帶進他的懷中，低笑道：「跑什麼？昨日妳可不是這樣對我的。昨日妳恨不得將我剝乾淨……嗯……」

眼見他要翻舊帳，沈雲商情急之下伸手捂住他的嘴，眼珠飛快地轉動著，威脅道：「你閉嘴，不許再說話！」

雙頰緋紅，語帶羞赧，她的威脅不僅沒有半分用，反而更加誘人。

裴行昭本來只想逗逗她，可見她這番模樣，難免就生出別的念頭。

他伸手捏住她的手腕，將她的手挪開，俯身而下，唇落在她的耳畔，嗓音低沈地道：「為什麼不許我說話？昨日妳占了我許多便宜，還不許我討回來了？」

溫熱的氣息灑在耳畔，酥酥麻麻的，讓沈雲商的身子都不由得軟了幾分，可還不待她平復，耳尖就被人輕輕含著了。

她渾身一軟，下意識地顫了顫。

而她的反應讓裴行昭越發難以抽身，他緊緊將她按在懷中，唇從耳尖落在側臉，最後穩穩地貼在那柔軟的唇上，撬開了她的唇齒，溫柔中又帶著幾分勢不可擋。

不知是不是經歷了昨日那一遭，沈雲商如今的身子格外敏感，被如此對待，她竟一時忘了掙扎，反而不自覺地閉上眼，沈淪其中。

「哎呀哎呀，我的天啊！」

突然一道驚呼聲傳來，沈雲商猛地清醒，忐忑不定地推開裴行昭。

「青天白日的，你們這是在做甚啊！」白燕堂一手捂住一隻眼，另一隻眼卻睜得老大，裡頭還帶著興奮的光。「這可是飯廳啊，還有人呢，簡直是有辱斯文！」

裴行昭陰沈沈地抬眸看著白燕堂。他怎麼還沒走？
白燕堂恍若不知道自己被嫌棄了，逕自走進去，走向飯桌。「嘖嘖，菜都要涼了，你們不吃嗎？不吃我先吃了。」
沈雲商本已經羞得無地自容，被他這一鬧，乾脆破罐子破摔地默默走到桌前。路過裴行昭時，還狠狠踩了他一腳。
裴行昭痛得齜牙咧嘴。「嘶……沈小商妳謀殺親夫啊！」
不等沈雲商開口，白燕堂便認真地糾正道：「還沒成親，算哪門子夫君？我是看在你昨日……受苦的分上，不跟你計較，要是再被我撞見你欺負雲商妹妹，我打斷你的狗腿。」
沈雲商一愣，問道：「受什麼苦？」
裴行昭身子一僵，飛快坐到她旁邊，瞪了眼白燕堂。「將妳從寒洞中抱回來的苦。好了，還吃不吃了？食不言，寢不語知道嗎？」
白燕堂壓了壓唇角的笑意，默默地拿起碗筷。
沈雲商看著掩飾意味十足的裴行昭，福至心靈般突然就悟到了什麼，面頰驀地一熱，趕緊低下頭，哪敢再繼續追問。
一頓飯果真用得安靜至極。
吃飽了，白燕堂起身道：「我先回城了，你們慢慢回。不著急啊，現在沒人打擾你們了。」說完頭也不回的離開，飯廳內便只剩二人。

氣氛突然就變得詭異了起來。
沈雲商正在思忖著如何開口更加自然、不尷尬時，裴行昭便靠了過來。
裴行昭賊兮兮地道：「商商，我們繼續啊！」
繼續什麼，不言而喻。
沈雲商回頭盯著裴行昭，從牙縫裡擠出一個字。「滾！」
「好咧！」裴行昭的笑容更加燦爛，彎腰一把抱起沈雲商就往外走。
沈雲商氣得一巴掌拍在他肩上。「你幹什麼？放我下來！」
「妳不是叫我滾嗎？」
「沒叫你帶上我！」
「那可不成，有裴行昭的地方，就得有沈雲商，要滾，我們也得一起滾。」
裴行昭說繼續，果真是繼續。
他不由分說地將人抱進屋裡，在裡頭鬧了近半個時辰，才心滿意足地放過沈雲商。
當然，他並不會動真格，頂多就是如他所說，將昨日沈雲商占的便宜都討了回來。
但他其實也沒討到什麼好，身上被沈雲商抓出了幾道紅印子。
「嘶……妳是貓變的嗎？爪子這麼利。」裴行昭一邊整理衣裳，一邊控訴道。
沈雲商坐在床上狠狠瞪著他，似乎氣不過，還將床邊的繡花鞋扔了過去。
裴行昭輕而易舉地就接在手裡，吊兒郎當地走過去。「怎麼，還想繼續啊？」

沈雲商下意識地往後縮了縮。雖然她知道他並不會真的把她如何，但光是那些她就有些承受不住了。

得不到，也是一種折磨。

裴行昭俯身看著她片刻後，勾唇一笑，半跪在床邊，伸手捏住她的小腿，在沈雲商要掙脫前開口道：「幸好，妳沒有事。」

沈雲商動作一滯，停止了掙扎。

這一瞬的裴行昭，褪去了浪蕩，正經得有些悲傷。

「昨天嚇壞了吧？」裴行昭邊給她穿上鞋，邊抬眸輕聲問。

那雙桃花眼裡盛著萬千柔情，沈雲商不由得心尖一顫，下意識點頭。「嗯。」其實說嚇著倒也沒有，頂多只是害怕裴行昭不能及時找到她。「對了，你是怎麼找到我的？」

「楓林中有陣法，我破了陣，順著你們走過的痕跡找到的。」裴行昭似是突然想到什麼，為她穿鞋的動作一頓。

楓林的殉方陣是殘陣，她知道以裴行昭的本事能夠闖破，才敢孤注一擲地走進陷阱。

「怎麼了？」

裴行昭微微皺著眉，似是自言自語，又似是回答沈雲商的話。「但他們……怎麼會殉方陣？」

沈雲商眼睫一顫，面上掠過一絲驚詫。他怎麼知道殉方陣？

母親不是說過，她有可能是最後一代傳人嗎？

沈雲商壓下心尖的驚愕和疑惑，狀似隨意地問道：「殉方陣，是什麼？」

裴行昭提起她另一只繡花鞋，並沒有發現沈雲商那一瞬的不自然，只隨口答道：「殉方陣是玄嵩帝自創的陣法，曾在戰場上用此陣贏過不少次險戰。」

玄嵩帝？沈雲商微微皺起眉頭。

玄嵩帝她倒是知道，但了解得並不多，因為她出生時，玄嵩帝早就不在人世了，只是偶爾在茶樓聽人提起過，說玄嵩帝用兵如神，曾是南鄴的戰神，也是南鄴的定海神針。

若此陣是他自創的，那她……是他的傳人?!

「此陣只有玄嵩帝會嗎？」沈雲商強力按下心中的震撼，聲音卻仍舊微微發顫。

裴行昭想了想，搖頭。「不是。玄嵩帝在世時將此陣教給不少人，不過後來很多人都沒能掌握其精髓，逐漸的就失傳了。」

沈雲商心中難掩澎湃。所以這麼算起來，不管母親教她的殉方陣是從玄嵩帝哪一位弟子手中傳下來的，她都算是玄嵩帝的傳人。

「不過……」

「不過什麼？」沈雲商略急道。

裴行昭站起身，坐到她身側，道：「但我覺得，趙承北不應該會才是。」

沈雲商不解。「為何？」

裴行昭見她感興趣，便將自己知道的娓娓道來。「玄嵩帝是先帝的嫡兄，戰功赫赫，受南鄴百姓擁戴，在朝堂上亦是無人不服，他登基是所有人眾望所歸的；但是就在他登基不久後，卻不知因何突然禪位給他的胞弟，也就是先帝。

「民間對於此事有很多說法，有說是玄嵩帝功德圓滿，升天歸神位；有說是玄嵩帝遇世外高人指點，攜皇后與一雙子女隨其避世修行；也有說玄嵩帝在戰場上受了重傷，無力再稱帝，遂攜皇后、兒女歸隱山林。」

沈雲商越聽，眉頭皺得越緊。

若是沒有那三年的經歷，她或許還會信一些，但現在，這些傳聞在她聽來都假得離譜。

裴行昭也和她有一樣的見解。「但我覺得這些都不是真的。皇位的爭奪往往血流成河、殘忍至極，我不大信玄嵩帝是自願禪位的，若這其中真有什麼不為人知的秘密，那麼玄嵩帝便不可能將殉方陣教給先帝，趙承北就更不應該會此陣。」

沈雲商沈思了片刻，眼神微閃，道：「殉方陣若真如此厲害，你怎麼能闖出來？」

裴行昭輕嗤了聲，道：「因為這是殘陣，若是完整的，妳怕是見不到我了。」

「那就說得通了。」沈雲商眼神微亮道：「有沒有可能，正因為玄嵩帝不願意教給先帝，所以，趙承北會的才是殘陣，而非完整的陣法。」

裴行昭與她的想法不謀而合，若是這樣，那就正好應證了母親對她的囑咐，不得將所學本事外露，否則會引來殺身之禍。

這麼說來，母親防的人正是如今的皇家，而這也是趙承北用殉方陣來試探她的理由。

若是如此……沈雲商渾身的血液似乎在頃刻間凝固；若是如此，趙承北已經懷疑上她是玄嵩帝的傳人了。

他想將她收為己用，所以才會不惜用崔九珩的婚事來捆綁她。

裴行昭不知沈雲商此時內心是怎樣的驚濤駭浪，他反覆琢磨她的話後，雙掌一撫。「對啊，妳說的很有道理。殉方陣可是能殺敵萬千的，即便是天賦再不佳，也不能將殉方陣的威力降到如此地步，除非，這是偷學來的。」裴行昭說著，猛地一頓，若有所思道：「要真是這樣，那豈不是更加證明了當年玄嵩帝禪位一事有問題？」

要是有問題，也就是說，玄嵩帝跟先帝有仇，那麼他的一雙兒女跟如今的皇帝也有仇，若是能找到他的一雙兒女……

「你方才說，玄嵩帝帶著他的皇后和一雙兒女歸隱了？」沈雲商聽到這裡也似回過味來了，眼裡閃過一絲精光。

「歸不歸隱無人知曉，但消失了是真的。」裴行昭眯起眼道：「當年，玄嵩帝一家離開時，長公主早已經及笄，但小太子屬於老來子，年紀還很小，算起來……如今應該才二十左右。」

小太子……沈雲商腦中飛快地轉動著。

按照南鄴律例，小太子是玄嵩帝嫡出，該是第一順位登基之人，而如今龍椅上坐著的只是玄嵩帝的姪子、小太子的堂兄，若是小太子還活著……他才該是南鄴之主！

若是能找到他……

「他還活著嗎？」沈雲商帶著幾分激動地問道。

若是能找到這位，投入他的陣營，就有可能扳倒趙承北。

在昨日之前，她只想自保。

但經過昨日的事後，她便清楚，光自保還不夠，她得反擊，否則悲劇將會重演。

「呿！我怎麼知道？」裴行昭哪裡看不出她的想法，他伸手彈了彈她的額頭道：「雖然我也是這麼想的，但是咱們要認清現實，先不說那位小太子是不是還活著，就算還活著，他就一定想去爭那個位置嗎？萬一玄嵩帝當初就是不願意當皇帝才隱退的呢？」

「可是……」

「再退一萬步來說，即便我們方才的猜測是正確的，當年禪位一事確實有問題，當年小太子才幾歲，妳認為他有什麼本事在這十幾年裡籌謀好一切，回京報仇呢？」

至少在未來的三年裡，到趙承北登基，小太子都沒有出現過。

裴行昭的話猶如一盆涼水澆在沈雲商頭上，她頓時就蔫了。

確實，拋開一切不說，這個仇光聽起來就艱難無比，且未來三年，她都沒有聽過小太子的消息。

「再者，要是龍椅上那位真的心虛，他們必然會防範，怕是小太子還沒有冒頭，人就給暗中弄死了。」裴行昭繼續道。

通過昨日這件事他也想清楚了，他不僅需要足夠的力量來自保，還得想辦法將趙承北按死，不然，他們永無寧日。

但小太子這條路走不通，得換條路。

按照時間來算，抗雪災的物資應該有所進展，過不了多久，就能送到各處邊關了。

玄嵩帝在沈雲商心裡掀起了不小的風浪，以至於在回城的路上，她還在沈思。

倒不是想著那位下落不明的小太子，而是在想，那枚半月玉珮和白鶴當鋪會不會也和玄嵩帝有關？

若母親是玄嵩帝殉方陣的傳人，是不是也有可能知道當年玄嵩帝歸隱的真相？

不過現在這些問題她無法去問母親，得找一個恰當的時機才成。

而這個時機，必須在她見到那枚半月玉珮後，不然她無法解釋她的「先知」。

可要得到那枚半月玉珮，首先得……沈雲商不動聲色地看了眼一旁的裴行昭。

得成婚。

她出嫁，母親才會將玉珮給她。

原本裴、沈兩家約定的是在裴行昭及冠後再商議婚事，可離他及冠還有兩年。

不知為何，她總有種風雨欲來之感，也不知能不能等到兩年後？

「我好看嗎？」

眼前突然被一片陰影覆蓋，卻是裴行昭湊近調侃她。

彎起的桃花眼、高挺的鼻梁、白皙的膚色，毫無疑問，作為姑蘇三公子之首，他是極好看的。

姑蘇三公子的另外二人分別是白家嫡長子白燕堂、慕家嫡長子慕淮衣。

至於這是怎麼排的，很顯然，是論富有和容貌。

對於富有大家都沒有爭論，但在誰最好看上，白燕堂跟慕淮衣始終覺得這個排名不公，都認為自己應該位居榜首。

沈雲商記得，最後好像是三人打了一架，決出的勝負。

雖然白燕堂為此在沈雲商面前不平了很久，甚至還抬出了長幼有序來說事，但沈雲商私心還是認為這個排名很合理。在她心裡，眼前這個人確實是最好看的。

「好看。」沈雲商如實答完，便轉過了頭。

她這般正經的回答倒是讓裴行昭愣了愣，以往每次問她，她不都說白家表哥最好看的嗎？裴行昭不由得伸手在她額頭碰了碰，嘴裡還念叨著。「不燙啊，難道是昨日的藥效還沒清除乾淨？」

果然，有的人就不適合給他好臉。沈雲商凶道：「滾。」

裴行昭眨眨眼，退了回去。「好呢。」

各自安靜了半晌後，裴行昭又貼了過去，見沈雲商冷眼覷他，裴行昭立刻委屈兮兮地道：「我是想說，這次沒讓他們得逞，妳這段時日要小心些。我關心妳，妳瞪我做甚呢？」

「我知道，瞪你是因為你嘴賤。」

「要我找幾個人跟著妳嗎？除了綠楊，我院裡還有幾個好手，尤其是府中守庫房的那個，是一等一的高手，我將他給妳弄來。」說完正經事，裴行昭才道：「我哪裡嘴賤了？妳昨日不是嚐過了？明明很喜歡。」

「你又在打什麼壞主意？守庫房那位是不是礙著你什麼事了？你該不會想偷庫房吧？」沈雲商合理懷疑完，才又瞪著他道：「裴昭昭，昨天的事已成過去，你再說信不信我咬你！」

「誰想偷庫房了？妳別以小人之心，度君子之腹啊！」裴行昭義正辭嚴地道：「我明明只是擔心妳的安危。還有，發生了的事就是發生了，怎麼能成為過去？反正我可記得清楚了，這輩子都不會忘，妳咬我啊！來，給妳咬！」

沈雲商一把推開湊過來的臉，但身邊的人好像沒長骨頭般硬往她身上賴，推一下又彈回來。她給逗樂了，伸出雙手去推他。「裴小昭，你坐好！」

裴行昭捏住她的手腕就往自己懷裡帶。「怎麼坐好？這樣嗎？還是這樣？」他的手在她的癢癢肉上撫過。

很快地，馬車裡便傳出銀鈴般的笑聲。「裴……小昭，哈哈……你放……哈哈，放手。」

「怎麼放？放哪隻手？」

「哈哈……裴行行，我要去告……哈哈……告狀！」

「還敢告狀？沈小雲妳今天完了，妳要是不叫聲裴哥哥，我就不放過妳！」裴行昭翻身將人壓在身下，上下其手地撓她。

沈雲商手腳都被制住，動彈不得，只能任由他撒歡，實在被撓得受不住了，才不得不服軟求饒。「裴哥哥、裴哥哥……放了我吧？」

裴行昭果然停住了動作，但卻沒有放開她。

沈雲商平復好心緒望去，卻撞進一雙深情的桃花眼中，她短暫的愣怔後就意識到了什麼，急忙道：「這是在馬車上啊，你不許——」話還沒說完，唇就被堵住了。

沈雲商反抗不得，只能任由他將她按著啃。

這一次他溫柔得不像話，起初她還有心掙扎，逐漸的竟也不可控的開始回應。

趕車的小廝聽到這裡就趕緊找了一坨棉花，將自己的耳朵堵上了。

直到馬車入了城，臨近沈家時，馬車裡才再次傳來沈雲商的聲音——

「去白家。」

小廝忙摘下棉花，應道：「好咧！」

「去白家做甚？」裴行昭不解。

「告狀！」

裴行昭難以置信。「妳還真要去告狀？」

「大表哥昨日說了，你再欺負我就打斷你的腿。三表哥跟五表哥前幾日也都回來了，你完了裴昭昭！」

「不是，沈商商，我又沒有欺負妳，妳告什麼狀？」

「你方才將我的衣襬撕碎了。」沈雲商高傲地抬著下巴，唇瓣肉眼可見的紅腫了許多。

裴行昭低頭望去，衣襬處確實扯裂了，但這是剛才他撓她時不慎扯到的。「我不是故意的。」

「哼！不聽！」沈雲商捂住耳朵。

裴行昭面無表情地盯著她。「那妳先把我放下來再去告狀，妳這麼拉著我去，我腿會被打斷的。」

「斷了我養你。」

裴行昭沈默了片刻，突然一個滑跪從榻上溜下去，雙手抱住沈雲商的腿。「我錯了。」

沈雲商忍住笑意，偏頭不看他。「晚了，你剛剛讓我叫你裴哥哥時可不是這麼說的。」

裴行昭眉眼一挑。「合著在這兒等著我呢！行，我錯了，我叫回來行不行？」

沈雲商轉頭睥睨著他。「你先叫聲我聽聽。」

裴行昭非常配合地揚起一張笑臉，放柔聲音。「沈姊姊、雲姊姊、商姊姊……」

他每叫一聲，沈雲商眼底的笑意就越濃。

裴行昭見此便起身壓上去，在她耳畔喚道：「好姊姊我錯了，饒了我好不好？」

也不知是有意還是無意，他的唇剛好貼在她的耳尖，溫熱的氣息攪得人渾身都酥軟了。

沈雲商哪裡招架得住，當即紅著臉去推他，卻又被他捏住手腕。

裴行昭繼續道：「姊姊，不告我狀了好不好？我再也不敢了。」

嘴裡叫著好姊姊，說著不敢了，卻將沈雲商整個人都壓在身下。

沈雲商受用的同時也感覺到危險，忙出聲威脅。「你先起來，不然說什麼都不好使。」

「那不成，要沈姊姊先原諒我。」

沈雲商被他鬧得無法，只得趕緊朝小廝道：「不去白家了！現在行了吧？」

裴行昭卻笑著再次湊近她耳邊。「下次想讓我喚妳姊姊直說啊，繞這麼大個彎子做甚？」

沈雲商被他弄得心跳如雷，不由得瞋了他一眼。這人什麼時候變成登徒子了？

「去裴家！」沈雲商覺得自己落了下風，氣不過，又衝小廝道。

裴行昭一愣。「嗯？」

沈雲商瞪著他。「我要去裴家告狀！」

裴行昭不知想到了什麼，眉眼一彎。「好呀！商商好久沒去我院裡了。」

沈雲商從少年眼裡看到了某種異光，當即喝道：「停車！」這狗東西想把她誆到他院裡去占她便宜！

馬車將將停穩，沈雲商就一把推開裴行昭，頭也不回地下了馬車，朝後頭自己的馬車走去。

裴行昭起身，趴到窗邊喊她。「妳別走啊，去我家告我狀唄！」

沈雲商的腳步越來越快。

「商商啊，求妳了，去我家告狀啊！」

沈雲商捂住耳朵，跑得更快了。

玉薇聽見動靜，掀開車簾，就看到這一幕。她微微一怔，眼神複雜地看著裴行昭。

裴公子這是什麼奇怪的請求？

沈雲商一上馬車就立即吩咐。「快走，回府！」好似生怕走得慢了，那人就會追上來將她弄到他院裡去了。

然而一直到回了院裡，她耳邊都還迴盪著少年極盡誘惑的聲音。

姊姊、沈姊姊、好姊姊⋯⋯

「啊！」

沈雲商紅著臉，跺了跺腳，衝進寢房，試圖將那道擾人心神的聲音趕走。

玉薇越發覺得莫名其妙和好奇了。馬車上到底發生了什麼事？

真可惜綠楊不在，不然她非得去問問不可。

玉薇跟進寢房前，朝四周望了眼，沒看見清梔，便喚了個小丫鬟去前院稟報一聲。

原本玉薇以為清梔只是她們回來那會兒恰好不在，可直到用完午飯，她都沒見到清梔，心底便起了疑。

沈雲商也在這時察覺到了，問道：「清梔呢？」

玉薇喚來一個小丫鬟問：「清梔去何處了？」

小丫鬟愣了愣，回道：「回小姐，清梔姊姊自早晨出去採買後，奴婢便一直沒有見到過。」她以為早就回來了呢！

清梔平日裡負責沈雲商的衣物和飲食，經常會出府採辦，但頂多一個時辰也就回來了，像今日這樣整整一個上午未歸的情況，從未出現過。

沈雲商與玉薇對視一眼，皆想到了之前那件事。

雖說清梔的母親如今在府衙，但她家中還有父親和弟弟，若他們因她的母親出事而遷怒於她，也不是沒可能。

「玉薇，立刻帶人去找！」沈雲商想到清梔前世的結局，一顆心便沈了下去，著急道。

「是。」玉薇正色應下，快速點了幾個護衛出了門。

沈雲商看著玉薇的背影，眉頭緊緊皺著，不知為何，她心頭的不安越發強烈。

海棠院。

沈夫人白氏看著素袖剛帶回來的信，面色凝重。

素袖見狀，不由得擔憂地開口問：「夫人，出了何事？」

白氏將信遞給她，眼底是化不開的憂思。

素袖接過信，才掃了一眼頓時臉色大變。「崔家二公子與小姐在鄴京?!」那出現在姑蘇城的那兩位是誰？

信是白家送來的，這是上次崔九珩一行人登門後，白氏請父親幫忙去查的。白家族中有人在京為官，在那邊也有生意，消息自然回來得快。

「信上還說，二皇子趙承北在月餘前悄然離京，少有人知道他去了何處。」白氏沈聲道。

素袖往下看去，果然見信中有寫，而她在看到最後一行字時，瞳孔微縮。「崔家嫡長子崔九珩相伴……」崔姓不可能有人敢那般大搖大擺的冒充，且那幾位通身貴氣，一看便知身分非凡，不像是假扮的。若崔家二公子與三小姐在鄴京，那麼那日上門自稱崔大公子的很有可能就是真的崔九珩，而那位崔二便是……素袖手指一顫。「那位崔二公子，是二皇子！他來姑蘇做甚？」

白氏蹙眉，微微搖頭。「不知。」

「夫人……」素袖擔憂地看著白氏，欲言又止。「他們接近小姐，會不會是……」

白氏飛快地看了她一眼，嚴肅道：「慎言！」

素袖忙閉嘴垂首。

半晌後，白氏沈聲道：「還不到慌的時候，切勿亂了分寸。想要不露痕跡，就要徹底忘記以前的一切，謹遵旨令，自保歸隱。」

素袖恭敬應道：「是。」

「商商昨日去裴家莊了，妳去看看可回來了？」

白氏話音剛落，外頭就有丫鬟來稟報，說拂瑤院來人告知，小姐已經回府。

素袖道了聲「知道了」，待丫鬟退下，她便看向白氏道：「昨日崔公子幾人也同行，不如去問問小姐，看看有沒有什麼異常？」

若他們是衝著小姐的身分來的，必然不會無動於衷。

白氏知道她的意思，想了想，點頭。「也好，切記委婉些，不要讓商商察覺到什麼。燕堂不是也去了？就說我許久不見他，想問問他的近況。」

素袖應下，似是又想到什麼，道：「若那位崔二公子是二皇子，那麼那位三小姐會是……」

白氏若有所思地道：「我看那位小姐的輪廓與二皇子相似，大抵是他的胞妹，三公主。妳暗中去查查，這幾位到了姑蘇後都做了些什麼。」

「是。」

素袖到拂瑤院時，沈雲商正神情不安地立在門口，一直望著院裡，似乎是在等什麼人。

「小姐。」素袖上前行禮。

沈雲商見是她，心不在焉地輕輕頷首。「素袖姑姑。」

素袖自然是捕捉到了她面上的憂色，不動聲色地道：「夫人得知小姐回來，特意差奴婢來問問，聽聞昨日表公子也與小姐一道，夫人許久不見表公子了，掛念得緊。」

沈雲商記掛著清梔，聞言順口道：「表哥一切安好，請母親放心，表哥說明日便會來拜見母親。」

素袖覷了眼她的神色，見提起裴家莊時並無異樣，便猜測此行應未出什麼事，想了想後又意味深長地試探道：「夫人聽說崔家幾位公子、小姐也去了，畢竟是大族，該要好生招待，若能結交便是最好，於生意上或有好處。」

沈雲商一愣，心思這才全部收了回來。

結交崔家？那自是萬萬不能的！

「母親誤會了，其實我與他們並不相熟，昨日也沒說上幾句話。」沈雲商正色道：「再者，這樣的貴人，也不是我們能結交的。」

素袖聞言，心中稍安，看來他們並非有意接近小姐。「如此，奴婢便明白了。」素袖正要告退離開，卻突然又道：「奴婢見小姐似乎有心事？」

沈雲商冷不防被這麼一問，正要敷衍過去時，卻突然想到了什麼，心中猛地一跳。

趙承北用幾家性命威脅，不讓他們將事情告知長輩，前世她在成婚前不知趙承北圖謀的還有她，加之那時涉世未深，對皇權太過敬畏和恐懼，又害怕家中真的被牽連，想事情難免單純些，而重生後心頭沒有太大的章程，就習慣性地隱瞞了那些事。

可現在她已經知道了，這背後還藏著巨大的隱情，且很可能與母親有關。

所以若母親真的有什麼秘密，對這件事的應對應該會比她更加周全才是，總好過兩眼一抹黑，大難臨頭了才知曉的好。

而且，她或許還能借此窺探出些什麼，比如，那半月玉珮和白鶴當鋪，到底是怎樣的存在？

「小姐？」

沈雲商心念幾轉間，便已做好決定，她抿著唇走向素袖，再抬眸時眼眶微紅，似是在害怕著什麼，又似是有些難以啟齒。「其實，此行……出了點事。」

素袖一驚，忙上前拉住她的手。「小姐，出了何事？」

沈雲商的眼淚說掉就掉。

素袖大駭，忙輕聲安撫著她。「小姐別怕，您告訴奴婢到底發生了什麼事？」

沈雲商抬手抹了抹淚，低聲道：「母親現在……忙嗎？」

素袖頓時便明白了此事的嚴重性，趕緊道：「夫人不忙的，奴婢這就帶小姐過去！」

很快地，沈雲商就到了海棠院。

白氏還在沈思，卻聽門口傳來動靜，緊接著，就見女兒飛快地撲到她跟前，趴在她的膝上輕泣。

白氏一驚，抬眸看向素袖。

後者沈著臉稟報道：「夫人，小姐說，在裴家莊出了事。」

白氏聞言，面色大變，忙問道：「出了何事？」

「小姐沒有向奴婢說。」

白氏怔了怔，這才低頭看著趴在她膝上哭得傷心欲絕的沈雲商，抬手輕撫著她的頭，溫聲安撫道：「商商，沒事了，母親在，別怕。出了什麼事，商商告訴母親，是不是裴家小子欺負妳了？」

沈雲商將頭埋在她膝上，帶著哭腔否認。「沒有。」

「那是妳表哥？」

沈雲商仍舊搖頭。「也沒有。」

「那是怎麼了？和母親說，母親給妳作主。」白氏看了眼素袖，眼底劃過一絲暗沈。

不是裴行昭，也不是白燕堂，那就只能是……

終於，在白氏再三安撫和誘哄下，沈雲商哽咽著輕聲道：「是崔公子，他……」

白氏眼神驟冷。「他怎麼了？」

沈雲商忍著羞辱，艱難地開口道：「他給我……給我下了那種藥……」

話落，屋裡頓時陷入一陣死寂。

片刻後，白氏猛地將沈雲商拉起來，整個人肉眼可見的恐慌，連聲音似乎都受到驚嚇而顫抖。「妳說什麼?!」

素袖亦是驚得立在原地，半晌都回不過神。

「他……他……」

「妳怎麼樣？有沒有事？」不待沈雲商說完，白氏便趕緊上下打量著她，語調因害怕而破了音。

沈雲商連忙搖頭。「女兒沒事，是裴行昭救了女兒。」

白氏聽到她說無事，閉上眼深吸了好幾口氣才勉強平復情緒。半晌後，她眼神凌厲地看著沈雲商。「是哪一個崔公子？」

沈雲商自然察覺到白氏這話問得古怪，但還是不動聲色地道：「是崔二公子。」

而後她清楚地看見，白氏的臉色在聽到答案後一片慘白，旁邊的素袖姑姑更是忍不住驚呼了一聲。

沈雲商被白氏無意識地捏疼了手臂，輕聲道：「母親，疼。」

白氏這才回神，忙卸了力道，一把將沈雲商抱進懷裡，帶著後怕地道：「沒事就好、沒事就好！別怕了，有母親在。」

素袖許久後才低喃出聲。「天老爺，萬幸無事……」這要是有事，可怎麼得了啊！「他這是瘋了不成？」素袖最後還是沒忍住，低罵了聲。白氏快速地瞥她一眼，她才知失言，趕緊看了眼沈雲商，見後者沒有注意到她異常的反應，才低下頭不再作聲。

沈雲商壓下心頭的怪異，輕輕從白氏的懷抱中退出來，皺眉道：「但中藥的還有崔大公子。母親，女兒想不明白他們這是要做甚？且那藥極猛烈，幸好裴行昭有解藥，不然後果不堪設想。」

白氏聞言手一抖，好一會兒才顫聲道：「妳是說，他給妳和崔大公子下藥？」

素袖才壓下的驚慌又立刻湧了上來，似是想到了什麼，心中當即掀起驚濤駭浪，急急看向白氏。

「商商，妳和母親仔細說說經過。」白氏盡力讓自己的語氣聽起來平緩些。

沈雲商這才將在裴家莊所發生的事向白氏娓娓道來，只是隱瞞了她知道趙承北、趙承歡身分的事。

「女兒其實認出了那是殉方殘陣，也知道如何解，但女兒想起母親說過的，不得在人前暴露所學，所以便順著他們的陣法走去了洞中，可卻沒想到會陷入那樣的險境。裴行昭說，崔二公子本還想栽贓給他，但表哥找到了洞裡石壁上的藥，交給了裴行昭，而裴行昭不知怎的就從崔二公子口中詐出了真相，否則，我們到現在都還不知道是怎麼一回事。

「裴行昭還說，崔二公子威脅他這件事到此為止，不得跟家中人提及，不然就不會放過我們。還有，女兒一直不敢跟母親說，其實他們先前曾威逼、利誘女兒跟裴行昭退婚。女兒原本確實不敢說，可經過昨日之事，女兒確實有些害怕了，這才想著向母親說明。」沈雲商越說越感到害怕。「母親，他們到底想做什麼啊？」

白氏聽完，臉色已經陰沈到極致了。

但她許是怕嚇著沈雲商，還是儘量放柔聲音道：「別怕，沒事。近日在院裡歇著，不要再見他們，也不許單獨出門。素袖，找幾個得用的守在小姐院裡，就算妳隨阿昭出門，人也得帶著。」

這一天，還是要來了。

沈雲商從海棠院回來後，玉薇還沒有消息傳來。她洗了把臉，繼續在門口等著。等待間，她又想到了母親方才的反應。

不知是不是她的錯覺，母親好像對給她下藥的是哪位崔公子特別在意。

都是姓崔，這有什麼區別嗎？

難道說，母親已經知道所謂的崔二公子並非是崔二？

若是這樣，那就說得通了。

母親如果真與玄嵩帝有關，那麼崔家對她動手或是皇家對她動手，對母親來說自然是有區別的；至於母親是如何知道崔二是趙承北的，她就不得而知了。

這一切就像是一團迷霧般籠罩著她，她暫時還理不出頭緒。

眼下最緊要的是清梔。

清梔前世死在青樓，一直是她心頭的一個結，她不想悲劇重演。

隨著時間漸漸流逝，天色慢慢地暗了下來，卻始終不見玉薇有消息傳回，沈雲商便越發的心焦。

她不打算再等下去，穿了件大氅就要出門。

然而，她才剛走出院子，就被人攔下了。

第十二章

沈雲商看著三個陌生的面孔，愣怔片刻，才反應過來這應該是母親安排過來保護她的人。

「小姐，夫人有令，您不能單獨出府。」

沈雲商耐心地解釋道：「我院裡的清梔一早出門，到現在仍未歸，玉薇午間去尋她，可至今都無半點消息，我擔心她們出了事，得出去找人。」

幾人聞言，互相對視了一眼。

清梔他們不知道，但玉薇的名字他們是熟悉的。

沈府上下都知道，玉薇姑娘是小姐精心養大的，吃穿用度比尋常府中的小姐還要精細，可見玉薇姑娘對小姐的重要性。

所以一聽玉薇姑娘不見了，幾人神色間都有些鬆動。

沈雲商也知道他們的為難，便道：「這樣，你們先隨我出去，同時再叫人或去白家請一位表兄，或去裴家請裴行昭過來陪我出門。」沈家如今就父親這一支在姑蘇，且膝下只有她一個女兒，平日需要兄弟陪同時，都是去白家請一位表兄過來。

為首的青年見沈雲商確實著急，也怕玉薇真的有個萬一，幾乎沒怎麼思索便答應了。

「我陪小姐出門。」隨後他又安排另外兩人，一個去白家，一個去裴家。他怕萬一哪邊耽擱了，便乾脆兩邊都派了人去。

沈雲商見他性子沈穩，也懂得變通，便問了句。「你叫什麼名字？」

青年回道：「小姐喚我阿春便好。」接著，他又介紹道：「方才穿深紫色衣裙的姑娘喚作阿夏，另外一人喚作阿秋。」

沈雲商眉頭微挑。「那是不是還有一位喚作阿冬？」

青年聞言，面色閃過一絲複雜，好一會兒才回道：「他……大約不在了。」

沈雲商一怔，忙道：「抱歉。」

阿春忙道：「無妨，已經是很久之前的事了。」

從拂瑤院到府門有一段長路，沈雲商繼續和他閒聊。「你們都是家生子？」

阿春微微垂眸。「是。」

「那是出身白家還是沈家？」

阿春再次沈默了，一時竟不知該如何答。

見他為難，沈雲商沒想深究，正要岔開話題時，卻聽他道——

「算是白家。」

沈雲商眸光微閃，這回答倒是有些微妙啊……什麼叫「算是」白家？

「你們是白姓？」

阿春又沈默了。

沈雲商了然，這個問題又讓他為難了。

「不是。」

阿春回答得很有些遲疑，沈雲商便知道她不好再問下去了。

果然，見沈雲商不再詢問，阿春鬆了口氣，又似是怕沈雲商再問些什麼，便岔開了話題。「小姐可知玉薇姑娘是去何處尋找清梔？」

沈雲商眉頭微蹙，道：「清梔早晨出門採辦，要麼是去北市，要麼是昌華街。」玉薇也只會去這兩個地方尋她。

阿春默了默後，道：「北市今日並非集日，我們先去昌華街？」

非集日，便說明清梔有很大的可能不會去。

沈雲商點頭。「好。」

昌華街是姑蘇城內較為繁華的一條街，出入的都是非富即貴，離福祿巷不過一炷香的車程。

進了昌華街，沈雲商先是去了那幾家清梔常去的鋪子詢問，有兩家店小二稱在辰時前後見過清梔，她再問起玉薇，店小二也稱在午後見過，再之後就沒有清梔和玉薇的半點線索了。

正在沈雲商焦急之時，突有幾個院中下人帶著薄汗跑到她跟前。

「小姐！」

這幾人正是跟著玉薇出來尋清梔的。沈雲商忙問道：「玉薇和清梔呢？」

其中一人神情焦急地道：「回小姐，玉薇姑娘帶奴才們出來尋找清梔姑娘，問過幾家店鋪都沒有線索，後來玉薇姑娘就讓奴才們分開找尋，約定在半個時辰後不管有沒有找到，都在旁邊的巷子口碰面，可是到了時間，卻始終不見玉薇姑娘回來，奴才們四處找尋，也沒有結果。」

沈雲商當即喝道：「為何不回府稟報？」

下人忙道：「奴才們叫阿力回去稟報了啊！」

沈雲商聞言愣了愣，皺眉問：「何時的事？」

「大約一個時辰前。」

沈雲商轉頭看向阿春，一個時辰前，她已從母親院裡回了拂瑤院。

阿春會意，沈聲道：「小姐回拂瑤院後的一炷香內，我們三人便到了拂瑤院外守著，並沒見到有人回來。」

幾人聞言都有些震驚，紛紛道：「不可能啊，我們看著阿力走的。」

「是啊，因為阿力腳程快，我們才讓他回去報信的。」

沈雲商心下一沈。她院裡的大多都是家生子，阿力也是其中之一，他不可能會背叛她，未能回去極有可能是有人將他絆住了，抑或者……出了事。

所以清梔跟玉薇的前後失蹤，絕不是巧合！

「你二人沿路去找阿力，剩下的人都在附近搜尋，一有消息就來此處稟報給劉叔，劉叔便立即放信號。」沈雲商將懷中的信號彈遞給車伕劉叔，吩咐他哪兒也不許去，就在原地等候。

劉叔接過信號彈，恭敬應是。

待所有人散開後，沈雲商沈著臉看向昌華街西邊。

阿春順著她的視線望去，面色微變。「小姐懷疑她們在……青樓？」

前世清梔就是死在青樓。

她再次失蹤，沈雲商不得不懷疑。

「你和我去。」畢竟是兩個姑娘家，真到了那種地方，傳出去不大好聽；再者，萬一她判斷失誤便會錯過別的線索，所以她才決定只帶阿春過去。

阿春雖然心中疑惑，但還是恭敬應下。

二人穿過人群，停在一家青樓外，門口有迎客的女子，脂粉味撲面而來。

沈雲商咬咬牙，深吸一口氣便欲抬腳進去，手臂卻突然被人拉住。

她回頭一看，卻是匆匆趕來的裴行昭，大約是走得太急，腰間的金珠珠還在左右晃著。

「妳進這裡做甚？」

見到裴行昭，沈雲商一直揪著的心便安穩了幾分，她道：「玉薇和清梔都不見了，這條街都差不多搜遍了，只有這裡沒找。你來得正好，那邊還有兩家，我們一人負責一家。」她說著就要往裡衝，裴行昭卻又將她拽回來。

「妳等等！妳一個姑娘家，就這麼大張旗鼓地進去？」

沈雲商唇角緊緊抿著，看著他片刻後，聲音微哽。「……我害怕。」

清梔死過一回，玉薇是陪著她長大的，誰出事她都無法接受。

別說是闖一闖青樓了，只要能找到人，將這條街掘地三尺她也做得出來。

裴行昭見她紅了眼眶，上前一步拉著她的手，放輕聲音安撫。「別急，若人真在裡頭，我肯定給妳完好無損地帶出來。」

「可是……」

「妳進去肯定會引起轟動，反倒於找人不利，也於她們名聲無益。」裴行昭溫聲勸道：「妳且安心在外頭等候。再說了，綠楊要是回來後知道玉薇出了事，還不得跟我鬧？所以妳放心，我會盡全力尋找的。」裴行昭說罷，抬眸看了眼她身邊的人。「這是？」

阿春拱手道：「回裴公子，我是夫人安排來保護小姐的護衛，裴公子喚我阿春便可。」

此時不是多問的時候，裴行昭點頭道：「好，你保護好她。」

「是。」

裴行昭進去後，阿春出聲詢問。「小姐，那我們？」

沈雲商看著裴行昭走進青樓，沈默半晌後，道：「先在附近找，等他的消息。」

二人剛走出幾步，就聽見一道熟悉的聲音自前方傳來——

「沈雲商？」

沈雲商一抬頭，便見到掀開馬車側窗簾櫳看過來的慕淮衣，對方大約是看到她神色有異，忙放下簾櫳，下了馬車朝她走來。

「妳怎麼在這裡？」慕淮衣邊問，邊抬頭看了眼青樓，眼底快速掠過異光。「我方才好像看到裴阿昭了，他該不會是去逛青樓了吧？」

沈雲商默然。雖然事情並不是他想的那樣，但裴行昭確實是進了青樓。

「被我說中了？不會吧？他要死啊，敢去逛青樓，腿不想要了啊？」慕淮衣大感震驚，罵得一聲比一聲大聲。「他不知道白家那幾個兄弟都回來了嗎？」

不回來就能去逛了？不是，她怎麼也被他帶偏了！沈雲商趕緊道：「事情不是這樣的。」周遭已有不少人看過來，沈雲商連忙阻止慕淮衣再繼續吼下去，低聲快速道：「我院裡不見了兩個姑娘，她們最後出現在昌華街。」

慕淮衣雙眼微縮，不見了……兩個姑娘？

他往沈雲商身後望去，又是一驚。「玉……玉薇不見了?!」

沈雲商微微點頭。

慕淮衣還想再問什麼，可見她面上憂慮深重，便知事情恐怕不簡單，沈思片刻後，道：

「妳去醉雨樓等著。」

「你——」

慕淮衣打斷她。「我知道妳的意思，放心。」不待沈雲商再開口，他便扯下腰間幾串玉珠，看了一圈後目光落在她身邊的男子身上。「你是沈家護衛？」

阿春點頭。「是。」

他剛應下，慕淮衣就將那幾串玉珠塞到他懷裡，然後轉頭朝身邊的人吩咐道：「我在昌華街上被偷了幾串玉珠，價值千金，立刻叫人給我將這條街封鎖，一寸一寸地搜！」

姑蘇四大家裴、沈、白、慕，在姑蘇城都有著不小的威望和勢力，慕家未來掌權人說丟了東西，自然沒人敢攔他。

有裴行昭跟慕淮衣在這裡，沈雲商就安心了不少，遂帶著阿春去了醉雨樓。

他們出面比她出面要好得多，至少玉薇、清梔若真的在青樓，也能保全她們的名聲。

玉薇睜開眼，入目是一片黑暗。

她適應了片刻後，取下頭上的簪子捏在手心，警惕地聽著周遭的動靜。

她不知道自己是怎麼來到這裡，但還記得她是如何昏迷的。

與其他人分散後不久，她在一處巷子牆角邊發現了她送給清梔的那朵金絲薔薇珠花，剛撿起來就發現珠花上塗有迷藥，想扔下時已經來不及了。

她吸進迷藥後就陷入昏迷，再醒來，就是現在了。

不待玉薇細細思索這是怎麼回事，就聽見一道陌生的聲音響起——

「醒了？」

黑暗中，玉薇面色微變，精準地看向聲音來處。「你是誰？」

那人並沒有回答她，而是自顧自地道：「接下來我問妳的每個問題，望妳如實回答，否則……妳要找的人活不了，妳也一樣。」

玉薇皺眉。「清梔在你手上？」

「她現在還在我的手上，但若妳不配合，那她就不歸我管了。青樓老鴇想來有很多調教人的法子，保管讓她求生不能、求死不得。」

玉薇眼神一沈。「你想如何？」

「妳在沈家十幾年，想必知道的不少。」

玉薇明白了，這是衝著小姐來的。她是小姐的貼身丫鬟，若是衝著沈家的其他人，抓的就不該是她。「你想知道什麼？」

「我聽聞過一些沈家家主與夫人鶼鰈情深的美談，有些感興趣。」那人道：「但外人知道的終究不多，妳自小長在沈家，想必知道的更精彩，不如說來給我聽聽。」

玉薇不由得微蹙眉頭，這個問題未免太過古怪。

她沈默了半晌後，才答。「與外界知道的差不多，家主對夫人一見鍾情，窮追不捨，後得償所願，感情和睦。」

「這些我都知道。」那道聲音漸冷。「我想知道的是別人不知道的，比如，沈府裡有沒有旁人不知道的秘密？有沒有藏什麼身分異常的人？」

玉薇一怔。秘密？身分異常？「什麼意思？」

「我什麼意思，妳應該清楚。」那人突然話鋒一轉，道：「妳家小姐的身分不簡單吧？」

這話一出，玉薇身子微僵。

果然還是衝著小姐來的，小姐的身分簡不簡單她不知道，但小姐身上確實有秘密。

「我家小姐是姑蘇首富獨女，身分自然不簡單。」

「妳知道我說的不是這個。」那人冷笑道：「我也懶得與妳繞彎子了，我要妳家夫人或是小姐身邊一件很重要的東西。」

玉薇聽得莫名其妙。「什麼？」

「這件東西對她二人來說很重要，若是妳拿不到，只需要告訴我，她二人有什麼特別在意的東西便可；只要妳說了，我就放了妳們二人，否則……妳們都是一樣的下場。」

玉薇剛要開口，卻又聽他道：「別指望著有人會來救妳們，妳若不願意配合，明日之後，妳們就會因為不堪受辱而死在青樓的某個角落。府衙就算要查，也只會查到是人販子做的，比如，清梔在牢裡的人販子娘，和她心狠的父親與弟弟。」

玉薇聽到這裡，心頭一涼。

這個人根本沒有打算放過她們，不論她說不說，都是死。

她現在很難自救，最好的辦法就是拖延時間，等小姐。

心思幾轉後，玉薇道：「夫人與小姐在意之物有好幾樣。」

那人聲音裡頓時帶了幾分迫切。「都有什麼？」

「我可以告訴你，但你得先放我們離開，不然，我怎麼知道你會不會滅口？」

那邊陷入久久的沈寂後，隨之而來的是一聲冷笑。「看來妳還不清楚妳的處境，妳若不說，那喚作清梔的婢女——」

「她的命怎有我自己的重要？」玉薇打斷他，淡淡地道：「她知道的我都知道，她不知道的我也知道，你們想知道的只有我能告訴你們，但我不確定自己能活下去，又如何會告訴你們？」

「倒是嘴尖舌巧……」半晌後，那人輕嗤道。

然而話還未說完，就傳來一陣窸窣聲，像是有什麼人進來了，在低語什麼。

沒過多久，玉薇便聽見他咬牙道——

「妳家小姐倒是在乎妳們，竟如此大張旗鼓的找人。妳的時間不多了，若不說，我敢保證妳家小姐找到的只會是兩具屍體。」

玉薇眼眸微亮。小姐果然找來了！

「我就算說了，你也不會放過我，那我憑什麼要便宜你？要殺要剮，悉聽尊便。」玉薇一邊說，一邊注意著周遭的動靜。

若她沒聽錯，在有人走進來時，外間有嘈雜聲傳來，她因此大致能確定自己應該在街道旁，只是不知道她現在所處的位置是怎樣的？牆厚不厚，她劈不劈得碎？劈碎了又是否能獲救？

「公子……」

突然，暗門又打開，這一次進來的人聲音略急，玉薇隱約聽到了個「白」和「來」字。她暗道，難道她們的失蹤驚動了白家？若白家的人來了，那小姐定也在這裡。如此，她或許可一搏！

白燕堂聽阿秋一說完，就趕緊帶人騎馬過來，抵達時昌華街已經封鎖，裴、慕兩家的人正在四處大肆搜尋，他得知沈雲商在醉雨樓後，便徑直尋去。

「雲商妹妹。」

沈雲商正魂不守舍地立在窗邊關注著街上的動靜，聽見聲音隨即回頭。「表哥。」

白燕堂神情凝重地走近她。「我聽說玉薇不見了，還沒找到嗎？」他深知玉薇對於沈雲商有多麼重要。

沈家在姑蘇這一支只有沈雲商這位小姐，雖然也有白家的兄弟姊妹，但畢竟不在一個府裡住，沈雲商便是將玉薇當成妹妹養大的，如今人不見了，豈能不急？

「還沒有。裴行昭已經找了兩處青樓，剛去往最後一處。慕淮衣將整條街都封鎖了，正在一寸一寸地尋。」沈雲商心神不寧地道。

若人真在昌華街就一定能找到，怕就怕，不在這裡了。

白燕堂看了眼底下的兵荒馬亂，安撫道：「我也帶了人來，會找到的。只是，雲商妹妹可知，是誰動的手？」

沈雲商方才也在沈思這個問題。

清梔和玉薇只是兩個小丫頭，誰會跟她們過不去？很顯然，這是衝著她來的。畢竟就算是遇上了人販子，也沒道理只盯著她的人綁。

且清梔便罷了，玉薇可不是什麼人都能綁得走的，再結合清梔一早失蹤的事，她不難猜到這是一齣有預謀的綁架。

若是這樣其實她還能安心些，起碼綁她們的人是有所圖謀，不會傷害她們。

可一想到清梔前世……

砰！

沈雲商耳朵微動，微蹙著眉，抬手示意白燕堂。「表哥，你有沒有聽到什麼聲音？」

白燕堂搖頭。「沒——」

砰砰砰……

這幾道沈重的聲音淹沒在嘈雜聲中，非耳力過人不能察覺。

白燕堂話音一頓，眸子飛快掃過四周，沈聲道：「聽到了。」

二人當即不再作聲，幾乎是同時閉上了眼。

然而白燕堂一把拽住沈雲商，閉著眼阻止她。「我來就好。」

沈雲商睜開眼，深深地望了他一眼，神色複雜地點頭。「好。」

她方才情急之下露出了端倪，但表哥卻並不感到意外，難道表哥知道她會武功？

但此時不是問這些的時候，白燕堂正凝聚內力聽聲辨位，她不能打擾。

大約過了半盞茶的工夫，白燕堂驀地睜開眼，腳尖一點，躍下醉雨樓，朝斜對面的酒肆而去。

沈雲商見此，連忙轉身飛奔下樓。

阿春緊緊跟上。

待她跑到酒肆樓下時，白燕堂正一掌擊碎二樓牆壁，緊接著，便有一道淡粉色身影撲了出來。

沈雲商眼睛一亮。「玉薇！」

阿春飛身而上，接住落向地面的玉薇。

白燕堂見他身手不錯，便放心地追了出去。

玉薇唇邊溢著一縷鮮血，傷勢不輕。

沈雲商半跪在地上，將她摟在懷裡，擔憂道：「玉薇，妳怎麼樣？」

玉薇強撐著保持清醒，道：「奴婢無礙……但，奴婢暴露了武功……」

「不重要。」沈雲商紅著眼尾安撫她道：「我說過，當妳性命攸關時，活著才是最重要的。」

母親只說過她不能暴露所學，玉薇卻是無妨的，不過是怕引起不必要的猜疑，母親才讓玉薇也儘可能的藏著。

玉薇還想說什麼，但沒能堅持住，暈了過去。

這時，慕淮衣急急跑來，看了眼她懷裡的玉薇後，低聲朝她道：「裴行昭找到清梔了。」

沈雲商忙抬頭看向他，著急問：「人怎麼樣？」

慕淮衣道：「還活著。」

沈雲商一直提著的心終於穩穩地落了回去。

活著就好。

「但找到時受了重傷，為了避免影響她的名聲，裴行昭從後門離開，樓裡知道的人也都給了封口費。」慕淮衣打量了一圈，問：「這裡發生了什麼事？」

沈雲商望了眼白燕堂追上去的方向，忙道：「此處繼續封鎖，表哥和我的護衛阿秋往那邊追出去了。」

慕淮衣眸色微深。「明白。妳先去醉雨樓，樓裡有大夫，裴行昭也去了那裡。」

沈雲商道了聲謝後，一把將玉薇抱起來，腳步飛快地進了醉雨樓。

正想問要不要幫忙的慕淮衣不禁怔在原地，他怎麼不知道沈雲商有這麼大的力氣？或許……是太過著急而激發的潛力？

慕淮衣自認找了個很合理的解釋後，便帶著護衛，大搖大擺地進了酒肆。

他倒要看看到底是誰要死了，敢在姑蘇城綁沈雲商的人，這簡直就是不給他們面子嘛！醉雨樓。

沈雲商抱著玉薇剛進去，清溪便迎了上來。

「沈小姐，請隨我來。」

沈雲商跟著他進了一間屋子，抬頭就看見正要出來的裴行昭。

二人對視一瞬，裴行昭目光下移，落在玉薇身上，皺眉道：「也受傷了？」

沈雲商點了點頭，上前將玉薇放到另一張榻上，才朝旁邊的清梔看去，這一看臉色就黑了下來。

慕淮衣說清梔受了重傷，她也有了心理準備，可在看到人時，她還是不可控地顫了顫，心頭竄出一股怒火。

少女看起來鮮血淋漓，身上有多處鞭傷，青色的衣裙生生被鞭子抽破，整個人躺在那裡，似乎已是奄奄一息。

「我找過去時，她已經陷入昏迷，傷她的人我叫人扣下來了。」裴行昭並沒有細說當時的情境。他踢開門時，那人還沒有停手，鞭子抽在少女身上，傳來刺耳的聲音，而少女雙眼緊閉，已無半分動靜，他當時心就涼了半截，一腳將那人踹飛後去探了她的鼻息，所幸去得及時，要是去得再晚些，人就真的沒了。

但即便他不說，沈雲商也能想像得到清梔當時的處境和所受的折磨，她心疼地看著面色慘白的少女，哽咽得一時說不出話。

上一世送到沈雲商面前的姑娘更加慘不忍睹，這一次防來防去，到底還是沒有護好她。

這時，清溪帶著樓中的大夫進來了。

裴行昭便上前將沈雲商拉了過來。「先讓大夫診治。」

沈雲商抬手抹了抹眼角，隨他去了外間等候，才剛坐下，裴家的人就出現在門外。

「公子。」

裴行昭看向沈雲商，解釋道：「我讓他去審問扣下來的那人，應該有結果了。」

沈雲商哪裡還坐得住，趕緊拉開門走了出去。

裴行昭緊隨其後。

得到裴行昭示意，裴家護衛稟報道：「稟公子、沈小姐，屬下幾人審問了那人，他的說辭是一樣的，說是有人將清梔姑娘賣進青樓，但不讓她活命。」

沈雲商問：「何人賣的？」清梔的戶籍在她手上，旁人如何能賣？

裴家護衛面色有些複雜地道：「他說對方是清梔姑娘的父親，且也確實聽見清梔姑娘喚他父親。說是戶籍不慎弄丟了，對方說是賣女兒，實則是給了青樓一筆錢，佯裝成清梔姑娘被賣進樓中後，因拒不接客，受折磨而死。」

沈雲商眼底一片冷光，咬牙重複道：「清梔的父親？」

裴家護衛回道：「是，屬下看那人不像說謊的樣子。」但他還是想不通，有哪個父親會對自己的女兒這般心狠？

「立刻找到清梔的父親和弟弟！」

沈雲商正想開口，裴行昭便先她一步吩咐道。

裴家護衛忙應下。「是。」隨後，又問道：「那個人如何處置？」

裴行昭問沈雲商的意思。

沈雲商道：「送官府，順便問一下先前我請求官府查探的事進展如何？」

裴家護衛看了眼裴行昭，見他點頭，才領命而去。

護衛走後，裴行昭面色複雜地道：「妳也覺得事情有異？」

沈雲商沈著臉「嗯」了聲。「她的父親再不是東西，也就是把人賣進青樓得一筆錢罷了，且她家裡人視財如命，沒理由給青樓錢要自己女兒的命，這說不通；而且，他們還綁了玉薇。」

裴行昭擰眉道：「妳覺得會是誰做的？」
沈雲商心裡確實有猜測，但沒證據。「等玉薇醒來，或許會有答案。」
裴行昭其實能猜到沈雲商心中的懷疑。
在這姑蘇城敢對沈雲商的人下手的沒幾個，而會下手的，除了那外來者，不做他想。
「玉薇這邊是什麼情況？」裴行昭問道。
「被關在酒肆，表哥發現得及時，劈碎牆將人救出來的。後來發現裡頭還有人，就追出去了。」
裴行昭若有所思地望向裡間。對清梔下了死手，但對玉薇顯然是留了手的，這其中又有什麼隱情？
大約過了小半個時辰，大夫才出來。
「受鞭傷的姑娘外傷頗多，血已經止住了，無性命之憂，但後期需要用上好的藥材，方才不會留下疤痕；而另外一位姑娘受了不輕的內傷，須得精心調養，三個月內不能動用內力。我去為二位姑娘開幾副藥方帶回去。」
大夫的話一落，沈雲商快速看了眼裴行昭，卻見後者面色淡然地點頭應聲。
「好，有勞大夫。」
大夫一走，沈雲商就盯著裴行昭看，眼神太過直接，裴行昭想忽視都不行，只能轉頭低眸看向她。「妳就當沒聽到，我也當沒注意，這事不就自然而然的過去了？」

沈雲商不吭聲。

「好吧，我承認我是知道。那是一次意外，我無意中發現玉薇身法有異，之後便上了些心，果然發現她不是一位柔柔弱弱的姑娘。」

沈雲商觀察著裴行昭的神情，見他似乎並無隱瞞，心神微鬆。「那你怎不問我？」

「妳既有心隱瞞，也不曾主動告知於我，那我自然就不會多問。」裴行昭控訴道：「我還沒問妳為何要瞞著我呢，妳倒是先問起我來了！」

沈雲商被他這麼一說，確實有幾分心虛，但也僅僅只有幾分。「你現在不都已經知道了？是母親為了保護我，才讓玉薇藏著的。」

裴行昭揚眉。「哦，行吧。嘖，要是綠楊回來知道了，不知道是什麼表情？話說，綠楊該不會打不過玉薇吧？」

沈雲商道：「我又不會武功，我如何知道？再說了，他能不能抱得美人歸，也不取決於打不打得贏嘛！」

裴行昭湊過去問：「那取決於什麼？對了，我聽說以前妳讓沈伯母認玉薇為義女，有這事嗎？」

沈雲商轉身邊往裡間走邊道：「有這事。但那時我年紀尚小，且玉薇身分不明，母親便不同意，讓我長大成人再說，所以玉薇未入奴籍。」

裴行昭忙追上去道：「商商妳放心，待將來綠楊要成親，我肯定給他除了奴籍，並重金求聘。他要敢對玉薇不好，我打斷他的腿！」
沈雲商頭也不回，輕飄飄地道：「只要玉薇點頭，我沒意見；但玉薇若不同意，誰來也不行。」
裴行昭揚了揚眉，而後長長一嘆道：「看來綠楊的追妻路漫漫啊！」
沈雲商不置可否。想要她的玉薇，哪有那麼容易。
走進裡間，看著榻上兩個昏迷不醒的姑娘，沈雲商的心情又沈重了起來。
如果真的是趙承北，那她便懷疑是衝著她來的，清梔和玉薇都是被她牽連，這一遭也是因她受的。
「以免節外生枝，先將人送回府吧。」裴行昭道。
沈雲商也是這麼想的，剛要點頭，外面便傳來動靜。
是白燕堂回來了。
沈雲商二人便又迎去了外間。
外間有茶案，幾人圍桌而坐，白燕堂問了清梔和玉薇的情況後，便道：「人沒有追上，但是中了我的暗器，傷在右邊手臂。」
這個結果在沈雲商的意料之中，趙承北敢在這裡綁人，自然是想好了退路的。
「是個什麼人？」
「蒙著面，看不見臉，大約二十五歲上下，比我矮一點，身形偏瘦。」白燕堂灌了幾口茶進去，才又繼續道：「武功路數看不出來，論招式不是我的對手，但他的輕功極好。」說到這裡，他看了眼裴行昭。「跟他不相上下。」

聽他形容完，沈雲商和裴行昭的心裡同時冒出了一個名字——烏軒。

「你們是不是猜到是誰了？」白燕堂將二人的神色盡收眼底，捏緊茶杯咬牙道：「告訴我，我去弄死他！什麼喪心病狂的玩意兒，對兩個小姑娘下這等狠手！」

沈雲商和裴行昭對視一眼，有默契地沈默了下來。

依著白燕堂的性子，他知道了真的有可能去弄死烏軒。

可這渾水他們都不想讓白家來蹚，再者，烏軒是趙承北的貼身侍衛，哪有那麼容易殺？且若真殺了，趙承北必定要報復，他們這幾家現在沒有人能承受得起皇權的打壓。

但這筆帳，他們不會就這麼算了。

「表哥，這件事還得從長計議——」沈雲商斟酌地道。

白燕堂抬手打斷她。「是那個姓崔的？」

沈雲商一愣，想起在裴家莊發生的事，如此，白燕堂往他們身上猜倒也正常。

「那姓崔的我一看就不是個什麼好東西，在裴家莊算計妳，這才一回來就又搞出這麼大樁事！」白燕堂往後一靠，面色不善地道：「跟他什麼仇，至於嗎？」

沈雲商看他一臉要去找人麻煩的表情，不由得道：「這只是我們的猜測。」

這話剛落，門就被推開。

慕淮衣大剌剌地進來，坐到白燕堂身側，將手中的畫像拍到桌子上。「我尋到了這個證據，你們看看有沒有用？」

畫像上的墨跡還未乾，顯然是才畫出來的，沈雲商跟裴行昭傾身看去，面色同時一沈。

「這人是今日酒肆對面一個夥計看到的，他說這人是個冰塊臉，又像是外地來的，便多看了幾眼，所幸這夥計在畫藝上有點天賦，才能得到這張畫像。」慕淮衣邊說邊注意著沈雲商及裴行昭的神情。「看你們這反應，我應該不是做得無用功？」

沈雲商和裴行昭對視一眼，又同時挪開。

認得，怎麼不認得？趙承北的貼身侍衛之一。

二人不答，白燕堂就明白了。「果真是他？」

慕淮衣轉頭看白燕堂。「誰？跟上次差點廢了裴阿昭右手的是同一個人嗎？」

沈雲商阻止不及，一轉頭，果然見白燕堂面色不對，她剛想要開口，白燕堂就抬手制止了她。

白燕堂緩緩偏頭盯著慕淮衣。「誰差點廢了我妹婿的手？」

慕淮衣全然忽視裴行昭的暗示，噼哩啪啦地將那日在醉雨樓發生的事倒豆子般地倒出來。

白燕堂越聽臉色越沈，黑著臉看向裴行昭。

裴行昭咧嘴一笑，不甚在意地道：「沒他說的那麼嚴重，就是點皮外傷，已經快好了。」

白燕堂一挑眉。「已經快好了還纏滿細布？」

裴行昭辯解道：「再怎樣也是皮外傷，暫時見不得水，這不包著穩妥點嘛……欸，表哥你去哪裡呢？」

白燕堂沒等裴行昭說完，就起身氣勢洶洶地往外走了。

沈雲商趕緊追了上去。「表哥你先冷靜，這件事不能——」

「我知道，他們的身分不一般吧？」白燕堂腳步不停地道。

沈雲商眸光閃爍。「是……是啊，那可是鄴京崔家，不好輕易得罪。」

白燕堂駐足，轉頭看著她片刻，才淡淡地道：「不久前，姑姑曾拜託我查一查鄴京崔家。」

沈雲商一怔，隨後就大約預感到他接下來要說的話會是什麼了。

「妳猜怎麼著？我的人竟查到崔家二公子和三小姐都在鄴京。」白燕堂頓了頓，瞇起眼。「我原還擔心妳和裴行昭被蒙在鼓裡，這麼一看，妳和裴行昭都知道出現在姑蘇的這兩個冒牌貨是誰了。」

沈雲商本還有心遮掩，此時聽白燕堂如此說，便知道瞞不過去了。

她是想過母親是從何處得到的消息，卻怎麼也沒想到原來是叫白燕堂去查的。

「那妳也知道他對你們的圖謀？」白燕堂問這話時，負在身後的手指微微動了動，似乎在緊張著什麼。

沈雲商此時正在思忖著要如何說，自然沒有看出來。

白燕堂也不催促，耐心地等待著。

好半晌後，沈雲商才道：「崔三小姐曾經威逼利誘讓我和裴行昭退婚，崔二公子還逼裴行昭尚公主，我問過裴行昭，他說……有可能是盯上裴家的錢。」她聲音雖然已極小，但此處人多口雜，以免節外生枝，她還是沒說出那二人的真實身分。「裴行昭手受傷那次，也是因為和他談判，他當時也確實答應了不會再逼我們退婚，只是不知道昨日為何又在裴家莊設那陷阱。」她在母親那邊已經鬆了口，今日即便她不說，白燕堂也會知道，所以，她乾脆將能說的都說了。

白燕堂心神微動。所以那個人接近她只是為了裴家的錢，並非他想的那樣？白燕堂沈默了幾息後，道：「他用什麼威脅妳？沈家、白家、裴行昭？」

他猜得一字不差，沈雲商點點頭。「嗯。」

「哼！」白燕堂冷嗤一聲。「什麼東西，也配來這兒橫！」

沈雲商不由得看向白燕堂，她這位表哥走南闖北，見多識廣，向來是不知道「怕」字如何寫的，別看平日不著調，若正經做起什麼來，那叫一個乾脆俐落。

她其實一直都挺羡慕表哥這份氣魄的。

「有我們在，你們無須怕他們。他們若再敢找妳，儘管告知我，我去處理。」白燕堂正色道。

聽得這話，沈雲商喉中不由得一梗。

若是前世她和裴行昭將事情全盤托出，不傻乎乎的自己去扛，會不會有不一樣的結局？

前世得知她和裴行昭退婚後，表哥還特意來問過，只是那時她太過畏懼皇權，也太怕失去親人，便一直不敢說實話，只說與裴行昭緣分已盡，如今另有所愛。

她記得表哥當時氣了許久，臨走之前還說，若是她後悔了，只管跟他說一聲，他定去將她搶回來。

後來她出嫁時表哥沒有回來，直至到了崔家，玉薇將嫁妝單子給她時，她才知道，表哥給她添了厚厚一串的嫁妝。

「雲商妹妹，妳也不必太過擔憂。」白燕堂見她久久不語，便以為她是害怕，遂放軟態度安撫道：「他就是條龍，到這裡也得給我臥著，更何況他上頭還有嫡長壓著，二人相爭不是一日兩日了。如今鄴京的局勢牽一髮而動全身，沈、白、裴三家即便只是一介商賈，卻也是名動江南，勢力加在一起不可小覷，豈是他說動就能動的？我諒他現在也不敢橫生枝節。」

沈雲商心中微動。「表哥怎知道得這麼多？」這些道理是她在鄴京走了一遭，付出了極大的代價才明白的，若她前世也能如表哥這般清楚鄴京局勢，最後也不會走到那一步去。

白燕堂似是看出她內心的自責和不安，遂笑了笑。「我從識字開始，就經常被妳外祖父帶著走南闖北，見識的東西自然比妳多些，若妳這些年也出去看過，懂的定不比我少；而且，白家在鄴京有生意，我去過好幾趟，自然對鄴京情形略知一二。」

沈雲商聽出他是在安慰她，遂輕輕點了點頭，而後似是想到了什麼，不解地道：「對了，既然表哥知道他們是誰，那上次怎還上了……崔三小姐的馬車？」

依著表哥對那二人的態度，在明知公主身分的情況下，他是絕不會對她起什麼心思的。

白燕堂眉眼一彎，語調輕佻，但笑意卻不達眼底。「我就是好奇，她是什麼樣的。」好奇鳩占鵲巢的公主，是怎麼理所當然地霸著那個位置的？

這話沈雲商聽得有些迷惑。為何好奇？

「妳就理解成我想多長長見識吧！」白燕堂漫不經心地說完這話後，話鋒一轉，道：「小昭昭這個仇，表哥替你們去報了。妳不必太過忌憚他們，沒有證據，他奈何不了我們的。妳要相信姑蘇三大家的影響力，也要相信表哥的判斷，他一時半刻不敢輕舉妄動的。」

原本，沈雲商就不該忌憚趙承歡，鳩占鵲巢的東西有什麼資格來威脅她？

「還有我……」慕淮衣的聲音突然自他們身後傳來，他朝白燕堂揮揮手，義薄雲天地道：「我當時就想去弄他給裴阿昭報仇的，如今表哥要動手，那就算我一個！」

白燕堂回頭盯著他片刻，難得正經地道：「此事並非玩笑，慕家不必攪進——」

「欸，白家表哥你說這話就是見外了。」慕淮衣打斷他，正色道：「我們曾經說過，姑蘇四大家可以進行無傷大雅的內鬥，但若遇外敵，必須一致對外。」見白燕堂還想說什麼，慕淮衣突然舉起三根指頭，朝他眨眨眼。「長羽哥忘了？我們四家未來的掌權人，曾經結拜過的？」

白燕堂似乎是回憶起了什麼，唇角一抽。

沈雲商與慕淮衣身側的裴行昭對視一眼，兩人抿唇垂首憋著笑。

對於白燕堂來說，那一次的結拜屬實不是什麼美好的回憶啊！

第十三章

那是慕淮衣的四歲生辰宴，其他三家自然攜著小輩去祝賀，大人們走得近，當然也希望下一輩關係融洽。

那日，大人們在前院喝酒，他們四個就在慕淮衣的院裡玩耍。

白燕堂的性子從小就是那種不著調的，比裴行昭還要不正經，遇到個小貓、小狗，他都能逗出個花來，更別說是小壽星了。

他說慕淮衣的生辰怎麼也該喝兩杯，全然不管四歲的小娃娃如何能「喝兩杯」這個問題。

結果小小年紀的慕淮衣被他這麼一激，竟然真的去偷了一罈子酒來，說要跟他們一起喝。

這個年紀的小孩對什麼都是好奇的，五歲的裴行昭亦如此。

慕淮衣偷酒，裴行昭就去偷酒碗。

得手後，三個人一人倒了一碗，學著大人的模樣咕嚕咕嚕地灌了下去。

剛開始裴行昭跟慕淮衣都受不了酒味，但見白燕堂喝得爽快，他們誰也不願意認輸，硬生生把手中那一碗乾了。

結果可想而知，三人醉得一塌糊塗。

慕淮衣大約是才看了戲，發酒瘋時就弄來幾炷香點了，要仿效桃園三結義。

可能是從戲文裡看到的，他還掏出了把小匕首，說要每個人滴了血進去酒裡，喝了才算。

他們三個在那兒鼓搗著割哪裡不痛時，沈雲商卻悄悄地抱起了酒罈子，將自己灌得打了個酒嗝……

白燕堂最先發現她，嚇得飛快地跑過去搶走沈雲商手裡的酒罈子，嚇破了音地罵她。

「沈雲商妳瘋了？」

沈雲商也是四歲，她只比慕淮衣小了幾個月。

她看著三張紅撲撲且震驚的臉，沈默片刻後，捋起自己的袖子，伸出手說：「我也要結拜！」

三人盯著她沈默了許久，然後，慕淮衣趁著醉得暈暈乎乎的白燕堂不注意時，拿起小匕首動作迅速地割破了沈雲商的手指。

然後，白燕堂就和慕淮衣打了一架。

裴行昭本來也想動手打慕淮衣的，但他仗義，覺得二打一有些欺負人，於是就湊到沈雲商跟前，心疼地道：「痛嗎？我給妳吹吹。」

沈雲商搖搖頭，撿起慕淮衣因為跟白燕堂打架而丟在地上的小匕首，學著慕淮衣的動作，劃破了裴行昭的手指，在裴行昭一臉驚愕下，說道：「他們先打，我們先結拜。」

裴行昭錯愕過後，深覺她言之有理，於是二人將血滴在酒碗中。

但在喝之前，裴行昭突然攔住沈雲商。「我們有婚約，還能結拜嗎？」

四歲的小雲商哪裡懂，瞪著懵懂的雙眼搖搖頭。

然後二人不約而同的轉身看向和慕淮衣打成一團的白燕堂。

「表哥，我和裴昭昭能結拜嗎？」沈雲商問。

白燕堂和慕淮衣正同時按住對方的臉，聞言都望了過去。

幾人相對良久後，白燕堂和慕淮衣這才想起來還要結拜，二人鬆開對方，搖搖晃晃地走過去，繼續著結拜儀式。

對於沈雲商和裴行昭能不能結拜的問題，喝醉了的七歲的白燕堂是這麼說的——

「反正成親時也要拜，早拜晚拜都是拜，有什麼不可以的？」

於是，四人就煞有介事的結拜了。

當然，最後事情自然是傳到了大人耳朵裡，幾家家主聽都見了血，急得腳下生風地跑了過去。

尤其是沈家家主，他明明是最不會拳腳的一個，跑得卻是最快的。

看到沈雲商手上的傷口，沈家家主氣得臉都青了。

最後，除了沈雲商，另外三個酒醒後，全都挨了一頓好打。

後來，他們才知道，他們那日行的不是什麼結拜兄弟的禮，而是夫妻成婚的那種拜天地。

沈雲商跟裴行昭拜的，白燕堂和慕淮衣拜的。

沈雲商與裴行昭倒沒什麼，就如白燕堂說的，頂多就算是拜早了。

但白燕堂和慕淮衣……

二人好長一段時間都不想見到對方。

雖然是幼時的玩鬧，但卻也是真真切切發生過的事。

如今再提起，當事人有那麼幾分不自然也在情理之中。

至於慕淮衣為何如今這麼坦然？

他說他後來想通了，說這事是白燕堂的鍋，因為白燕堂比他大三歲。

一陣詭異的沈寂後，白燕堂沒再繼續阻止慕淮衣，而是朝沈雲商道：「小昭昭是我的妹婿，不管你們怎麼跟他算這筆帳，我都是要找他報仇的。但清梔和玉薇是妳的人，她們的仇我就不插手了。」頓了頓，他吊兒郎當地補充了句。「當然，若玉薇他日認作姑姑的義女，那我也是要管一管的。」

白燕堂撂下這話後，就風風火火的走了，像是迫不及待要去找人麻煩。

三人望著他的背影。

許久後，慕淮衣道：「不愧是大哥，我長羽哥霸氣！沈雲商，我今日跟妳回去拜見伯母。」

沈雲商和裴行昭同時看向他。「你要幹麼？」

慕淮衣眼睛亮晶晶的。「我去問問伯母缺義子不？」

沈雲商和裴行昭一陣無語。

慕淮衣越想越覺得可行，一個索利地轉身。「你們等等我，我去準備厚禮。」

裴行昭一把揪住他的衣領。

慕淮衣怒目瞪著他。「你幹什麼？我又不是去做伯母的女婿，你沒權利阻止！」

裴行昭唇角一彎，緩緩道：「你不認作伯母的義子，咱們大哥也會護著你的，知道為什麼嗎？」

慕淮衣脫口而出。「我畢竟是他結拜的三弟啊！」

「不，」裴行昭緩緩道：「因為你跟他拜過天地。」

慕淮衣的臉頓時黑了下來。

「白家的小媳婦？」裴行昭似覺不夠，尾音拉長地喚了聲。

結拜一事後那一、兩年內，幾家長輩常拿這事來逗慕淮衣。

白家老夫人還為此感到遺憾，說慕淮衣怎麼就不是個姑娘呢？不然這定是一段佳話。因此，白家老夫人還盯上了慕淮衣的妹妹，最後是白燕堂用離家出走威脅，此事才總算作罷。

「裴行昭你要死啊！」慕淮衣氣得一腳踢過去。「憑什麼我是媳婦，不是白燕堂？」

裴行昭輕嗤了聲。「你看看霸氣的表哥，再看看你，誰更像媳婦？」

「你長沒長眼睛啊裴阿昭？老子這麼俊朗的一張臉！你再看看白燕堂，長得比花魁還勾人，誰更像小媳婦？」慕淮衣氣得大聲反駁。

裴行昭揚眉。「哦，我明白了，原來你在意的是誰是媳婦兒啊！」

俗話說，無巧不成書，裴行昭話一落，他們就看到了去而復返的白燕堂。

白燕堂立在樓梯口，一臉複雜地盯著慕淮衣，幾番欲言又止後，咬牙看向沈雲商。「我是來拿那張畫像的。」

沈雲商死憋著笑，點點頭，去裡頭將畫像拿出來。

白燕堂卻杵在樓梯口不動，先看了眼慕淮衣後，才對沈雲商說：「妳拿過來。」像是不想、也不敢靠近慕淮衣似的。

沈雲商便乖巧地給他拿過去。

白燕堂接過畫像，幾番糾結後，輕聲朝沈雲商耳語了幾句。說完，他就飛快地跑了，好像跑得慢了就要被人纏住似的。

沈雲商此時已憋得滿臉通紅，她緩緩走回去，看向慕淮衣，原封不動地轉達白燕堂的話。「表哥讓我勸勸你，他喜歡的是姑娘，讓你對他……死了那個歹心。」

慕淮衣大驚，急忙一把推開裴行昭，追出去怒喊道：「白燕堂你腦子有病吧？誰他娘的對你有歹心？老子喜歡的也是姑娘！」

他這一吼，白燕堂聽沒聽見不知道，但醉雨樓的不少夥計和客人都聽見了，一時間都驚訝且不敢相信地看向二樓圍欄邊上的慕淮衣。

他們怎麼不知道，這兩個人竟然是這樣的關係啊……

天啊，這個驚天的消息必能成為姑蘇城閒言榜上的第一名！

「結帳、結帳！我有事要出去！」

「我這裡也結帳！還沒上的點心也一起買了！」

「我也……」

回過神來的慕淮衣氣得臉都發白了，氣急敗壞地吼道：「他喜歡的是姑娘，我喜歡的也是姑娘，你們誰敢亂傳，我就報官！一個個的都給我回來，坐下！」

沈雲商實在忍無可忍，彎腰笑出聲來。

裴行昭一手扶著門框，一手捂著肚子，已是笑得快要岔氣。

慕淮衣猛地轉頭瞪向二人，咬牙切齒地罵道：「你們還敢笑！」他氣勢洶洶地走向裴行昭。「這狗屁倒灶的事就是你惹出來的！你過來，你跟他們解釋清楚，不然傳出去，老子的未婚妻就要泡湯了！」

裴行昭笑得上氣不接下氣，被他拽到圍欄邊，跟大家解釋道：「哈哈……他……哈哈……不是斷袖，哈哈哈哈……」

慕淮衣氣死了。「你他娘的給我好好說話！」

裴行昭舉起手做投降狀。「我好不了……哈哈哈哈……」

「裴行昭！我弄死你！你再笑試試……」

笑鬧聲和慕淮衣氣急敗壞的威脅聲久久才消停，最後是裴行昭被逼著用他未來裴家家主的身分做擔保，告訴樓裡的客人，慕淮衣不是斷袖，慕淮衣這才放過他。

但有多少人信，那就不知道了。

「沈楓，你給我出來！你這次實在太過分了，你自己數數，今年你搶走我多少生意了？沈楓！沈狗出來！」一位身形微胖的中年男子攜著滿身怒火，氣沖沖地闖進沈府。

兩個門房沒攔住，趕緊讓人去稟報家主。

不多時，沈楓與白氏迎了出來。

中年男子一見到沈楓便目眥盡裂地罵道：「沈狗，今日你必須給我一個交代！城郊那塊地是怎麼回事？我們都談得好好的了，你硬是橫插一腳搶去！我告訴你啊沈狗，你今日若不給我一個交代，我就不走了，我就住這兒！」

沈楓被他指著鼻子罵了一頓，卻不怒反笑。「慕老弟啊……」

「誰是你老弟？叫我慕家主！」

來人正是慕家家主慕煥。

「好好好，慕家主。」沈楓笑嘻嘻地上前兩步，確認自己與他保持著足夠安全的距離，這才道：「你不也說了，那塊地你們還在談，又沒有下訂，我怎麼就不能買了？」

慕煥風風火火地就衝了過去。「你還有臉說！要不是你從中作梗，那塊地已經是我的了！今天有我沒你，有你沒我！」

「來來來來人啊，護駕、護駕！」沈楓靈活地轉身，邊喊邊躲到白氏身後。

「我呸！你當你誰啊？還護駕！」慕煥罵罵咧咧地逼近。「你給我出來！躲在女人身後算什麼本事？」

周遭的沈府護衛上前，卻被慕煥帶來的人攔住了，兩方人馬立在院中對峙著。

慕煥顧及著白氏，幾次都沒能逮到人，氣得扠腰指著沈楓怒罵。「沈狗你算什麼男人？出來！」

沈楓並不上當。「我又打不過你，出去就是挨打，我有那麼傻嗎？」

「行啊，我今兒就在這裡等著，我就不信你能躲一輩子！」

「哎呀，慕老弟啊咱有話好說是不……」

「誰是你慕老弟，叫我慕家主！」

「當年我們不是結拜了的？你難道因為一塊地，就不認我這個三哥了？」

「我呸！你也好意思自稱三哥？你自己看看，你做的這些是人事嗎？」

「那你去年不也搶了我一個鋪子？咱們扯平了。」

「鋪子能跟地相比？這扯不平，這輩子都扯不平！」

二人你一言、我一語，將中間的白氏吵得耳朵發疼。
這要不是她的夫君，她一定立刻將沈楓揪出來扔給慕煥，好圖個清靜。
經過一番互辯後，慕煥氣憤地看向了白氏。「嫂子妳評評理，這件事是不是他的錯？」
沈楓立刻拽緊白氏的衣袖。「夫人啊，妳可得向著我！」
白氏面無表情，一點也不想斷這個官司。「我昨日突發急症，耳聾了，聽不見你們在說什麼。」
慕煥無語。
沈楓得意地道：「對啊，我夫人聽不見了，要不我們去溫壺酒，坐下來慢慢吵？」
慕煥咬牙切齒。「沈狗你別太囂張！」
白氏唇角一抽，這兩個人吵了半輩子，怎麼還跟十幾歲的少年一樣？
「我是你三哥，你別一口一個沈……」沈楓還沒斥責完，就聽見門口傳來動靜。
幾人定睛望去，卻是裴家夫婦上門了。
慕煥眼睛一亮，轉身就走向裴家家主裴禮安。「二哥，你是不是也被這狗搶地了？今日我們一起討伐他！」
裴禮安夫婦愣了愣，對視一眼後極有默契地轉身往外走。「我們突然想起家中還有事，改日再來。」
慕煥哪會讓他走，幾步上前就將人拽住。「二哥、二嫂，你們來得正好，你們快給我評評理！」

裴禮安夫婦面露苦色。看來下次上門前得先找個人來探探，看這裡有沒有官司。

這些年，慕煥跟沈楓吵的架數都數不清，吵不清了就來找他們，再加上兒子和準兒媳婦三天兩頭的官司，他們裴家活像開衙門的。

裴禮安嘆了口氣，語重心長地拍了拍慕煥的手臂。「不，你叫錯了，你是我哥，以後我叫你二哥。」

慕煥道：「那得請大哥來做個見證，咱們重新拜。在這之前你就還是我二哥，還得替我作主！」

「怎麼就是替你作主了？要也是替我作主啊！」沈楓不甘示弱地摻和進來。

裴禮安揉了揉眉心，只感覺額際突突直跳。今日來的真不是時候！

幾人這麼僵持著也不是個事，白氏便出面說備一桌酒席，坐下來慢慢談。

這回慕煥倒沒有反駁，只要求要最好的酒菜，不然就要掀桌子。

等幾人前後往後院走去時，慕煥小聲地對帶來的護衛吩咐道：「快些將夫人請過來。」

護衛忍不住多了句嘴。「可是夫人性情文雅，不善吵架。」就是請來了也沒用啊！

「我怎麼捨得叫夫人來吵架？夫人來我身邊坐著就行。你看他們都是成雙成對的，這少一個人，氣勢就小了。」

護衛應下。「……是。」

沈雲商回府後將玉薇跟清梔安頓好，就帶著裴行昭、慕淮衣去拜見長輩。

才到前院，就聽管家說裴家家主和慕家家主來了。

慕淮衣挑眉。「這麼巧啊？那正好，就請兩家長輩做個見證，讓沈伯母收我為義子。」

沈雲商皺了眉。怎麼還沒打消這個念頭？

管家聞言，滿臉複雜，欲言又止。雖然他不知道慕公子怎麼會突然生出這樣的想法，但他知道，慕公子今天肯定不會得償所願。

管家也算是看著慕淮衣長大的，遂提醒道：「今日提此事，怕有些不合適。」

「為何？」慕淮衣好奇地問道。

沈雲商跟裴行昭也都望向管家。

管家幾番糾結後，道：「我帶小姐和兩位公子去看看吧。」

幾個小輩帶著好奇心，跟管家到了設宴的地方，遠遠地就聽到裡頭的爭吵聲——

「二哥你說，這事是不是沈狗不地道？」

「你一口一個狗，是對我不敬。」

「我呸！有你這樣做人哥哥的？」

「我怎麼了？不就是一塊地，至於嗎？你之前不也搶了我諸多生意？」

「不就是一塊地？二哥，你聽聽他說的這是什麼話！沈狗，你有種起來一戰，今天有我沒你，有你沒我！」
沈雲商幾人皆有默契地止住腳步，不再往前。
詭異的沈默後，慕淮衣朝管家道：「程叔啊，你就當今天沒有看到過我。」在這種情況下，他老子要是知道他上趕著要去做沈伯父的義子，一定會弄死他。
管家微笑頷首。「是。」
「那……」沈雲商試探著開口道：「先去我院裡？等他們吵完了再過來拜見？」
慕淮衣第一個轉身。「行！等我爹走了，我再去拜見伯父、伯母。」絕口不再提要拜義父、義母的事。
幾人麻溜地轉身，去了拂瑤院。
慕淮衣不是第一次來，院中的人都知道他的喜好，無須沈雲商吩咐，廚房很快就上了他們各自喜歡的點心跟茶水。
天冷，幾人便圍爐而坐。
「我覺得我爹今日上門大概是為了裴家莊的事。」裴行昭率先道。裴家莊的事如何瞞得了裴家家主？
「裴家莊什麼事？」慕淮衣好奇地問道。
裴行昭自然而然地道：「不是什麼好事。」
慕淮衣「哦」了聲，表示了然。「又是那個人？我方才在醉雨樓好像聽到你們說那人姓崔，是鄴京崔氏？」

這些事沈雲商二人本不想將白家、慕家牽連進來，但事已至此，他們再隱瞞反倒不好，沈雲商便承認道：「是。」

慕淮衣「嘶」了聲。「怪不得上次裴阿昭攔著我，不讓我去弄他，原來竟這般有來頭。你們是怎麼惹上的？」

裴行昭與沈雲商交換了個眼神。

「哎呀行了，別以為我不知道你們在眉來眼去，什麼事還得瞞著我？」慕淮衣不滿地道。

裴行昭靜默片刻後，說：「我們只是在想，要不要告訴你，他的真實身分。」

慕淮衣一愣，隨後訝異地問：「他不姓崔？」

「比崔姓還要……」裴行昭伸手往上指了指。還是得將實情告知，免得慕淮衣什麼時候一個想不開就去找人麻煩。

慕淮衣一雙大眼從疑惑到震驚再到不可思議。「壓在崔氏上頭的，那不就是……不就是……」

裴行昭點頭。「如你所想。」

慕淮衣驚訝地半張著嘴，許久都沒有合攏。

裴行昭沒忍住，伸手合上他的下巴。「回魂了。」

慕淮衣沒動，眨眨眼，放低聲音問：「老幾？」

裴行昭道：「二。」

慕淮衣肩膀一鬆。「還好還好！」不是東宮那位，就算是不幸中的萬幸了。「不是，那麼尊貴的人，怎麼要跟你們過不去？」慕淮衣不解地問道。

既然已經和他明說了，裴行昭便沒打算再瞞他。「國庫不充盈，看上了裴家的錢。他要我跟沈商商退婚，讓我尚公主。」

慕淮衣不敢相信。「啊?!」皇家這麼不講理的？

「我已經拒絕了。」裴行昭若有所思地道：「大概是覺得折了面子，才給我們一個下馬威吧。」其實他是覺得今日的事另有隱情，但若太過複雜，他不想讓慕淮衣攪進來。

「呿，好傢伙！」慕淮衣倒抽一口氣。「這野蠻人啊！」

裴行昭瞥他一眼，半晌後，神神秘秘地湊近他。「你也小心些，公主可還沒走，說不定就把主意打到你頭上去了。」

慕淮衣瞪大眼。「不能吧？你家比我家有錢多了，她看不上我吧？」

沈雲商淡淡地道：「蒼蠅腿再小也是肉，況且慕家怎麼也算是一頭大肥羊，你還是謹慎些為妙，近日別出來招搖了。」趙承北是衝著她的玉珮來的，跟慕家無關，她也不想將慕家牽連進來。

慕淮衣聽得後背發涼。「這麼饑不擇食嗎？我今晚準備去青樓證明我真的不好男風，如此，那我還要去嗎？」

沈雲商和裴行昭幾乎是同時瞥了眼門外，剛要開口，就聽慕淮衣若有所思地繼續道——

「要不，為了保全我，就讓他們以為我喜歡男人，我今夜去找小倌？」話落，久久沒有得到回應，慕淮衣不禁問道：「你們怎麼不說話？給支個招啊！」

沈雲商一言難盡地朝門口示意。

慕淮衣順著回頭，好死不死地就看見白燕堂一臉複雜地站在門外盯著他。這人不是報仇去了，什麼時候來到這裡？他與白燕堂對視許久後，試探地問：「你聽到了多少？」

白燕堂如實道：「最後一句。」

最後一句……慕淮衣欲哭無淚。他今日出門一定沒看黃曆！

「你聽我說，事情不是你聽到的這樣……」

「我還有事，先走了。」白燕堂轉身走了兩步，又回頭朝沈雲商道：「我本欲去拜見姑姑，但過去看了眼，發現此時不適合進去。雲商妹妹回頭跟姑姑說一聲，我明日再過來。」他本是想過來跟姑姑商議二皇子的事，但很顯然，他來得非常不是時候。但……慕淮衣是什麼時候有的這毛病？

慕淮衣眼睜睜地看著白燕堂逃也似的離開，他頓了頓，遲疑地問沈雲商。「他是不是……又誤會了？」

沈雲商面帶同情地點頭。「應該是。」

慕淮衣哀嘆一聲，看來今夜還是該去青樓，他的名聲比較重要。

下一刻，慕淮衣如一道風般追了出去。「大哥你聽我解釋！事情真的不是你想的那個樣子……」

很快地，院子裡便又安靜了下來。

圍爐旁只剩沈雲商和裴行昭。

被慕淮衣這麼鬧了兩次，原本的沈重也隨之消滅，眼下歸於平靜，二人便不由得又想到了今日的事。

「商商，我覺得表哥說得對，我們無須太過忌憚他們。」裴行昭率先開口道。

他重生之後便是這樣的想法，只是一直沒有機會向沈雲商交底，今日恰好可以藉著表哥的名頭，與她重新商談這件事。

沈雲商與他是一樣的想法，聽他這麼說自然認同。「嗯，我也這麼認為。事不過三，我們沒道理一直這麼忍著。表哥也說了，只要沒有證據，他現在的處境奈何不了我們。」

裴行昭瞇起眼。「所以妳打算？」

沈雲商看著他。「玉薇和清梔不能白遭這番罪。」

「要想做得乾淨俐落，不容易。」

沈雲商點點頭。「我們手上沒有這樣的人。」

二人相視良久後，同時道：「極風門。」

見對方與自己想到一處，二人都不由得勾起了唇。

「但弄趙承北太冒險了，所以……」弒主，那是滿門抄斬的大罪。

「烏軒。」二人又同時開口。

沈雲商唇邊揚起一絲冷笑。「裴家莊及玉薇、清梔的事，幾乎都是經了烏軒的手。」

「還有畫像上的那個人。」裴行昭道。

隨後，兩個人就湊在一起，商議著如何進行這第一次反擊。

大約過了半個時辰，沈雲商一掌拍在桌上。「就這麼辦，明日就給江門主去信。」

「妳寫信，我讓人去跑一趟。」裴行昭道。

「行！」

「我帶著人在昌華街搜尋了幾遍都不見清梔，便讓他們分散開來，不久後，我找到一條巷子，在牆角發現了我送給清梔的那朵金絲薔薇珠花，當時一時大意，未仔細檢查就撿了起來，卻不察上頭塗了迷藥。」玉薇靠在床上，聲音輕緩地敘述著。「待我醒來，便身處一處漆黑的暗室，伸手不見五指，什麼都看不見。」

沈雲商聽得仔細，眉頭微微蹙著。那處漆黑的暗室，應當就是酒肆二樓的暗房。

「我才醒來，就有人問話，那道聲音低沈沙啞，應該是掩飾過的。」

沈雲商問：「他問了什麼？」

玉薇面上略帶憂色，繼續道：「他以清梔的性命威脅我，說他對家主與夫人感興趣，問我家主與夫人之間是否有外人不知道的內情。我便答他，與外界傳聞一樣，並無特別。後來他讓我取夫人或者小姐身邊的一件東西，但他不說是何物，只說這樣東西對夫人和小姐極為重要，若我取不來，只要告訴他夫人和小姐特別在意的隨身之物是什麼便可。」

沈雲商眸色微沈，果然是衝著她和母親來的。

若她沒猜錯的話，他要的那樣東西就是前世她出嫁時母親給她的那枚半月玉珮。

「恰好那時又有人進來，奴婢隱約聽到『白』、『來了』幾個字，便猜測應該是白家的人過來了，且他之前也說小姐在大張旗鼓地找奴婢和清梔，奴婢清楚他從一開始就沒有打算留奴婢的性命，所以奴婢便決定賭一賭。」玉薇繼續道：「他們沒有想到奴婢會武功，在奴婢朝牆面擊出幾掌後才反應過來。他身邊共有兩人，一個輕功極好，一個內力深厚，奴婢與他們交手時中了幾掌，所幸大公子來得及時，否則，奴婢不可能活下來。」

沈雲商越聽越後怕，若當時發現得晚些，玉薇就沒了。「還好，還好妳沒事。」

玉薇見沈雲商對綁她的人半點不關心，心中一動，問道：「小姐知道是誰？」

沈雲商頓了頓，點頭。「嗯。還是姓趙的。」

這個答案在玉薇的意料之中。她醒來後第一個懷疑的就是他們，畢竟姑蘇城的人不會有人敢對她們下手。

「慕淮衣找到了那日出入酒肆的其中一人的畫像，他是趙承北的貼身侍衛之一。」沈雲商道：「玉薇，這一次，我不打算再忍了。」

玉薇一驚，忙傾身急道：「小姐不必為了我們得罪他，他畢竟是皇子，若是惹怒了他，對我們沒有好處。」

沈雲商扶著她躺回去，安慰道：「妳放心，我有分寸。大夫說妳受了不小的內傷，接下來妳就好好養傷，其他的事無須擔心。」

「可——」玉薇還要說什麼。

沈雲商打斷她道：「還有表哥和裴行昭，不會有事的。」

玉薇見她意已決，便沒再繼續相勸。「小姐，清梔如何了？」

提起清梔，沈雲商的臉色立刻就冷了下來。

「她醒過一次，我已問過她，是她的父親和弟弟將她騙到青樓，她原本還以為父親和弟弟是真心要與她吃一頓飯，卻沒想到飯中有迷藥，再醒來她人就在青樓了。其他的跟妳說的差不多，也有人問過她那些問題，她什麼也不願意說，對方便對她下了死手。裴行昭若再去晚一點，人就被活生生打死了……」說到最後那一句，沈雲商聲音微哽。

所以前世清梔的死，是因為她。

可那時她卻什麼也不知道，不知道清梔在青樓的絕望，不知道清梔為了護她，面對生命威脅時一個字也不曾多說。

玉薇沈默了許久，才又開口問：「小姐，他們想要的到底是什麼？」

沈雲商輕輕搖頭，她也不知道趙承北真正想要的到底是什麼。

她只知道他想要那枚半月玉珮，卻並不知道半月玉珮背後代表著什麼。她只知道或許與玄嵩帝有關，但具體為何，她至今窺不出半分。

但她有一種預感，這些謎團終將會一個個解開。

「他殺妳們滅口，是不想讓我知道他在查什麼，如今妳們都活著回來，他必然還會有下一步動作。」沈雲商緩緩道：「這段時間妳和清梔就在院中休養，哪裡也不許去。」

「那小姐……」

「我無妨。」沈雲商道：「母親給了我三個護衛，分別喚阿春、阿夏、阿秋，三人中只有阿夏是位女子，等妳身體好些，便能見到他們。」

玉薇聞言這才放心，點頭應是。

沈雲商剛從玉薇房裡出來，就收到白管事的來信，她打開看完，眉頭緊蹙。

有人在跟她搶糧食、棉衣？

這麼大的量，顯然不會是正常需求。

難道，還有人和她一樣，動了相同的心思？

抑或者，這是趙承北的人？

可她是重活了一遭才知道馬上要有雪災，這些人又是如何得知的？

沈雲商幾經思忖後，去書房寫了回信。

與此同時，裴行昭也收到了綠楊的信。

信上說有人在跟他搶糧食、棉衣，且對方囤積的數量極大。

裴行昭第一時間也懷疑到趙承北身上，但據他所知，趙承北應該拿不出這麼大一筆錢才是。

他思忖再三後才回了信。

同日下午，極風門的人到了他們指定的地點。

趙承北立在院中，神色陰沈地望著那扇緊閉的門。

從裴家莊回來後，那扇門就沒有打開過。

不論他怎麼道歉，崔九珩始終都沒有回他一個字。

其實這種結果在他的意料之中，但按照他的計劃，若是事成，即便崔九珩再氣，也要娶沈雲商，待回了鄴京成婚之後，他自有辦法讓崔九珩原諒他。

可現在，計劃未成，九珩也不願意見他，可謂是得不償失。

且在那兩個婢女處也失了手。

趙承北深吸一口氣，臉色因心中怒火而隱隱發青。

他怎麼也沒想到，在鄴京他能運籌帷幄，到了這裡卻幾次三番吃了敗仗，竟連兩個小丫鬟都奈何不得！

他雖然沒有問她們太多，但若沈雲商知曉她自己的身分，他就是打草驚蛇了。

如今只希望，沈雲商不曾將這一切告知白蕤。

因為他很早就觀察試探過，沈雲商不像是知道自己身分的樣子。

這時，被他緊緊盯著的那道門終於開了，趙承北忙斂下怒容。

出來的是崔九珩的貼身護衛西燭，他看了眼趙承北便朝他走去，恭敬地行了禮後，才道：「殿下，公子身體不適，想明日便啟程回鄴京。」

趙承北眼神微緊。明日就回？可沈雲商之事還沒有進展。

西燭見他不語，撲通地跪下，鄭重請求道：「殿下，公子已經兩日不曾吃過東西了，再這麼下去，公子的身體吃不消啊！」

趙承北身子一震。「這麼大的事為何不早說！」

西燭道：「公子不許小的說。」

趙承北深深地望了眼那間屋子，而後重重閉上眼，咬了咬牙，半晌後拂袖離開，撂下一句話。「明日回京！」

西燭眼睛一亮。「多謝殿下！」

待趙承北走遠了，西燭才回了屋子。

而屋裡，崔九珩正坐在桌前用著肉粥，半點都不像是兩日未曾用飯的樣子。

見西燭進來，崔九珩抬頭。「他可答應了？」

西燭笑著道：「答應了。屬下一說公子兩日不曾用飯，殿下就應了。」

崔九珩一愣，皺眉看著西燭。

「屬下要是不這麼說，二皇子定然不會答應的。」西燭忙認錯道：「屬下知道錯了，下次再也不敢了。」

崔九珩動了動唇，到底沒說出責怪的話，只是放下了肉粥，道：「都撤出去吧。」

「啊？公子只吃這麼點？」

崔九珩覷他一眼。「你看我現在可像是久不用飯的樣子？明日穿了幫，你就是欺君。」

西燭頓時有些懊惱，早知這樣他就不撒那個謊了。

「公子，您可會原諒二皇子？」西燭邊收菜邊問。

崔九珩的面色淡了下來，沒有應他。

許久後，他才道：「我與他一起長大，知道他曾經受過的委屈，知道他所有的難處，不管是為了崔家，還是他，我都是盡心盡力扶持他。可是……」可是他沒有想到，在他心裡一直仁善溫潤的趙承北，竟也會使這些下三濫的手段了。

他自然知道想要坐上那個位置，少不得刀槍劍雨、籌謀算計，可陽謀與陰謀卻是相差甚遠，他不屑用陰謀，也不贊成。

「二皇子此番確實是有些過了。」西燭小聲道。不只是有些過，用這種手段逼公子娶沈家小姐，簡直就是……

「西燭！」崔九珩斥責道。

西燭知他的意思，自己不該妄議二皇子，遂不情不願地說了句「知道錯了」，便不再提了。

「明日回京，你去準備一下。」崔九珩道。

「是。」

次日辰時，車馬就已經整裝穩妥，崔九珩在西燭的攙扶下出了府門。

趙承北比他先到門口，見到他便喚了聲。「九珩。」

崔九珩面色未動，抬手恭敬地行禮。「二皇子。」

見崔九珩如此生疏，趙承北便知道他心中還有氣，雖有心想跟他多說幾句，但礙於此處人多口雜，到底只能輕輕點頭。「嗯，啟程。」上馬車前，他又吩咐西燭。「好好照顧你家公子。」

西燭恭敬應是。但此時的西燭因為裴家莊的事對趙承北已經開始有不滿了，他家公子這番是被誰害的？且他不知道照顧公子嗎？還用趙承北來提醒？

趙承歡最後出來，她瞥了眼身形孱弱的崔九珩，逕自上了自己的馬車。

皇兄都得了冷臉，她說什麼也都是多餘的。

畢竟在崔九珩的心裡，那石洞中的藥她也有份。

她不是沒想過跟他解釋，但去了幾次他都不願意見她，她便看開了。

她在崔九珩心裡本就不是什麼好人，多這一樁也不是什麼事。

至於那日裴行昭所說的崔九珩緊張她，她當時還相信幾分，可等回過神後卻是半點都不信了。

這麼多年了，若崔九珩真的喜歡她，又豈會刻意疏遠她，連私下見一面的機會都不給她？

馬車緩緩行駛，朝北城門而去。

趙承北他們此次來姑蘇是微服出宮，回京自然也不會大張旗鼓，加上侍衛、隨從，一行也不過三十多人。

但這三十多人，都是身手極佳的，足以應對沿路所遇到的麻煩。

比如現在，一行人在路過洪崖溝時遇到了山匪，趙承北也絲毫沒有慌張，只吩咐人保護好公主和崔九珩後，便在馬車中安心待著。

鄴京到姑蘇這一路難免會遇到匪徒，來時他們還順便剿了好些匪，是以現在誰都沒有將這些山匪放在眼裡。

但，隨著打鬥聲持續未停，趙承北眼裡逐漸有了不耐煩。

已經小半個時辰了，他帶的都是一等一的高手，什麼樣的山匪需要這麼久的時間？

正當他想開口時，外頭傳來了烏軒的聲音——

「殿下，此處山匪太過凶狠，屬下先護送殿下離開。」

趙承北聽出了不對勁，一把掀開車簾望去，臉色隨即一沈。

他帶的三十多個侍衛，竟將近折了半數！

「殿下，我們得趕緊走。」戰局不容樂觀，烏軒遂催促道。

趙承北放下車簾，沈著臉「嗯」了聲。

這種時候他自然不會蠢到自報身分，畢竟刺殺皇子是死罪，對於這些匪徒來說，畏懼他的身分投誠，還不如將他們直接全部殺死再逃亡來的安全。

烏軒帶人護著幾輛馬車飛快離開，卻不想竟有匪徒追來，因此由烏軒與趙承北的另一個貼身侍衛烏林斷後。

馬車快速穿過洪崖溝，臨近驛站時匪徒不敢再往前追，趙承北遂吩咐在驛站停下來。

他先去看了趙承歡和崔九珩，見他們都無事，才黑著臉望向洪崖溝的方向。

大約過了小半刻，有馬蹄聲響起。

幾人立在驛站門口望去，卻見一身血跡的烏軒拽著韁繩，馬背上還馱著一個人。

趙承北心中一緊，幾步迎了上去。

烏軒受了極嚴重的傷，幾乎是跌下的馬背，他撐著半跪在地，悲痛道：「稟殿下，十七個兄弟都沒了，包括……烏林。」

趙承北朝他馬背上的屍身看去，面色隱隱發白。

烏軒、烏林還有另外兩個烏姓侍衛是趙承北的貼身侍衛，都有著自小相伴長大的情分，饒是趙承北的心再薄涼，此時見到烏林慘死也難免心痛。

他走近，一言不發地將烏林的屍身抱下來。

烏林全身多處刀傷，整個人鮮血淋漓，而致命傷在脖頸。

趙承歡跟崔九珩也先後過來了，看見這等場面，都有些錯愕。

他們以為不過是尋常的山匪，沒承想損失卻這般嚴重。

烏軒撐不住，暈了過去，有侍衛趕緊上前將他揹進驛站。

趙承北盯著洪崖溝，咬牙吩咐道：「去報此地衙門！」

衙門的人見到二皇子令，來得極快。知縣親自帶著一隊人過來，隨行的還有幾個大夫。

三十多個侍衛折了十七個，現在剩下的十九個，除烏軒傷重外，其他人也都負著大大小小的傷。

「不知是二皇子尊駕至，微臣有罪，請殿下賜罪！」知縣在路上已經知道了洪崖溝發生的事，大雪天的，額頭一直冒著冷汗。

二皇子侍衛的命，那可比他們這些縣令要緊太多了，更別提還折了一個與二皇子有著相伴長大情分的貼身侍衛。知縣這一路都是戰戰兢兢的，生怕二皇子一怒，項上人頭就不保。

趙承北此時確實已是怒極。

京中多少爾虞我詐、惡戰廝殺，他的這四個貼身侍衛雖多有負傷，卻從未折損，如今卻在這樣一個惡山惡水的小小溝彎裡折了一個，怎能不叫他怒火滔天！

「此地有如此凶匪，你作為縣令竟也不作為，如此瀆職，你確實該死！」

知縣額上斗大的汗水滴落在地上，肥胖的身子肉眼可見的打著顫。「稟殿下，非微臣辯駁，實在是此處山匪太過凶悍，微臣幾番剿匪都無功而返，請殿下明查。」這些該死的野蠻人，他再三提醒過不可劫官的，這幫人倒好，竟動到二皇子頭上，給他惹下這滔天大禍！

「那你為何不上報？」趙承北一掌拍在桌上，怒道：「拿著朝廷的俸祿，都是吃乾飯的？」

知縣不敢再辯駁，只一個勁兒地磕頭求饒。

趙承北氣得眉心突突直跳，他抬手按了按額際，壓下將知縣一刀砍了的衝動，厲聲道：「本殿下還有十六個人在那處溝彎裡，你親自帶著人去將他們接回來，少一個，便拿你的命抵！」

他運籌帷幄多年，很珍惜手下人的性命，倒並非有多看重，而是培養人不易，少一個於他而言都是損失。

今日不明不白地折了十七個在此，他只恨不得將這知縣和那幫山匪全部砍了洩氣，但那幫山匪窮凶極惡，追究下去還不知道要賠多少人進去。

眼前這知縣，還不到弄死他的時候！

至於尋回折在彎溝裡的人，是為了不讓剩下的人心寒。

知縣聞言便知暫且逃過了一劫，連連稱是。

果然，知道二皇子要去尋回折損的弟兄，醒著的侍衛都紛紛主動請纓，但趙承北怎會讓他們去？

「你們都受了傷，此事交給衙門去辦即可。」若那些山匪還在，他的人過去就是送死。

崔九珩得到消息後，朝西燭道：「你跟著去一趟。」

「是。」西燭應下，卻又聽他壓低聲音道——

「去查查有沒有什麼異常之處。」

西燭聞言一怔。「公子的意思是，這些山匪……」

崔九珩語氣複雜地道：「我也只是猜測，或許不是我想的那樣。若後頭二皇子問起，你就說是你怕衙門的人帶不回他們，主動過去幫忙的。切記，一旦遇到危險就立刻回來。」

西燭拱手。「是。」

知縣帶著人出了驛站後，西燭才追上去。

知縣聽他說要隨他們前往，自然是一萬個樂意，他如今也怕，怕那幫人殺紅了眼，連他都不放過。

趙承北得知西燭跟了過去，愣怔之後，第一時間就去找了崔九珩。

「此行危險，你怎讓西燭過去了？」

崔九珩面色淡淡地否認。「我沒讓他過去。」

趙承北心中的猜疑當即就淡了下去，皺眉道：「他也太胡鬧了，萬一那些凶匪還在——」話到一半，他猛地止住，看了眼崔九珩。見崔九珩神色淡淡，並未出聲，似乎並沒有聽出不對，這才鬆了口氣。

待他離開，崔九珩才抬眸神色複雜地望著他的背影。

所以，這才是他不讓他的侍衛跟過去的理由。

可衙門那十幾條命就不是命嗎？

他突然發現，他好像有些看不懂趙承北了。

一行人回來得很快，帶回了十六具屍身。

趙承北一一看過後，面色沈痛地吩咐道：「找地方安葬了，回京之後再發一筆銀子給他們的親屬。若他們的親屬要來接人回家，再另派人手過來。」

他此舉讓剩下的十幾個侍衛皆感熨貼。

他們平日刀裡來、火裡去，雖說每一次出門都做好了心理準備，但他們並非不怕死，怕死無葬身之地，也怕死後家人得不到安置。

當然，他們一直都知道二皇子殿下仁義，眼下又見他這般關心戰死的弟兄們，他們就沒什麼後顧之憂了。

不等趙承北開口，知縣便主動帶人去尋風水寶地，進行安葬事宜。

趙承北看了眼立在一旁的西燭，狀似隨意地問道：「你跟去做甚？」

西燭忙道：「小的怕凶匪還在，怕此處衙門的人帶不回他們，便想著跟過去幫幫忙。」

趙承北淡淡地「嗯」了聲，道：「九珩將你看得很重，以後少涉險。」

西燭恭敬地道：「謝殿下關懷，小的明白了。」

西燭告退後，朝崔九珩的房間走去，他先打量了眼周圍，才關上門走到崔九珩身邊。

崔九珩見他如此神色，心中一咯噔，放下書。「查到什麼了？」

西燭面色凝重地點頭，從懷裡取出一張沾血的取錢憑證遞給崔九珩。「這是我在一具屍身不遠處發現的。」

崔九珩接過看了眼，面色一變。「可被其他人看見了？」

「沒有。」西燭搖頭道：「當時所有人都在收殮屍身，並沒有人發現，我也仔細檢查過了，確認沒有別的線索。」
崔九珩復垂眸看向手中的憑證。
沈家錢莊……邵般……
雖說這在平日其實並不代表什麼，但在此時此刻的情況下，這東西就足以致命。
一則，山匪如何會有這麼大一筆存銀？
二則，他們才與沈家交惡，很難不聯想到這幫山匪是被人收買，抑或者……他們本就不是山匪，而是沈家的人。
若這東西到了趙承北手中，不論是不是沈家，沈家都不會有好下場。
「公子，您覺得這會不會是……」西燭謹慎地問道。
崔九珩知道他的意思，一時沒答，沈默許久後才將東西交給他。「不論是不是與她有關，你我此後都當沒有看見過這個東西。你將它收好，離開這裡後找機會寄送到沈家去，並交代務必要親手交給沈雲商。」
西燭皺眉。「可是公子，若真是這樣……」
「女子的清譽何等重要，不怪她復仇。」崔九珩道。惡行終有惡果。
趙承北沒往此處想，是因為他不會想到一個小小的商賈敢做出如此反抗。
不過若真的是她，倒也是聰明。
知道動了二皇子、三公主抑或者是他，此事絕對會鬧大，不會善了。

而她這番行為雖不妥，但他不是當事人，更甚至算是加害人之一，沒資格評判她。
他選擇藏下這件東西，只當是他的賠禮。
「那我需要再交代什麼嗎？」西燭問。
崔九珩想了半晌，道：「讓人寫一張紙條……」
西燭附耳過去。

第十四章

臨近年關，雪越下越大，絲毫不見停的跡象。

沈雲商披著大氅剛從玉薇房裡出來，護衛阿春就疾步過來稟報。

「小姐，剛得到消息，我們一處布莊出了事。」

沈雲商面色一變。「出了何事？」

阿春沈聲回道：「鋪子著了火，裡頭的東西都燒乾淨了。」

沈雲商似是想到什麼，邊往外走邊道：「可知詳細經過？可有人過去了？人可無礙？」

「夫人已經過去了。因為是早晨，還未開門，並未有人受傷。失火原因暫且不詳，鋪子裡的人都一口咬定走之前檢查了火燭，絕不可能因此失火。還有，裴家那邊有一處成衣鋪也著了火。」

沈雲商的腳步驀地一滯，停在廊下，眼中飛快閃過幾縷暗光。

大冬天的，哪有那麼容易著火，且還這麼巧，淨燒沈家和裴家的鋪子。

趙承北昨日才走，今日兩家就出了事。

沈雲商緩緩握緊拳，心念幾轉，便琢磨出了其中深意。

玉薇和清梔活著回來了，趙承北自然不會放心，他這是在警告她和裴行昭。

如果她沒有猜錯，他這是怕他們會將這些事告訴兩家長輩，所以藉此告訴她和裴行昭，他想要動裴、沈兩家，輕而易舉。

「小姐，怎麼了？」

沈雲商回神，輕緩道：「無事，既然母親去了，我就不過去了。你和母親說一聲，我懷疑此事可能與剛離開姑蘇的人有關。」

阿春拱手應下。「是。」

沈雲商轉身回了院子。

趙承北想要的只是警告他們，暫時不會再多做什麼了，以免物極必反。

只要沒有人受傷，損失一間鋪子對他們而言不算什麼。

但趙承北折損了心腹侍衛，恐怕不會好過。

大雪漫天，有些雪飄進廊下，而沈雲商渾身散發出的冷意堪比這紛飛大雪。

這一次，只要她不死，她就會和趙承北死磕到底！

三日後。

玉薇已經能下床，沈雲商陪她圍爐坐著，說著她及笄之事。

「本來幾日前就是妳的生辰，但那時妳重傷下不得床，我便另擇了吉日，兩日之後，給妳辦及笄宴。」沈雲商見她要開口，就打斷她。「我知道，只是府裡慶祝一下而已。」

玉薇這才點頭。「謝小姐。」

沈雲商攏了攏她的大氅，笑道：「不過，綠楊應該是趕不回來了，裴行昭說他要年前才回得來。」

玉薇眨眨眼。「要他回來做甚？」

好吧，還沒開竅。沈雲商轉移話題道：「對了，母親上次問我，是否還要認妳為妹妹，我自是願意的，只要妳點頭，我隨時帶妳去母親跟前敬茶。」

玉薇聞言著急道：「不可，小姐！奴婢本是乞兒，承蒙相救能到小姐跟前，已是天大的福分，不能再過多奢求。」

「妳能到我跟前便是緣分，也是我的幸運。」沈雲商誠心道：「妳無須顧及太多。」

「小姐，奴婢受之有愧，還請小姐以後莫要再提此事了。」玉薇起身就要跪下。

沈雲商一把攔住，扶著她坐好，嘆了口氣。「行行行，不提不提，妳好好坐著，別動不動就跪。」

玉薇便安靜地坐了回去。

這時，阿夏在房外稟報道：「小姐。」

沈雲商轉頭。「何事？」

「有人在門口求見小姐，說有封信要親手交給小姐。」

沈雲商默了默，起身。「行。」她順手將也要跟著起身的玉薇按回去。「在這裡坐著。」

玉薇只能應是。

沈雲商一出門，阿夏便已撐好了傘，二人一道往門口走去。

來人見到沈雲商，先是確認了她的身分，才將一個信封遞過去。「請沈小姐見諒，寄信的客人囑咐過，一定要親手交到沈小姐手中。」

沈雲商伸手要去接，卻被阿夏攔住。

「小姐，我來。」

沈雲商知她謹慎，便收回手。

二人正欲往回走，卻又被人叫住，沈雲商回頭，根據穿著一眼就認出來對方的身分。是極風門的人。

來人瞥了眼沈雲商身邊的人後，這才拱手行禮。「沈小姐，我家主人有信給小姐。」沈雲商曾經說過，在外面不可說破她三掌門的身分。

這極風門弟子倒也機靈，一看她身邊不是玉薇，便立即改了口。

沈雲商面色平靜地接過信，極風門弟子便拱手告退。

回到拂瑤院，阿夏將信遞給玉薇，便出了門。

沈雲商先打開了江鈺給她的信，看完後，她面色微變。

玉薇見狀問道：「小姐，出了何事？」

「江鈺說，極風門殺了趙承北身邊十七個侍衛，烏軒重傷，烏林……很有可能就是跟妳動手的那個侍衛死了。」沈雲商頓了頓，神情凝重地繼續道：「但是，他的一個弟子在路上掉了一張存錢的憑證，擔心是在打鬥時掉進洪崖溝，但後來回去找過，並沒有找到。憑證上面有『沈家錢莊』的字樣，若是被趙承北發現了，後果不堪設想。」

玉薇捏著信封的手微微一緊。「但在沈家錢莊存錢的人數不勝數，這也證明不了什麼。」

「別人便罷了。」沈雲商搖搖頭說：「若是趙承北，他即便知道與沈家無關，也一定不會善罷甘休，或拿此要挾，或拿此栽贓。他手下死了十七個人，拿著這個東西，就能指認這場刺殺與沈家有關，這是滿門抄斬的大罪。」

玉薇面色大變，將手中信封捏得都變了形。

沈雲商瞧見，安撫道：「這只是最差的猜測，或許他是掉在別處也未可知。看看這封信是什麼？」她伸手要去拆。

玉薇卻沒有遞給她，自己邊拆邊道：「夫人吩咐過了，以後來路不明的東西，不能先經小姐的手，以防有人別有用──」玉薇的話音突止，她看著信封裡面的東西，半晌後，抬頭問：「江門主說，那位弟子丟的是多少面額的？叫什麼名？」

「五百兩，邵殷。」

聽沈雲商一說完，玉薇的面色更加複雜了，她取出信封內的東西展開。「是這張吧？」

沈雲商垂眸一看，果真全對得上。

只是這上頭染了很多血，一看便知來路不尋常。

「裡頭還有一張信紙。」玉薇怕上頭有東西，依然沒有直接遞給沈雲商，只是展開讓她看。

安心，無後患。

雖是陌生的字跡，但看著這幾個字，沈雲商下意識就想到了一個人。

「小姐，您可知這是怎麼回事？」玉薇有些不解地問道。

沈雲商沈默了半晌後，接過她手中的信紙和憑證。「放心，我知道是誰。」說罷，她朝外道：「阿夏，煩勞妳派人去趟裴家，請裴行昭過來。」

大約半個時辰後，裴行昭裹著一身冷氣進屋。「這麼冷的天，沈商商妳最好有很重要的事。」

沈雲商先將江鈺的信遞給他，然後氣定神閒地看著裴行昭爆炸。「什麼？這邵殷是誰？怎如此大意？要是被趙承北發現了那還得了！不行，我們得趕緊做好準備，萬一真的打上門來了，就先往邊關撤——」突然，眼前一樣東西擋住了裴行昭的視線，也止住了他的聲音。裴行昭眨眨眼，偏了偏頭。「咦？邵殷？這名字好生熟悉呢……」

沈雲商將東西拍到裴行昭懷裡後，又伸手去烤火了。

幾息後，裴行昭砰的一聲在她身邊坐下，低聲道：「是他？」

沈雲商揚眉。「不然，你認為趙承北身邊還有誰這麼……」她一時想不到該用什麼樣的詞形容那個人。

「好人啊！」裴行昭突然一拍大腿，目光發亮地說：「其實，我有個大膽的想法。」

沈雲商默了默，道：「其實，我也有一個大膽的想法。」

但這個想法確實太過大膽了，所以她一直沒往那方面想，但經過這次，她想，也不是不能想一想。

若是能成功，那對趙承北可以稱得上是致命的打擊了。

青梅竹馬的默契再次體現了出來，有些話無須說出口，雙方就已意會。

半晌後，裴行昭轉頭喊丫鬟拿個紅薯進來，湊近沈雲商。「那妳有什麼好辦法嗎？」

沈雲商烤著手，道：「你還沒吃飯？我覺得，有沒有一種可能，無須我們做什麼，趙承北就能自己把他推走？」

畢竟前世，那人除了知道趙承北威脅他們退婚外，其他關於趙承北的那些骯髒事，他是一概不知的，最後給她下的碧泉也是因為趙承北欺騙了他。

原本她覺得道不同，不相為謀，但若有朝一日，他的道跟他們一致了呢？

「正要吃，聽說妳要見我，這不就急著過來見妳了？我覺得妳說的有道理，那我們就等著，等他們什麼時候決裂了，我們再去添把火，氣死趙承北。」

「行。」沈雲商道：「今日天氣好，我們應該燙個羊肉歡慶歡慶。」

裴行昭咧嘴一笑。「我要喝妳藏在梅樹下的那罈酒。」

「裴昭昭你跟蹤我！你怎麼知道我在梅樹下藏了酒？」沈雲商怒目瞪他。

「妳從小到大得了好酒哪次不是藏去小梅林的樹底下？」裴行昭邊說邊起身。「哪一株呢？我親自去挖。」

沈雲商一腳踢過去，沒好氣地道：「第十二棵！」

裴行昭閃身躲過，風一般地竄了出去，很快又轉回來，在門口探出個腦袋。「要不要請大哥和白家的小媳婦？」

「隨你。」

「好咧！」

不多時，丫鬟拿了紅薯進來。「小姐……」

「不烤了，餓死他！」沈雲商氣道。狗鼻子，淨惦記她的酒！

丫鬟看了眼玉薇。

玉薇卻只是笑了笑，偏過頭去看外頭的大雪，欣賞沈雲商口中的好天氣。

丫鬟只得領命退下，可才走到門口，就被沈雲商叫住了。

「算了，拿來吧，我給他烤個半生的，毒死他！」

丫鬟震驚。她第一次聽說半生的紅薯能毒死人。

玉薇抿唇一笑。小姐說得不錯，今日的天氣，真的很好呢！

裴行昭果真派人去請了白燕堂和慕淮衣。

慕淮衣起初是不想去的，得知白燕堂事務纏身，沒過去後，才急吼吼地換衣裳出門。

為了那該死的謠言，他已經在青樓歇了幾日了，如今是半點也不想見到白燕堂。

當夜，幾人涮著羊肉、喝著酒，一直持續到子時。

慕淮衣已經醉得不省人事，裴行昭比他好些，還能歪歪扭扭地走著自以為的直線，唯一清醒的是酒量駭人的沈雲商。

看著兩個醉鬼，她再次體會到了沒有敵手的孤獨感。

她立在廊下，面無表情地看著雪地裡的兩個人——

一個頭朝下、四仰八叉地撲在雪中；一個在用指尖捻雪，說要堆雪人。

玉薇立在沈雲商身側，注視著這一幕。「等裴公子捻出一個雪人來，這個冬天怕都要過去了。」

沈雲商扯了扯唇。冬天過不過去她不知道，但撲在雪地裡的那個，一夜就能凍死。

她嘆了口氣，喚來阿春和阿秋，讓他們一人一個，將雪地裡的醉鬼揹走。

慕淮衣不省人事，但省事，阿春輕而易舉就將他帶走了。

裴行昭眼睛還睜著，跟阿秋鬧著非要堆完雪人才肯走，阿秋又不敢傷他，幾經糾纏後，阿秋掌風翻飛，藉著內力很快就堆好一個雪人。

結果裴行昭說雪人沒眼睛。

正在嗑瓜子邊看熱鬧的沈雲商聽了這話，立即上前用瓜子為雪人按上兩隻眼睛。

結果裴行昭又說沒嘴巴。

玉薇想也沒想地轉身去寢房拿了一盒胭脂出來抹上。

如此，便算是一個成功的雪人了。

裴行昭卻又說要帶雪人回家一起睡覺。

阿秋終於忍無可忍，強行將人扛在背上，飛快地掠了出去。

待不見了人影，沈雲商又繼續嗑瓜子。「妳說，他明日酒醒了會不會覺得沒臉見人？」

玉薇想了想，搖頭。應該不會吧？畢竟小姐說過，未來姑爺的臉厚到可以糊城牆了。

沈雲商內心也是這個想法。

她嗑完最後一粒瓜子，拍拍手。「睡吧！」

果真，次日再見到裴行昭時，他跟沒事人一樣，嬉皮笑臉地往沈雲商跟前湊，見著阿秋時，還誇人家雪人堆得不錯，下次有空一起喝酒。

阿秋見識過他發酒瘋，委婉地拒絕了。

但在玉薇及笄這日，阿秋還是沒能躲過，被裴行昭拉著灌了個大醉。

白燕堂跟慕淮衣這日也過來了，都給玉薇帶了及笄禮；裴行昭多送了一份，說另一份是綠楊送的；白氏帶了簪子過來，親自幫玉薇戴上；沈父最直接，送了一盒子銀票。

如此，玉薇的及笄禮，場面也算是很盛大了。

當夜，沈雲商又痛失了幾罈好酒。

慕淮衣又是被阿春揹回去的。

阿秋喝醉了，裴行昭是白燕堂親自送回去的。期間白燕堂曾不只一次的想，這要不是自己的準妹婿，自己定會將他丟在路上八十回！

如此鬧騰歡樂也平凡的日子，日復一日的過著。

沒了趙承北，他們好像又回到了從前，看戲聽曲、喝酒玩鬧，只與以往不同的是，沈雲商跟裴行昭開始暗中培養自己的勢力。

白燕堂在某一日，突然說要離開姑蘇。

白家的生意遍布各地，他常年在外已是尋常事，眾人對此雖然不捨，卻已習以為常。

沈雲商挖出了最後私藏的美酒，為他餞行。

阿秋有著前車之鑒，聽到風聲就躲到白氏院裡去，裴行昭沒逮到人，便將阿春扯上酒桌，沒想到阿春只喝一杯就栽在桌子上，沒了動靜。

所有人面面相覷。

沈雲商最為吃驚。

阿春最沈穩可靠，一看就是酒量還不錯的，沒想到一杯就趴下了。

裴行昭惋惜道：「唉，一個比一個差。」

慕淮衣不滿地說：「你把他弄醉了，誰送我回去？」

「我也不知道他就這點酒量啊……」裴行昭心虛地左看看、右瞧瞧，視線落在白燕堂身上。「你夫君在這裡！」

慕淮衣和白燕堂互看了一眼，然後便是二打一，裴行昭被二人堵著揍得滿屋子亂竄。

「商商救命啊，你夫君要被打死了！」

沈雲商面無表情地提著酒壺獨飲。嘴賤的人，誰都救不了。

挨了那一頓好打後，裴行昭果真許久都沒有再拿此事調侃過慕淮衣了。

不過沈雲商知道，這是因為慕家在給慕淮衣相看了，玩笑歸玩笑，裴行昭不會真的讓人誤會，耽誤了慕淮衣的姻緣。

那幾日，裴行昭日日陪著慕淮衣去相看，在姑娘面前說盡了慕淮衣的好話，但許是緣分未到，最後總是不了了之。慕淮衣喜歡的，人家看不上他；對他有意的，他又不滿意。

如此往復幾次，慕淮衣心灰意冷，決定不再相看了。

他給白燕堂寫了封信，栽贓白燕堂壞了他的名聲，必須賠給他一個夫人，若他這輩子當光棍，白燕堂也別想成婚。

白燕堂也是個狠人，一封信送到白家，接下來直到大年三十，白家請的媒婆都還在纏著慕淮衣，要給他相看。

慕淮衣每日在生意和相看中忙得腳不沾地，裴行昭和沈雲商亦是如此。

大雪持續多日，多地已發雪災，邊關的情況越來越不樂觀，鄴京恍若被一片烏雲籠罩，朝堂上也是劍拔弩張。

國庫的錢遠不足以賑災，崔九珩主動請纓募捐，每日早出晚歸，崔夫人已經好些日子都沒有見過他了，每當崔大人回府時，她便會抱怨幾句。

崔大人神色複雜地告訴她，崔九珩和二皇子好似生了嫌隙，自從姑蘇回京後，關係便不似以前了。

於是，崔夫人擔憂的事又多了一樁。

各地雪災頻發，幾處邊關告急，東宮也好，二皇子也罷，都在想方設法的立功。

東宮前些日子因拉攏勢力的動作太大，惹怒了陛下，眼看陛下更青睞二皇子時，突然有一封信送到他跟前，隨之而來的還有十萬兩白銀。

十萬兩白銀雖然在目前來說是杯水車薪，但已足夠讓東宮重新站在陛下面前。

東宮雖然並不清楚那人的真實身分，但他根據對方的提點，慢慢地又重獲聖心了，原本式微的東宮，再次與二皇子分庭抗禮，甚至以嫡長的優勢壓了二皇子一頭。

有人歡喜有人憂，趙承北這些日子幾乎沒有一日是好臉色。

終於，在臘月中旬，他派心腹前往姑蘇。

臘月二十三，裴行昭收到綠楊來信，說糧草、棉衣已送往幾處邊關，按著信上所說的時間，此時應該已經到了。

裴行昭的心終於安定了些。

就在他帶著喜悅的心情要去找沈雲商喝酒時，趙承北的心腹上門了。

裴行昭美好的心情立刻就煙消雲散。

來人是二皇子的總管，常總管。

「常聽殿下提起裴公子，今日一見，公子果真是氣質卓然，風采非凡啊！」常總管笑著道。

裴行昭挑眉，二皇子提起他？那一定是在想怎麼弄他的錢，然後再弄死他。

「那就多謝二皇子殿下記掛了。」

二人你來我往，好一番客氣後，常總管喝了口茶，長長一嘆。「如今雪災頻發，殿下憂心邊關將士和百姓，雖已拿出二皇子所有餘錢，但還是遠遠不夠，所以殿下近日憂心得很。」話到這裡，常總管別有深意地看向裴行昭。

裴行昭淡笑不語。果然，是要錢來了。

常總管見他久久不語，心中略有些不滿。

他話說到這個分上，識趣的，就應該主動提起了。可殿下再三叮囑，此行一定要帶回足夠多的銀錢，因此他便壓下怒氣，輕聲道：「裴公子，若你能為殿下解憂，便是大功一件呢！」

裴行昭淡然地喝了盞茶，在常總管臉上的笑容快要維持不住時，才笑著道：「原來是這事啊，那我跟殿下還真是心有靈犀呢！」

常總管眼神微亮，勾唇道：「那可不？殿下說過，裴公子可是殿下在姑蘇最好的朋友呢！」雖然遲鈍了些，人還算上道。

「此事還煩勞總管回稟二皇子殿下，小的都已經辦妥了。」裴行昭擠擠眼道：「小的知道殿下仁愛，所以早早就給邊關將士們送了賑災銀去，眼下，應該都已經送到將士們手中了。」

常總管一愣。賑災銀已經到了邊關？這人竟如此聰敏？

「不愧是殿下掛在嘴邊誇讚的人。」常總管錯愕之後，立即笑道：「如此，裴公子可算是立了大功啊！」

裴行昭頷首，謙虛道：「不敢當、不敢當，不過就是小的報效國家的一片心意罷了。」

常總管笑著恭維了幾句後，突然想到了什麼，問：「裴公子是用殿下的名義送的吧？」

裴行昭愣住，錯愣地看著他。

常總管見此，心中一跳，臉色立變。「你……」

「哎呀，我怎麼把這麼重要的事給忘了，我怎麼就只報了裴、沈兩家的名呢？你看我，這一天天的，忙昏頭了真是……唉！」裴行昭拍了拍頭，懊惱道。

常總管倏地站起身，難以置信道：「裴公子，這可不是鬧著玩的！」

「當然不是鬧著玩啊！」

裴行昭認真地道：「我花了百萬兩，買了棉衣、糧草，又花費了諸多人力，就是想為南鄴、為將士們做點什麼，怎麼能是玩鬧呢？」

常總管氣得顫抖著手指著他，半晌都沒能憋出一個字來。

「哦，你是說，我忘記用二皇子殿下的名義送這些東西這件事嗎？」裴行昭不甚在意地擺擺手。「你也說了，二皇子只是擔憂將士跟百姓受苦，又不是貪圖這個名聲，如今我為二皇子排憂解難了，二皇子自是會高興的，哪裡還會計較這些啊！總管要是如此想二皇子殿下，那就是狹隘了。」

常總管氣得嘴角微顫。殿下說過此人難纏，卻沒想到他竟如此大膽！

「裴行昭！」常總管厲聲道：「你休要在此裝糊塗！這件事若沒辦成，你該知道後果！」

裴行昭驚訝地盯著他。「常總管在說什麼啊？我不是辦成了嗎？常總管還是盡快回去回稟二皇子殿下吧，也好讓二皇子殿下少一日為此事煩心啊！」

常總管怒道：「所以裴公子這是要與殿下決裂了？」

裴行昭沈默片刻後，笑了笑。「常總管這是說的哪裡話？我與殿下頂多只是認識，哪談得上決裂啊？再說了，我這不是做好事嗎？這也不行？你們真難伺候。」

「大膽！」常總管怒斥道。

「我說什麼了我？」裴行昭被他嚇得往後一仰。「我尋思著我也沒有對殿下不敬啊！你吼我做甚？行了行了，你是想讓我將二皇子的名字報給幾位將軍是吧？行！」裴行昭不耐煩地道：「來人啊，備紙筆，我給幾位將軍寫封信。」

常總管一口氣還沒有完全消下去，就又聽裴行昭繼續道——

「也不枉常總管這麼大老遠地跑這一趟，對了，幾位將軍應該知道常總管是二皇子殿下的人吧？」

他的信上若如此寫，那就等於是告訴幾位將軍，二皇子的人來威脅他，讓他將賑災銀的名義讓給二皇子。

常總管差點被他氣岔了氣。

「哎，常總管你沒事吧？你可千萬注意身子啊！」

裴行昭眉眼帶笑，假意去攙扶他。

常總管此時哪還看不出他的意思？一掌將他的手揮開，咬牙道：「裴行昭，你別後悔！」

裴行昭笑嘻嘻地道：「常總管放心，我自然不會後悔。畢竟，我和沈家立了這麼大的功，就算沒有陛下的獎賞，幾位將軍和災區的百姓也會感謝我們的。」

常總管自然聽得出裴行昭的言外之意，這是在告訴他，如今的裴、沈兩家有幾位將軍作為靠山，還得了民心，不是輕易就能扳倒的。

「好，你好得很！」常總管狠狠撂下這話後，便甩袖朝外走去。

「唉，常總管你這才來怎麼就走了呢？用點飯再走啊！」裴行昭在後頭喊道。

待人影消失在視野內，裴行昭才收起笑意，翻了個白眼。

什麼東西，把利用人說得如此坦然。

幾息後，裴行昭伸手將垂到前頭的髮絲撥到身後，又回院子裡多加了幾串金珠珠，這才歡歡樂樂地出門去。

今天真是美好的一天呢！

對於沈雲商來說，這個冬日好像格外的漫長。

重生回到這一年後，他們都逐漸走向了不一樣的將來。

大雪持續多日，多處已發雪災，朝堂的賑災銀久久不至，各城富豪便自發地為賑災出力，都在進行募捐。

臘月二十九，姑蘇城都還沒有鞭炮聲，幾大世家的家主也都還在衙門與知府大人商議著救災事宜。

沈雲商披著大氅立在拂瑤院廊下，望著眼前白茫茫的一片，眼底帶著些緊張和憂色。

按日子算，她送去的那批救災物品已到了邊關，可幾位將軍的信卻還未至，也不知道這中間會不會出了什麼岔子？

裴行昭前段時間將二皇子得罪了個徹底，若沒有幾位將軍作為靠山，他們的處境危矣！

沈雲商帶著這般忐忑的心情又過了一日，睜開眼就已是除夕。

不知是不是有所感應，沈雲商越來越緊張，甚至感覺自己的心跳都加快了些，終於，過了早飯時間，她這異樣的感應，落到了實處。

沈楓與白蘵疾步而來，清梔甚至都沒來得及稟報，二人就已經踏進沈雲商的房間。

「商商！」

沈楓面色複雜，白蘵神色緊繃，眼底都帶著幾分急切。

沈雲商快步迎出來，正要給二人行禮，就被白蘵一把拉住。

白蘵沈聲道：「今日衙門收到幾處邊關的聯合來信，稱不日將到姑蘇。商商，妳知不知情？」

沈雲商眼眸微亮，隱隱帶著喜色。她本想著一封書信足矣，卻沒想到幾位將軍竟要親至！

沈楓跟白蘵一看她這反應，便什麼都明白了。

白蘵的面色更加難看了。「商商，妳可還記得我跟妳說過什麼？」

沈雲商掩下眼底的喜悅，沈默幾息後，後退一步，跪了下去。「女兒記得，不出風頭，不露本事，不跟朝堂有所牽扯。」

「那妳現在這是在做什麼?!」白蘵厲聲道。

沈楓幾次欲言又止，都被白蘵阻止了，便只能乾看著著急。

沈雲商早就想過要如何應對白蘵的責問，她安靜地跪著，蓄起盈眶眼淚，這才抬頭看著白蘵，徐徐道：「女兒一直謹記母親教誨，只因前段時日，女兒差點就被逼入絕境，這才想出這個辦法，想以此來保全家中。」

白蘵幾乎立時便明白了她的意思。

沈家再是首富，也只是商賈出身，若是得罪了權貴，無異於雞蛋碰石頭，更何況她還被再三威脅過，能想出這個法子抵抗，其實已算是很有先見之明、很聰慧了，只是……

「妳為何不與我們商量！」白蘵又急又氣地道。若他們真的只是商賈出身，如此做確實有益無害，可他們不是，這樣招搖，只會引火焚身！

「那時候女兒實在是太著急了。」沈雲商低聲道：「且那時候也不確定今年是否會有雪災，只是感覺今年比以往冷得格外早、格外厲害些，才想著賭一賭。就算無事，貨物在手裡也不算虧損。因為有太多的不確定，所以這才沒有跟父親、母親提及。」

白蘵還要責問，被沈楓一把拉住了。

「夫人，好了好了，女兒也是為了家中著想嘛！這麼冷的天，跪久了傷了膝蓋怎麼辦呀？」他邊說邊給沈雲商使眼色。

沈雲商立刻會意，眼淚一顆接一顆地往下落，可憐兮兮地道：「母親，女兒知道錯了。」

她其實隱約能猜到母親的想法。

母親極力隱藏與玄嵩帝的關係，似乎很怕被人戳破，可是，趙承北早就已經懷疑了啊！前世趙承北幾人沒有上門，也沒有發生過裴家莊的事，她也沒有和母親坦白過真相，母親不曾察覺倒也在理，可這一次，母親該有所警覺了才是。

她不明白，明知身分有可能已經暴露，母親為何還是要執意隱瞞？

「囡囡快起來！」沈楓上前將沈雲商拉起來，還心疼地幫她拍了拍裙襬。「這麼冷的天，怎麼動不動就跪啊？著了涼可怎麼了得哦！」

沈雲商小心翼翼地看了眼白蕤，不敢出聲。

白蕤沒好氣地瞪了眼沈楓。「這屋裡燒著炭，哪裡就冷了？」

「那也不能跪久了啊！」沈楓理直氣壯地道：「女兒家身嬌體弱、細皮嫩肉的，哪裡受得住？」

這時，素袖疾步走進來，稟報道：「稟家主、夫人，有貴客至。」她頓了頓，又補充道：「貴客指名要見小姐。」

邊關送信過來需要時間，若是幾位將軍緊跟著信出發，也該是前後腳到，且今日是除夕，會在今日上門並能稱為貴客，又指名要見沈雲商的，還能有誰？

沈楓跟白蕤對視一眼，同時看了眼沈雲商。

沈雲商默默地低下頭。

「她如今膽大包天，就是被你慣的！」白蕤狠狠剜了眼沈楓，才趕緊去前院迎貴客。

沈楓對著她的背影嘟囔了句。「說得妳沒慣似的……」接著，他轉身看著沈雲商，笑得萬分慈愛。「囡囡別多想啊，父親是支持妳的。走，跟為父見貴客去。」

沈雲商輕輕點頭。

也是在這時，她心中突然冒出一個想法——有關於那一切，父親到底知道多少？

白蕤雖然氣沖沖地走了，但臨到前院，還是等了父女二人。

沈楓先行迎出去時，白蕤在後面對沈雲商耳提面命道：「待會兒將軍問起，萬不可多提。」

沈雲商點了點頭，又問：「母親，來的是哪幾位將軍啊？」

白蕤覷她一眼。「如今幾處邊關雖然解了燃眉之急，但軍中要務頗多，還能來幾位？此次來的是漁城的封大將軍。」也幸好來的是漁城的這一位，若來的是麟城那位，後果不堪設想。

沈雲商了然，原來是鄴京封家那位大將軍。

封家算是後起之秀，年後那場大戰便是由這位封大將軍與麟城那位將軍聯手退敵，雖那位居首功，但封大將軍也功不可沒。後來麟城那位解甲歸田，南鄴最有權勢的武將家便是封家了。

不過，那時候她不覺得，現在卻猜測那位將軍解甲歸田怕是另有隱情，畢竟那位大將軍卸任之時還不到四十。

說著，一家人便已到了前院。

院中立著兩排帶刀士兵，白蕤與沈雲商望過去時，因被沈楓的背影阻擋，都沒有看見對方的臉。

「小人沈楓見過封大將軍。」

隨著沈楓俯首行禮，白蕤與沈雲商也都跪下。

「沈老弟快快請起！」將軍親自將沈楓扶了起來，笑道：「沒承想趕在除夕到這裡，是本將軍失禮了。」

沈楓聽見對方一句親切的「沈老弟」，愣了半晌才回過神，忙客氣道：「封大將軍駕臨，是小人的榮幸。」

將軍爽朗一笑，道：「沈老弟啊，你看清楚了，我並非封磬。」

沈楓身軀一震，錯愕地望向那位將軍。「可……可信上不是說……」不是說來的是封磬封大將軍嗎？

將軍解釋道：「是這樣的，原本經過商議，確實是由他來，可恰好京中來了聖旨，著他回鄴京述職，這不，臨時就換成本將軍了。」

沈楓恍然，忙惶恐地拱手詢問。「是小人之錯！敢問，將軍是……」

將軍輕笑著道：「我乃麟城守將，榮遲。」

他的話音一落，沈雲商就清楚地看見，白蘞的身子不可控地顫了顫，整個人都變得緊繃了起來。沈雲商皺了皺眉，不由得抬頭望向榮遲。

母親認得這位榮將軍？對，其實該是認得的，因為榮家是玄嵩帝的皇后元德皇后的母族。

若是母親與玄嵩帝有關，那麼認得榮家的人也就在情理之中了。

「這位便是沈小姐吧？」察覺到沈雲商的視線，榮遲抬眸望了過去。

沈雲商忙屈膝頷首。「小女雲商見過榮將軍。」

榮遲越過沈楓，停在沈雲商三步前，在所有人皆屏氣凝神時，卻見他拱手一禮，鄭重道：「沈小姐大恩，邊關數十萬兒郎沒齒難忘！」

沈雲商嚇得連忙避開，想伸手去扶又覺不妥，只能再次跪下。「小女當不得將軍之禮。」

沈楓跟白蘞也相繼跪下。

沈楓著急道：「榮將軍萬不可如此！」

榮遲便知是自己嚇著他們了，只能直起身子，趕緊道：「雪地裡涼，快快請起！」
沈楓幾人這才又站起身。
而白蘞從始至終都低著頭。
榮遲看了她一眼，道：「這位就是弟妹了？」
白蘞的身子僵了僵，頭卻更低了。「沈家婦白氏見過榮將軍。」
榮遲以為她是膽怯，便體貼的沒再過多詢問。
沈楓察覺到白蘞的異常，忙伸手道：「將軍這邊請！」
榮遲點點頭，道：「請沈小姐一道前往，我還有話想問沈小姐。」
沈雲商屈膝應下。「是。」
隨後，幾人一同朝正廳走去。
白蘞臨到門口，不知怎地突然踩空，朝沈雲商的方向倒了過去。
沈雲商忙上前一步將她接住。「母親！」
沈楓與榮將軍聽見動靜，皆回頭看去。
沈楓立即走了過去。「夫人怎麼了？」
白蘞抬手扶了扶額，輕聲道：「我方才突然有些頭暈。」
沈楓擔憂道：「可能是著涼了，夫人還是先回院中歇著吧？」
白蘞猶豫道：「可是……」

沈楓明白她的意思，轉頭看向榮遲。

榮遲便道：「無妨，弟妹去歇著吧！」

白蒞遂告了罪，行完禮便欲折身離開。

然而，就在她側身之時，隱約露出了下巴尖，榮遲的眼神驀地一緊，叫住了她。

「等等！」

白蒞身形僵住，垂首立著。

榮遲緩緩走近她，沈聲道：「抬起頭來。」

白蒞手中的繡帕立刻就攥得變了形。

沈雲商已隱約意識到了什麼。

但沈楓似乎頗為不解。「榮將軍這是——」

榮遲抬手打斷他，仍舊盯著白蒞，重複道：「抬頭。」

良久的僵持後，白蒞深吸一口氣，緩緩抬起頭看向榮遲。

她想，已過十多年，或許他已經認不出她了。

就算認出來，她不承認便好了。

可當兩道視線相會時，白蒞便知道她想錯了。

男子臉上雖然已有了歲月的痕跡，但那張臉似乎仍舊和當年一樣，看一眼，就不會認錯。

她如此，對方也該是這樣。

果然，看清她臉的那一瞬，榮遲面色大變。

沈楓將二人的神情收入眼底，漸漸生出了防備，巧妙地上前半擋在二人中間。「榮將軍……和我夫人認識？」這該不會是哪個他不曾知曉的情敵吧？

短短幾息，榮遲面上的神情已從懷疑到震驚到大喜再到激動，但到最後都變成了恭敬。他顫抖著拱手道：「長——」

「榮將軍！」白蕤快速出聲打斷他，看向沈楓。「我與榮將軍乃是故交，想和他說幾句話。」

沈楓皺著眉，欲言又止。沈雲商輕輕碰了碰他，他才故作大度地說：「行吧，要快點哦！」

沈楓與沈雲商走出正廳，邊走沈楓邊回頭，還皺著眉不停念叨。「夫人怎麼會認識榮將軍呢？囡囡啊，妳說他們是什麼時候認識的啊？我追求妳母親那會兒從來都沒有見過他呢，也沒聽妳母親提起過他啊！」

沈雲商眼神微變，神色複雜地看了眼沈楓。

若是父親不知道母親可能認識榮家的人，那麼是不是說明連父親都不知道母親的身分？

沈雲商遂歇了想要套話的心思，安慰道：「父親別急，母親也說了只是故交。」

「呿！故交？就算有什麼過往，妳母親總不能當著我的面說啊！妳看這都要私下談話了，肯定有事。」沈楓還是不放心，拉住沈雲商。「行了，我們就走到這裡吧！」

沈雲商挑了挑眉，這個距離，她可是能聽到正廳裡的談話，那自然，母親也能聽到。

果然，很快地，素袖便朝他們走來。

素袖行了禮後，朝沈楓道：「家主，夫人說外頭天涼，請家主先在側廳等候。」

沈楓不甘心地望了眼正廳，才哼了聲，走向側廳。

沈雲商亦是目光深邃地看了眼正廳的方向。

其實，她有去偷聽的衝動，但她知道，她去了一定會被發現的。

罷了，來日方長。她總覺得，真相好像越來越近了。

第十五章

白蕤讓人上了茶後，便屏退了所有下人，待素袖回來讓她守在門口，才看向榮遲。

榮遲這時才從座位上起身，恭敬地半跪在地。「拜見長公主殿下。」

白蕤抬手，輕聲道：「起來吧，坐。」

「是。」

待榮遲坐好，白蕤才緩緩道：「我早已不是什麼長公主，以後榮將軍莫要如此了。」

榮遲幾番欲言又止後，沈默了下來。半晌後，他才道：「當年殿下墜海，我找了殿下很久，還以為……」

他果然在找她。

白蕤嚥下哽咽，沈默了許久後，緩緩道出當年的真相。「我墜海之時也以為再無明日，沒承想，白家的船隻恰巧路過，我這才得救。」

榮遲問道：「那殿下又是如何成了白家大小姐？」

「那時候白家嫡長女因病離世，白夫人見我年歲與白大小姐相當，便讓我頂了白大小姐的身分，離開金陵，帶著我到了姑蘇白家。」白蕤道。

榮遲微微傾身，又問：「那殿下怎嫁入了沈家？」

提到沈楓，白蘵唇邊帶了幾分笑意，道：「大約是因為沈楓臉皮厚吧，我再不點頭，他怕是要將整個沈家都送到白家去了。」

雖是句玩笑話，但榮遲看得出來，白蘵對沈楓是真情實意。

他微微鬆了口氣。「如此便好。」不是為了隱藏身分而下嫁便好。「那駙馬……」

白蘵抬眸看向榮遲。

榮遲動了動唇，改口道：「那沈家主可知曉殿下的身分？」

白蘵搖頭。「不知。我的身分於他而言不是什麼好事，知道的越少越好。」若有朝一日大難臨頭，沈家或可因不知情逃過一劫。

「小姐也不知道吧？」

白蘵依舊搖頭。「不知。」

之後，二人雙雙陷入沈默。

過了許久，榮遲才又開口。「殿下真的沒打算回鄴京嗎？」

白蘵端茶盞的動作微微一滯，她收回手，盯著榮遲道：「想來你應該也得到命令了，父皇遺命，父皇這一脈所有人不到生死之際，須隱居於世，平安度日，不復仇，不入朝。」

「可是……」榮遲的眼底浮現幾分怒意。「本不該是這樣的！」

白蘵冷笑了聲，未語。是啊，本不該是這樣。

她本該是當朝長公主，她的商商也本該是當朝最尊貴的郡主，身分凌駕於其他小王爺和郡主之上，不該被這般欺負。

可世事難料，本該是王爺的人如今坐在那把龍椅上，掌握著至高無上的生殺大權，他的兒女成了皇子、皇女，盛氣凌人又理所應當地來欺負她的女兒！

「殿下，您真的就甘心嗎？」榮遲急切地問道。

甘心？她怎會甘心！

那日商商到她跟前哭訴裴家莊之事時，她恨不得將那兩個不知死活的小崽子永遠留在姑蘇！

可她不能，父命不可違，更何況還是臨終之言。

再者，她不能拿沈、白兩家上下幾千條性命去出這口惡氣。

許久後，白蘋壓下萬千心緒，淡淡道：「遲表哥，這樣的話以後莫要再說了。現在，我只想護我在意的人一生平安。」

遲表哥……榮遲的手指微動。他有多久沒有聽她這樣喚過他了？

「遲表哥，你就帶我出宮嘛！」

「遲表哥，今日父皇纏著母后，沒空管我的，你帶我出宮聽戲好不好？」

「遲表哥，我有弟弟了！我也可以做阿姊了！」

多年前的記憶一股腦兒地湧現，榮遲的眼睛微微泛紅。

良久後，他哽咽出聲。「太子殿下他……真的落崖了嗎？」

白蘵手一抖，眼眶驀地就紅了。

這些年，她強行讓自己拋下過往，只做白蘵。起初幾年，無數個午夜夢迴，她眼前都是親人、好友的面孔。

時隔多年，她以為她可以不在乎了，可今朝猝不及防得見故人，她便明白，哪裡忘得了啊！那都是真真切切發生過的事，她如何能忘？

白蘵強忍住哽咽，聲音沙啞。「我不知道。」

榮遲靜靜地看著她，也不催促。

好半晌後，白蘵才繼續道：「父皇跟母后死後，我帶著阿弟在親衛們的保護下逃亡了一個月，最後一個親衛慘死後，我很絕望，甚至已經不抱活下去的希望了。那日，我與阿弟被殺手追到一個城鎮上，恰逢集市人群多，慌亂匆忙之際，我和阿弟被人群衝散，就此走散。」

榮遲放在膝上的手緊握成拳。

「一日後，我得到阿弟墜崖的消息。那時我前面是海，後面是殺手，我別無選擇。」白蘵抬手抹了抹淚。「之後便是落入海中，被白家救下。」

驚險的過往如今說來不過短短幾句話，榮遲卻能明白白蘵當年的絕望。

受萬千寵愛長大的長公主帶著幼弟逃亡，那場面光是想想都叫人心疼不已。

「殿下，或許太子殿下吉人自有天相。」榮遲眼底劃過一絲恨意。「畢竟對於那些人來說，宣稱小太子離世，要比還在人世對他們更有利。」

白蕤自然明白這個道理，但她搖了搖頭。「我起初也暗中找過，一直沒有新的線索，後來我便不敢找了。」她看向榮遲，正色道：「白家救了我，我不能恩將仇報。若我的身分暴露，那些人一定會不擇手段，白家怕有滅族之危。」

且阿弟那時候還那麼小，沒了她的庇護，他幾乎不可能在那麼多殺手的追殺下活下來。

更何況還有父皇的臨終遺言，她只能選擇努力地隱藏身分。

父皇並非不為她著想，而是知道，只要他們開始復仇，就要葬送無數條生命。

父皇、母后心慈，他們不願部下一個接一個的送死，也不願多添無辜的鮮血，所以在被威脅逼迫時寫了禪位詔書，而不是拚死一搏，這才免了一場大戰。

「兵符可在殿下這裡？」榮遲自明白她的顧慮，沈默半晌後，問道。

白蕤搖了搖頭，又點點頭。

榮遲不解地看著她。

白蕤這才緩緩道出原委。「當年父皇跟母后臨終之前，將各自的兵符分別交予我和阿弟，並留下遺命，不到生死關頭絕不可啟動舊部，以防兵符落入不軌之人手中，並下令若只持一半兵符就只能保命，沒有任何權限調動舊部。若是到了絕境，無法用武力解決問題，或者臨死之際又無後人在世時，便將自己的那一塊兵符毀掉送去，同時，也就預示著持有這一塊兵符的這一脈已絕。」

白蘞頓了頓，又道：「若他們收到了兩塊預示著血脈已絕的兵符，便要自此解散，世間再無玄嵩帝親衛舊部。」

榮遲抓住了裡頭的關鍵，問：「若是兩位主人皆在世，將兵符合二為一送去呢？」

白蘞抬眸，看著他片刻，才輕聲道：「若是兩位主人皆過二十，且同時將兩塊兵符送去，那就代表著正式啟動親衛舊部，可做一切想做之事。」

榮遲眼睛一亮。「所以，陛下還是給我們留了一個可能。」

陛下此舉只是擔心兵符落入旁人之手，招來不必要的禍端，但若是兩位主人都長大成人，有了自己的主見，且還能同心合力時，那便可以選擇是否復仇，奪回帝位。

「但阿弟沒了，兩塊兵符很有可能永遠不能合二為一了。」白蘞說罷，皺眉看著他。「遲表哥，禍從口出。」

榮遲面色一沈，他知道她說的是他稱呼玄嵩帝為陛下的事。

「南鄴嫡長為尊，先帝的位置來得名不正、言不順，更遑論現在龍椅上這位，我從來都不認。」

白蘞皺著眉。

「殿下放心，我對外不說這些。」榮遲見此，放柔聲音道。

白蘞面色稍霽。「私底下你就喚姑姑、姑父吧，也還像以往那般喚我就是。」

榮遲遲疑片刻，點頭道：「好，曦凰表妹。」

白蘶微微一滯。曦凰，趙曦凰，她都快要忘記這個名字了。

「外祖父、外祖母、舅舅、舅母、姨母們可還好？」

榮遲的情緒瞬間低沈下來。「姑姑、姑父和表弟、表妹離世的消息傳來後，祖父與祖母先後病倒在床，沒過多久就相繼離世了。」

白蘶喉中一哽，眼淚潸然而下。

這些年她不敢調查任何事，生怕被人察覺，連累了無辜之人。

「父親受了傷，已很多年不上戰場了，如今在鄴京休養，母親在鄴京陪著他。」榮遲繼續道：「二叔跟三叔也都沒有上戰場了，小姑姑遠嫁，過得還不錯。如今在戰場上的，都是我們這一輩和小輩們了。」

這是這麼多年來，白蘶第一次知道親人的消息。

她無聲地落著淚，心如刀絞。

若是阿弟還活著，就好了。

榮遲似乎看出了她的心事，低聲道：「當年那些人雖聲稱太子……熙辰表弟已經墜崖身亡，但其實一直沒有找到屍身。」

白蘶瞳孔微震。「當真？」

那年她確實有所耳聞，所以才冒險找了一段時日，但後來她怕這是那些人為引她現身的計謀，就不敢再輕舉妄動了。

「當真。」榮遲肯定地道：「當時去崖底尋找的有我們曾經安插進去的線人，是他冒死傳到榮家的消息。」

當年榮家兒郎各自鎮守邊城，得知鄴京發生巨變，即便全部往回趕，也還是晚了一步。

「曦凰表妹，或許我們可以帶著兵符去問一問。」榮遲建議道。

白蕤心中微動，但很快就搖頭。「我已經被盯上了，若是有所動作，一定會暴露的，屆時就會牽連白、沈兩家。若他們沒有阿弟的消息，兩塊兵符不齊，就無法調動人手與那些人抗衡，他們只會保我的命，但沈、白兩家都會死；而若是旁人執兵符過去，舊部是不會給出線索的。」這是父皇下過的死令，或許就是以防他們將來不在一處了，有心人打聽出他們姊弟二人的行蹤。

榮遲大驚。「怎會被盯上？」

白蕤搖頭。「我也不知。」她遂將前段時間趙承北來姑蘇的事簡單說了一遍。

榮遲聽得憤怒不已。「什麼下三濫的東西！」怒氣過後，他滿懷鬱悶地道：「我帶兵符去都不行嗎？他們該認得我。」

白蕤又搖頭。「若要打聽彼此的消息，他們只認我和阿弟二人。」

事情似乎陷入了僵局。

「遲表哥，此事暫且不提。」白蕤似是想到了什麼，問道：「這一次商商做了這樣大一件事，不知道可會招惹什麼禍患？」

榮遲明白她的擔憂，面色也不大好。「那時我並不知道竟是商商，這件事太過轟動，鄴京已經知道了，封磬進京就是去回稟此事的，眼下人怕是已經到了鄴京。我猜想，鄴京那邊恐怕要宣見，況且若身分當真露了端倪，那邊是一定會借此召見的。」

白蘋擰眉。「我看龍椅上那人未必知道，趙承北此人心機深沈，怕是別有用心，不見得會告知。只是，這次捐贈怎就鬧得這般轟動了？」

「若只有商商的這些棉衣、糧草，或許還不至於如此。」榮遲皺眉道：「可還有裴家那邊的。」

白蘋一愣。「何意？」

榮遲見她不知，遂解釋道：「是這樣的，我們前後共收到兩批賑災物資，可署名卻是一模一樣，前頭是一位自稱小姐的管事送來的，說那是小姐和未來姑爺的心意，但當日下午又來了一位少年帶來物資，自稱是裴公子身邊的護衛，說那是他家公子和未來少夫人的心意。我們幾處邊關用不完這諸多物資，便將多餘的就近給其他災區送去，也都表明了是誰捐贈的，百姓們感恩萬千，口耳相傳，商商和裴公子的名字恐怕很快就會南鄴皆知了。」

白蘋聽得微怔，商商剛剛可沒說裴行昭也做了這事。

「當時我還覺得這莫不是小倆口的什麼情趣，還想著膽子真大。」榮遲有些哭笑不得地道：「現在我倒是有一個猜測，會不會小姐和裴公子彼此並不知曉？」

白蘋頭疼地揉了揉眉心，這兩個不省心的傢伙！

南鄴人盡皆知，他們聲名遠揚的目的倒也達成了。
可這名氣過了頭，驚動了龍椅上的人，那就是歪打歪著了！
趙承北本就對商商別有用心，要是再進了鄴京，那不就等於羊入虎口！
「原本我來過這裡後就要去裴家的，如此，我看不如先將裴公子請過來問問，我之後再去趟裴家也不遲。」榮遲道。
白蕤深吸一口氣，揚聲道：「素袖，讓人去裴家，請裴公子過來一趟。」
裴行昭一到沈家，素袖便去請了沈雲商父女。
兩方在廊下碰上面，沈雲商跟裴行昭的視線一觸即分。
沈雲商清楚，買糧草、棉衣的事遲早是瞞不住的，所以她早就想好了如何應對裴行昭，不過現下看他神情，好似還並不知情。
幾人同行進了正廳，沈楓快步走到白蕤身邊坐下，側身問她。「夫人，你們方才在說什麼呢？怎麼這麼久？」
白蕤看了眼榮遲，淡淡道：「我與榮將軍在金陵相識，多年不見，敘敘舊罷了。」
沈楓似信非信地點點頭，警惕地看向榮遲，卻見對方正好朝他看來，打量之意毫不掩飾。
沈楓納悶。他怎麼感覺榮將軍這眼神是在審視他？

裴行昭跟沈雲商行禮的聲音傳來，沈楓才不情不願地坐正，介紹了兩方的身分。

裴家自然早已收到衙門的來信，知曉邊關來了位將軍，但裴家所得到的消息跟沈家一樣；信上所述來的是渙城的封將軍。

一聽對方姓榮，裴行昭還愣了愣，但他自然不會去問，只恭恭敬敬地朝榮遲行了禮。受了禮，榮遲就站起身眉眼帶笑地看著裴行昭。

沈雲商似有所感，輕輕地往旁邊挪了挪，果然，下一刻便見榮遲拱手一禮。

「我代邊城數萬將士感謝裴公子義舉！」

裴行昭先是一怔，而後與沈雲商的反應一般無二，立即跪下道：「小人不敢當將軍之禮。」

「快快請起！」榮遲上前將他攙扶起來，意味深長地拍了拍他的肩膀。「這禮裴公子受得起。」榮遲的手中帶了幾分內力，但少年身形極穩，只是有些詫異地看了他一眼。榮遲眼底添了些興味，加重內力。

裴行昭便明白，這應該是在試探他。至於為何要試探，他就不清楚了。

「後生可畏啊！」

榮遲用了五分內力，少年仍是游刃有餘，不曾晃動半分。榮遲收回手，滿意地點點頭。難得一見的人才，倒是配得上郡主。

裴行昭頷首恭敬地道：「榮將軍謬讚。」

沈雲商在一旁看著，心底的疑惑越來越深。

她讓白管事報裴行昭的名字一事未曾知會過他，但為何他看來好像早就知情？莫非是因為裴家也收到信，他便猜到是她做的？但就算如此，他也不該這般淡然。

待榮遲坐回去，白蕤凌厲的視線這才掃過二人，沈聲道：「你們的本事倒是不小，若非榮將軍親至，我還不知道你們瞞著我們做了這麼大件『好事』！」

「好事」二字，白蕤咬得稍微重了些。

沈雲商跟裴行昭都聽出了不對勁。

但這不是眼下最緊要的，最緊要的是……

沈雲商皺著眉看向身側的裴行昭，裴行昭亦不解地轉頭看向沈雲商。

他（她）為何不覺絲毫意外？難道不應該問問這到底是怎麼回事嗎？

白蕤和榮遲將二人的神色收入眼底，對視一眼，各自暗道果然如此。

隨後榮遲正色道：「此次災情嚴重，若非有二位送來的棉衣、糧草，還不知要折多少將士，災區的百姓也不會這麼快就得到安置。」他說到這裡，稍微頓了頓。

沈雲商跟裴行昭皆是一愣。

他（她）送去的棉衣跟糧草只夠解邊關之難，災區百姓的賑災糧正在募捐，怎麼會已經得到安置了？

榮遲看夠了戲，眼底閃過一絲興味，繼續道：「只是我有些不明白，二位既然都有此報國之心，為何卻要前後腳送賑災物資過來？一起送豈不是更省事？且兩批物資都還署了對方的名，讓我有些看不明白，不知二位可否為我解惑？」

轟！一陣巨大的轟鳴聲同時在沈雲商及裴行昭腦海中炸響。

二人的腦子空白了好久，才緩慢而僵硬地轉身，用一種難以置信的目光看向對方，同時驚愕地開口。

「你也送了？」

「妳也送了？」

兩道聲音落地，廳內陷入久久的沈寂。

榮遲唇角一彎，好整以暇地看起了熱鬧。

沈楓一臉莫名，側身問白蘞。「這是怎麼回事？」不是說，是商商送了賑災物資，還順帶加了裴行昭的名字嗎？這怎麼聽著，兩個人好像做了同一件事，且對方還並不知情？

白蘞淡淡地道：「如你所見這般。」事已至此，她再責怪已經沒有意義了。若聖旨真的來了，前路恐怕是萬分艱險，眼下如何度過這一難關才是最緊要的。

久久的相視無言後，沈雲商跟裴行昭終於回過神來。

裴行昭忍不住低罵了聲。

早知她也在做這事，他當初何必那般辛苦地去籌集銀子？與她手中的銀子一合計不就夠了嗎？何至於黑燈瞎火地去追什麼凶犯，受了一身的傷。

沈雲商咬咬牙。

狗東西！幹這麼大件事竟然也不跟她說，若是說了，她當初何必那麼辛苦！

嗯？好像不對勁！二人面色同時一變，飛快且震驚地轉頭看向對方。

他（她）為何會這麼做？

他（她）是怎麼知道今年會有雪災的？

電光石火間，過去的很多不尋常一一在二人腦海中閃過——

「婚不退了！」

「你什麼意思——」

「我錯了！我們……再試試唄？」

「試試就試試唄！」

「你不好好養傷，來這裡做甚？」

「我來這裡談一樁生意。妳又來做甚的？」

「我也來這裡談生意。」

「妳怎麼也來這裡了？」

「我正想問你呢！」

「所以妳那日去松竹客棧見的就是江門主？還故意讓玉薇另開一間房來矇騙我？」

「你不也騙了我？」

「所以，你為什麼來？」

「……想著收攏一些江湖高手，若將來出了事，也能保命。」

「那我們還真是有默契。」

這一切在前世都是沒有發生過的。

若說後來的一切是起因於當初沒有選擇退婚，那麼在當時，他（她）為何會做出與前世截然不同的選擇，且後來又好像知道未來的走向，提前做了這些防備？

答案似乎已經呼之欲出。

沈雲商驚愕地看著裴行昭。你該不會……也是……

裴行昭的唇抽動了幾下，試探地道：「重……生？」

沈雲商身形一顫，眼底的神情從果然如此到震驚，再到不可思議，又到恍惚，最後，眼底微紅，似乎帶了幾絲委屈。

她原本以為她是獨自承受著這一切，沒承想，這條艱辛的路上一直有他陪著。

前世如此，今生亦如此。

裴行昭見此，心中也已明白，她跟他一樣，都回來了。

他喉中一哽，偏過頭想去掩飾什麼，可眼眶還是不可控制地泛起一陣紅。

原來，前世今生，她都以特別的方式陪著他。

前世雖生離，但他只要知道她也在那片土地上，他的心就有了歸處。

二人的反應與榮遲設想的全然不一致，那「重生」兩字他們所有人都聽不懂，但卻能感受到，自那一瞬後，沈雲商跟裴行昭之間那股無形的繩擰得更緊了。

他們的眼裡、心裡好像全被彼此填滿，再也容不下任何人。

雖然不明白是怎麼回事，但不妨礙看的人動容。

沈楓碰了碰白蕤。「我覺得，他們現在好像需要解決什麼事情。」

白蕤輕輕垂眸。

雖然如今的走向並不是她想要的，但所幸，商商的身邊有裴行昭，就算日後當真進了京，他應當也能護一護商商。

事已至此，也只能走一步看一步了。

沈楓見白蕤同意，遂開口道：「我們與榮將軍還有事相商，你們先下去吧。」

沈雲商跟裴行昭二人便行禮告退。

兩人並肩，一路無話。

這個真相對於他們來說都太過震撼，他們都需要時間來消化。

玉薇並不知道發生了什麼事，只默默地跟在二人身後。

一直到了拂瑤院，在院外值守的阿秋上前行禮，才打破了這片沈寂。

沈雲商偏頭看向裴行昭。「去茶室坐坐？」

裴行昭搖頭。「我現在情緒太過激昂，想吹吹冷風。」

這話屬實容易讓人誤解……沈雲商的唇角一抽。

阿秋和玉薇也同時別有深意地看了眼裴行昭。

沈雲商瞪了裴行昭一眼後，側首朝玉薇道：「讓人在我屋外廊下擺一張茶桌，放些瓜果，屏退所有人。」

玉薇頷首道：「是。」

待一切就緒，廊下只剩二人對坐。

他們看著對方，都似有千言萬語，卻又一時不知該從何說起。

沈雲商道：「一人問一句，不能說謊。」

裴行昭答應。「好，說謊下輩子變豬。妳先問。」

沈雲商抿了抿唇，短暫沈默後，帶著幾分小心翼翼地問出了第一個問題。「你善終了嗎？」

裴行昭啞然。「……妳就不能盼我點好？」

沈雲商未語，直直盯著他。

她自然盼他好。知道必死後，她沒給任何人利用她來害他的機會。

她這般問只是想知道，她死後，他有沒有為她做什麼傻事？

被沈雲商這般盯著，裴行昭心虛地別過視線。「沒有。」自盡於詔獄，怎麼也算不上善終。

沈雲商手一抖，急切地問道：「你怎麼死的？」他該不會去為她報仇了吧？

「這是第二個問題。」裴行昭道：「該我問了。妳又善終了沒？」

沈雲商眼神一閃，沒來由的心虛。「也……也沒有。」中碧泉而死，無論如何也算不得善終。

裴行昭眉頭緊皺。「怎麼死的？」崔九珩待她那般好，崔夫人也是真心疼她，她怎會不得善終？

沈雲商道：「這也是第二個問題。你先回答。」

裴行昭突然有些後悔剛才的諾言了。

若是以往他不在意，但他現在有了兩輩子的記憶，所以為了下輩子不變豬，他只能如實答道：「被趙承北按上行刺公主的罪名，死在詔獄，整個裴家獲罪。」

沈雲商眼底劃過一絲驚愕，但隨後又覺得依趙承北的性子，裴行昭的這個結局似乎並不讓人意外，只是不知，那是她死後多久發生的事。

「趙承北想利用我達成一些目的，騙了崔九珩，假稱無解藥、中毒必死的碧泉之毒，是對身子無害、按時服用解藥就會解毒的浮水之毒。」

裴行昭雙拳緊握。所以，她上輩子也是被趙承北害死的！

「崔九珩為何會答應給妳下這種藥?!」按照崔九珩的性子，他不該會行這種事。

「若我猜的沒有錯，是因為我身上有對趙承北很重要的東西，他想利用我病重，引他想要的那些人現身並收為己用，而崔家與趙承北共存亡，崔九珩揹負著整個崔家，趙承北此計又不在於害人，而是收攏人手，且也承諾了此毒對我絕對無害，所以崔九珩沒有理由拒絕。」沈雲商接著道：「不用問我是什麼東西，因為我至今還沒有查出來。」她也是最近才悟到這點的。

趙承北如果真的是想針對玄嵩帝的人，那他早就應該將他的懷疑稟報給陛下，以此邀功，而不是暗中行事。

殉方陣的威力不容小覷，且那枚半月玉珮後還有股她暫時不知的勢力，這些對於趙承北來說，都是不小的誘惑。

若他能拉攏，於他的皇位之爭有很大的助力。

至於為何後來要她的命，她猜想，該是因為若不能為他所用，便要除之而後快。

裴行昭眼底閃過一絲陰鷙。崔九珩真是愚蠢至極！這世上，怕是也只有他崔九珩看不清趙承北的真面目。

「其實我挺好奇，我死後，崔九珩可曾發現些什麼？」沈雲商突然問道。

趙承北以一副仁善的面孔將崔九珩蒙在鼓裡多年，周遭知情者礙於趙承北的威壓亦不敢告知於他，崔家雖後來多少知道些趙承北暗地裡的勾當，但因為沒有實證，又是同一條繩上的螞蚱，且那時趙承北已經鋒芒畢露，皇位唾手可得，不好鬧僵，所以也就沒有聲張。不過，在她快要死前，崔家主倒是將崔九珩叫去書房談了幾個時辰，出來後，崔九珩的臉色就不大對，且避開太醫，去民間請來大夫查毒。

想來，那時候崔家主應該是知道了些什麼，告知了崔九珩。

而有了這層疑點，在她死之後，崔九珩和趙承北之間又隔了一條人命，也不知道，崔九珩後來可有查到什麼？

然問完這話，她突然後知後覺地察覺到不對勁。

裴行昭方才問她……她善終了嗎？那就說明了，他認為他死在她之前。

果然，只聽裴行昭帶著些戾氣道：「我怎麼知道？我比妳死得還早。」話落，他也立即察覺到不對，猛地看向沈雲商。「……妳剛剛問我，善終了嗎？」那豈不是說明，在她那裡，她認為自己死得比他早？

可他死的時候她明明還活著啊！

「你什麼時候死的？」

「妳什麼時候死的？」

二人再次相對無言。

「一起說？」

短暫的安靜後，二人同時道：「趙承北登基那日。」

真相大白，二人看對方的眼神逐漸複雜。

怪不得他們都沒有聽到對方的死訊，原來是死在同一天，還是被同一個人弄死的。

他們這還真是，兩個冤大頭！

「我突然想起我們那年結拜時的誓言。」裴行昭又感好笑、又覺好氣地道。

沈雲商唇角一抽。「不求同日生，但求同日死。」

「不是，那會兒明明行的是拜堂禮，是怎麼弄出這個誓言的？」裴行昭沒好氣地道。真是好的不靈壞的靈！

「那不都是慕淮衣在戲本子裡看到的嗎？」沈雲商嘆了口氣。「這個烏鴉嘴！」

之後很長一段時間，二人都沒有再開口。

沈雲商偏頭看著院外的落雪。

她死那天，也是這樣的大雪紛飛，嚥氣的前一刻，她雖昏昏沈沈，但因心中的執念，想得到窗外那枝帶雪的紅梅，可最終，她仍是沒有等到。

裴行昭起身端著茶盞立在欄杆處，也看著大雪。

他死的那天，從小窗戶能看見鵝毛般的大雪，心脈震碎時，他最後的記憶停留在那年，他們在雪中紅梅下擦肩而過、分別的情形。猶記得轉身之時，他淚流滿面。

他想娶的人只有沈商商，也不願眼睜睜看著她另嫁旁人，可對那個時候的他而言，他一心認為，只有這樣做才能保護她。

那時候的他們怎麼也沒想到，他們的那個選擇錯得離譜，也愚蠢至極。

沈雲商眼中落下一行淚，她收回視線，垂下頭，捻了顆瓜子，故作輕鬆地諷刺道：「嘖嘖，跑去給人做牛做馬的，卻被算計死在詔獄，可真出息！」

那樣的結局，如何配得上他們的忍辱負重，生離之苦？

幸好，也感恩上蒼垂憐，賜予他們重生。

裴行昭低下頭，一滴淚落在茶盞中，他背靠著紅柱，聲音沙啞地道：「貴為世家大族的少夫人，卻連一碗湯藥都喝不到，還真有本事！」

一朝行差踏錯，便雙雙落得那樣悲慘的結局，幸好承蒙上天厚愛，賜他們重回今朝。

沈雲商抬手抹掉淚，道：「我那時聽聞趙承歡待你不錯，卻沒想到她竟會……」不，現在她知道了，趙承歡心裡的人是崔九珩，她對裴行昭一見鍾情都是假的，自然不會對他手下留情。

「不是她做的。」

沈雲商一愣。「你不是說，你的罪名是行刺公主？」趙承歡不配合，這罪名如何落實？

「她得到消息後便過來想放我走，但晚了一步。之後她以性命威脅烏軒放我離京，但烏軒以沈、白兩家威脅我。」裴行昭並非為趙承歡說話，而是陳述事實。「如今想來，或許是受崔九珩影響，她雖不擇手段，但手上一直未沾過人命，雖頤指氣使、高傲不羈，對下人卻也不曾喊打喊殺。」這也是她為何救他的原因。

沈雲商心中一痛。原來他有過生機，只是他為了保護沈、白兩家，放棄了。

「沒想到，趙承歡竟會救你。」

裴行昭聞言沈默片刻後，道：「若我沒有猜錯，上次裴家莊洞壁的藥，她不知情。」

沈雲商抬眸看向他。「因為，她喜歡崔九珩。」

「嗯，所以她比誰都不想讓崔九珩身上沾上污點。被逼與女子共處一夜與中藥在野外，這對崔九珩來說是全然不同的概念，她捨不得這樣對崔九珩。」

趙承歡此人頗為矛盾，一邊受兄長影響，不在乎陰謀手段，可一邊又因愛重崔九珩，受他影響，心底還殘存著幾絲善意，於是，便成了她現在亦正亦邪的性子。

沈雲商盯著裴行昭良久後，起身緩緩靠近他，瞇起眼，輕聲問：「你上輩子……」她邊問，邊往裴行昭身下看去。

裴行昭當即意會，果斷道：「我沒碰過她！」

這個答案在沈雲商的意料之中，自從她知道趙承歡心裡的人是崔九珩後，她就猜到了。

「那妳呢？」裴行昭一把攬住沈雲商的腰身，迫使她靠近自己，沈聲問道。

沈雲商本想逗一逗他，但看見他眼底的陰鷙後，便認真回道：「他也沒有碰過我。」可她沒想到，得到答案的裴行昭卻只是輕輕「嗯」了聲，就將她擁入懷中。沈雲商忍不住問：「那要是……真有夫妻之實了呢？」

一瞬間，她感覺自己的腰都快被他掐斷了。

但很快他就卸了力道，將頭埋在她的脖頸間，悶聲道：「那也不能怪妳。我那個時候是真心希望妳能忘了我，幸福地過完一生。」

沈雲商的眼淚潸然而下，她那時候又何嘗不是如此？

「對不起，是我沒有保護好妳。」裴行昭的聲音裡帶著幾分哽咽。「這樣的事，再也不會發生了。」

沈雲商唇角輕彎，摟著他的腰身，輕輕「嗯」了聲。「這一次，我再也不會將你讓給旁人，你只能是我的。」我也一定會保護好你。

裴行昭喉頭輕動，笑中帶淚。「嗯，裴昭昭永遠都是沈商商的。」

隨著榮將軍的到來，裴、沈兩家慷慨賑災的義舉傳遍了姑蘇，這座城立刻就從死氣沈沈變得熱鬧歡騰，煙火、爆竹陸續施放，終於有了除夕佳節該有的歡慶。

榮遲去裴家小坐後又折回沈家用了年夜飯，對此，沈楓有點小小的意見，追到廚房絮絮叨叨。「不是，他都去裴家了，那邊也準備了年夜飯，他為什麼還要冒著這漫天大雪來我們家過年？」

那自然是因為他是她的嫡親表兄，過年不更該一家人過嗎？但這話白蘞無法說，只能道：「大約是因為榮將軍與我相識，在這裡更自在些吧。」

沈楓皺著眉，看著她忙上忙下，心裡又不對勁了。「夫人，以往年夜飯都是管家和素袖操辦的，今年妳為何親自進廚房？這些菜以前都沒有出現在年夜飯上，是特意為榮將軍準備的嗎？」

白蕤動作微頓。

她雖沒有嫡親哥哥，但也是在榮家幾位表兄的疼愛下長大的。榮遲是她的大表兄，自她出生，他便經常會進宮看她，待她大些，就總會尋時機帶她出去玩，很長一段時間內，她是萬分的依賴他。

她曾以為她這輩子再也沒有機會見到親人，再見榮遲，是驚嚇，卻也是驚喜。

時隔多年，再有機會一起吃一頓年夜飯，她自然想親手操辦。

若是三表哥也在就好了。三表哥是幾位表兄中最鬧騰的，因與她年紀相當，她幼年闖的那些禍中幾乎都有三表哥的身影，但每次受罰時，三表哥即便被外祖父揍得滿屋子亂竄，也都一口咬定是他一人所為。

許是近鄉情怯，她今日幾次想開口，最後卻都沒有問起三表哥的近況。

想到那些似已隔世的過往，白蕤的鼻尖隱隱泛酸。

「夫人，我有個直覺，我覺得妳跟榮將軍的關係很不一般。」沈楓突然湊近白蕤，警惕而低聲地道。他不就問一句話嘛，她何至於出這麼久的神？他們之間肯定有他不知道的過往。

白蘋覷他一眼，而後笑盈盈地拉著他的手，邊往外走邊輕聲道：「夫君多慮了，只是難得故人重逢，人家又是大將軍，自然輕慢不得，難不成你還不相信我？」

沈楓沈浸在溫柔鄉裡，瞬間咧嘴笑道：「信信信，我怎會不信夫人？夫人說什麼就是什麼。」

走到廚房門口，白蘋衝他溫婉一笑，然後一把將人推出去，關上門。「再進來添亂，今晚就睡書房去！」

沈楓睜大了眼。夫人為了榮遲，將他關在門外?!

他抬手就要敲門，但「睡書房」三個字實在太過嚇人，他不得不咬牙放下手，然後磨磨蹭蹭，一步三回頭的走了。

沈家今年不回祖宅過年，這頓年夜飯加上榮遲也才四個人，不過外頭爆竹聲震耳，倒也不顯得清冷。

沈楓起了套話的念頭，一個勁兒地灌榮遲酒，但直到他自己醉得不省人事，也沒有問出個所以然來，反觀榮遲卻眼神清明，無半分醉態。

沈雲商對此很有些訝異，父親的酒量可不差，能將父親灌倒還能如此面不改色的，榮遲是第一人。

沈楓醉了，年夜飯也就結束了。

白蘞讓人將沈楓送回房，又讓管家帶榮遲回了為他備下的院中。

霎時間，廳內就剩下白蘞與沈雲商母女二人。

第十六章

「這雪也不知道何時才能停？」白蘞望著外頭的大雪，嘆道。

沈雲商也抬眸望去，在心裡回道，雪很快就會停了。前世，雪是在年初六停的。

「或許下不了多久了吧。」沈雲商道。

白蘞側眸，眼神複雜地看向她，榮遲的聲音適時地在耳邊響起——

「身分的秘密早晚都要告知商商，依眼下的情況來看，宜早不宜晚；且我觀商商沈穩也有主見，若當真要進京，趙承北恐怕還會再出手，商商心裡有底，才能更好地與之周旋。」

沈穩，有主見。

是啊，不知何時起，不諳世事的女兒在她的眼皮子底下竟有了這樣大的轉變。

「母親，怎麼了？」察覺到白蘞的打量，沈雲商不由得問道。

白蘞回神，仍舊看著她，正色道：「此次你們的義舉傳遍南鄴，榮將軍說，已經上達聖聽，所以……」

沈雲商面色微變，心中隱隱有了預感。

「京中大約會宣妳和阿昭面聖。」白蘞面帶憂色地道。

果然如此。沈雲商垂首，眼睫微顫，視線落在懷中的手爐上。

今日之前，她是萬分不願去鄴京的，可在知道裴行昭前世的結局後，她便改變了主意。

以前她以為她死後裴行昭還活得好好的，所以總是害怕自己做的選擇會害了裴行昭，但現在她知道裴行昭跟她死在同一天，甚至連裴家都沒能逃過，她便沒有什麼好怕的了。

趙承北拿沈、白兩家威脅裴行昭，但她覺得，趙承北不會為自己留下隱患，在他們死後，沈、白兩家恐怕也沒有什麼好結局。

因此，她打算不再畏首畏尾了。

趙承北不會放棄對她的圖謀，她也不會再退。

她不再只想守護，她還想反擊，要讓趙承北為自己所做的一切付出代價！

但她遠在姑蘇是沒有機會的，所以她要去鄴京。

只是沒想到，這個機會來得這麼快。

「商商？」白蘞見她久久不語，疑惑地喚道。

沈雲商聞言抬眸，眼底沒有半分白蘞以為的懼怕，而是鎮靜中帶著幾分她看不懂的異光，於是，她試探地問：「若要去面聖，妳可害怕？」

沈雲商微笑著搖頭。「母親，我不怕。」

前世，她參加過很多次宮中宴會，見過陛下與皇后數面，是以面聖對她而言並不足懼。

更何況，這一次還有裴行昭陪著她。

沈雲商身著一件藍色大氅，雙手捧著手爐放在腹間，半抬著下巴，眉眼帶笑，一眼望去，竟像極世家大族教養出來的貴女。

白蕤一時有些恍神。

就在不久之前，女兒還撲在她懷裡委屈地哭訴，這才多久竟已判若兩人。

白蕤心中有喜悅也有傷懷，她的女兒，好像在她看不見的地方，突然就長大了。

沈雲商將白蕤的反應看在眼裡，唇角輕輕上揚，想起幾個時辰前和裴行昭的對話……

裴行昭若有所思地道：「妳的意思是，趙承北對妳別有圖謀，且與伯母有關？」

「是。我出嫁前，母親給了我一枚半月玉珮，我懷疑趙承北要的就是它，但我知道的僅止於此，至於這玉珮和母親有什麼秘密，我還不知曉。」沈雲商皺眉道。她已知道上輩子裴行昭沒有善終，便也不怕再牽連他了，反正再怎樣也不會比上輩子更差了，且很多事自己一個想不透，但多一個人探討，或許就有不一樣的收穫。萬一兩個臭皮匠就折騰出一條活路了呢？「而且……」沈雲商繼續道：「我懷疑母親與玄嵩帝有關。」

裴行昭聞言大驚。「什麼意思？」

「其實我有事瞞了你。」沈雲商往後退了幾步說道。

裴行昭偏了偏頭，抱臂。「說來聽聽。」

沈雲商又後退了幾步，才道：「還記得裴家莊的殉方陣嗎？其實，我認得。」

這確實出乎裴行昭的預料，他面色幾變後，頓悟了，邊靠近沈雲商邊道：「伯母教妳的？」

「是。」沈雲商繼續往後退。「你說過殉方陣已幾近失傳，如今存世的多是殘陣，但母親卻會完整的陣法。」

裴行昭面上難掩訝異，抱臂加快了腳步。「若是這樣，那妳母親的身分可不簡單……沈商商妳給我站在那兒！」

沈雲商心虛地眨眨眼。「大庭廣眾之下，離太近了不太好。」

「哼！」裴行昭冷笑。「是嗎？那剛剛妳緊緊抱著我的時候怎麼不這麼說？況且妳自己瞧瞧，妳這屋外有人嗎？」

「我……」

沈雲商話還未出口，裴行昭就已提氣躍到她跟前，不由分說地將她的腰身按近自己。

「沈商商，妳厲害啊，會殉方陣這麼大的事竟然瞞著我！」

沈雲商低著頭不吭聲。

「妳會殉方陣，為何還會中趙承北的計？」裴行昭沈聲問道。

沈雲商小聲辯駁道：「那是因為我懷疑他是特地用殉方陣來試探我的，且母親再三叮囑過，我不能在外輕易暴露所學。」

裴行昭咬牙。「所以妳就以身犯險？妳膽子倒是大得很！沈商商，妳知不知道若那天我沒有找過去，會是怎樣的後果！」

沈雲商知他真的動了怒，輕輕揪住他的衣袖，抬眸可憐兮兮地道：「我知道錯了。」

「妳這套只對伯父有用，對我沒用！」裴行昭說是這樣說，但聲音卻柔和了不少。

「而且我相信你一定會找到我的。」

裴行昭手上的力道放鬆下來，但表情還是咬牙切齒。「別說這些好聽的哄我，我告訴妳沈商商，再有下次，我饒不了妳！」說完，他抬手捏住她的下巴，靠近她惡狠狠地道：「妳還有什麼瞞著我的？伯母還教了妳什麼？」

沈雲商明眸大眼閃爍著。「沒了。」

「就會殉方陣？」

「嗯。」沈雲商臉不紅、氣不喘地點頭。

她自然不只會殉方陣，她還學了醫術，不過算不得精通，且很小開始母親就讓她和玉薇一起習武，卻不允許她告訴任何人，也不許她在人前動武。

她其實也不大明白母親的用意，為何要她學武卻又不讓她使用，不過自從知道殉方陣是玄嵩帝所傳後，她心裡隱約有了些猜測，或許母親與玄嵩帝的關係並不尋常，但她沒有實證。

至於眼下為何瞞著裴昭昭，自然也是因為母親的命令，母親說的任何人中包括裴昭昭。

裴昭昭之所以看不出她有內力，是因為母親給她服用過一枚奇藥，此藥效可以讓她看起來只是個普通人，就算是診脈，也摸不出她有內力在身。

裴行昭盯著她片刻後，突然伸手捏住她的鼻尖，狠聲道：「這種事再有下次，妳看我怎麼收拾妳！」

「嗯，疼啊！」沈雲商後仰著邊躲邊撒嬌。

裴行昭哪裡捨得真捏疼她？沒什麼威懾力地嚇完人就放了手，然後似是想起了什麼，神神秘秘地道：「未來的岳母大人，該不會有什麼不得了的身分吧？」

沈雲商一愣。「……玄嵩帝傳人這個身分還不夠了不得嗎？」

裴行昭「嘶」了聲。「妳還記不記得我跟妳說過，玄嵩帝有一雙兒女，若是他們還活著……」說到這裡，裴行昭眼睛一亮。「妳說有沒有可能，岳母大人會是那位長公主，那妳就是郡主，我不就是郡馬了？」

沈雲商唇角一扯。「你駙馬沒做夠？」

「那不一樣。」裴行昭摟著她的腰搖頭。「旁人怎麼能跟妳相比。」

沈雲商冷哼了聲。「那你就是白日夢沒作夠。」

「或許吧！」裴行昭挑眉，聳聳肩。「好了不跟妳鬧了，說正事。若是伯母有秘密，卻不肯告訴妳，會是因為什麼呢？」裴行昭放開沈雲商，盯著她若有所思地道。

沈雲商皺眉。「不知道。我爹恐怕都不知道。」

裴行昭瞪大眼。「那一定是個大秘密。」

沈雲商沒好氣道：「廢話！不是大秘密，何至於瞞著我跟父親？你到底有沒有什麼好主意？沒有就滾！」

裴行昭笑嘻嘻地湊近她。「主意倒是有一個，但我不想這麼輕易告訴妳。」

沈雲商忍住踢人的衝動，扯出一抹假笑。「那你要怎麼樣才肯告訴我呢？」

「妳親我一下。」裴行昭毫不猶豫地道。

沈雲商不滿道：「你剛才還沒親夠？我唇脂都沒了，你別太過分了！」

「沒親夠。妳親不親？不親我就走了。」裴行昭邊說邊往外走。

沈雲商深吸一口氣，握著拳，幾步繞到他身前，以迅雷不及掩耳之勢踮起腳尖，在他唇上碰了碰。「現在可以——」她還沒來得及完全退回去，裴行昭便已俯身下來堵住了她的唇。

直至將她親到身子發軟，裴行昭才緩緩抬首，戀戀不捨地看著她。「我真希望妳每天都有好多事求我。」

沈雲商聽懂了他的意思，狠狠踩了他一腳。「登徒子！」

「嘶——腳踩斷了妳養我！」

「你放心，我肯定給你造一間金屋，掛滿金珠珠。」沈雲商邊說邊作勢又要踩他。「你到底說不說？」

「說說說，我說。」裴行昭忙投降認輸。「我想，伯母不告訴妳，可能是怕妳擔不起或守不住這個秘密，再或者怕妳因此受到傷害。」裴行昭緩緩道：「不管是哪一種，妳都得讓伯母覺得妳能扛得住這個秘密，如此，伯母或許才會放心地將真相告訴妳。」

沈雲商身形一滯，裴行昭的話讓她有種豁然開朗之感。

她雖學了不少，但在母親眼中她還沒有長大，還是那個需要他們保護的女兒，還是受委屈了、生病了，都會跟他們撒嬌的小姑娘。

所以這樣的她，母親又如何放心將真相告知她？

「眼下伯母已經知道趙承北盯上了妳，必然會想方設法地保護妳，但若妳對那一切都不知情，難免處於被動。」裴行昭繼續道：「所以，若是在這段時間內，妳能讓伯母認為妳擔得住事，便很有可能會向妳說出實情。」

沈雲商若有所思地點點頭。

她做過三年崔家大少夫人，想要讓母親對她放心，自然是易如反掌。

過去她只是怕母親察覺到異常，這才一直盡力做回以前的沈雲商。

但現在她可以將她這一切變化推給趙承北，被他幾次威脅、陷害，她有所成長也在情理之中。

「囡囡長大了。」

白蘵的聲音拉回了沈雲商的思緒，她抬眸就對上了白蘵欣慰又心疼的目光。

「是因為遇上了那些人，是嗎？是母親沒有保護好囡囡。」

沈雲商上前挽著白蘵的胳膊，淺笑道：「母親，女兒覺得這樣挺好的。女兒總有一日要獨當一面，總不能一輩子依靠父親跟母親。」

白蕤鼻尖微酸，輕輕拍了拍她的手。「是，是這樣沒錯。」

但其實，她這些年一直希望女兒能夠無憂無慮地過完這一生；可沒想到情況有變，所以如今見女兒成長得如此迅速，她自然更加放心。

只是同時，也有些心疼。

原本，她可以在他們的羽翼下安安穩穩過完一輩子的。

沈雲商輕輕「嗯」了聲，依偎在白蕤肩上。

母女二人相依相偎，遠遠瞧著自成一副美景。

不多時，素袖撐著傘從院外走來，稟報道：「夫人，裴公子來了，說要接小姐去放煙花。」

沈雲商聞言忙站直身子。

白蕤覷了她一眼，打趣道：「唉，女兒長大了，留不住了。」

「母親！」沈雲商抿了絲笑，撒嬌道：「在女兒心裡，母親永遠最重要。」

白蕤伸手輕輕敲了敲她的額頭。「就妳嘴甜！行了，快去吧，這麼大冷天的，別叫阿昭等久了。」

沈雲商應下，屈了屈膝。「是，女兒告退。」

玉薇適時撐著傘迎上來。

白蕤看著二人遠去的身影，唇角的笑意緩緩消散，良久後，她道：「素袖，妳說，是否是時候將這一切告訴她了？」

素袖默了默，回道：「奴婢覺得，小姐近日好像變了許多，與以往大有不同了。」

白蕤轉頭看向她。

素袖便繼續道：「若真要進京面聖，早些告訴小姐自是最好的，這樣，小姐心中有底，也更好周旋。」

白蕤收回視線，望向院中，喃喃道：「表哥也這麼說……」

素袖垂首，沒再作聲了。

年初二，沈雲商隨父母去白家拜年。

這日沈雲商換了身靚麗的紅裙，外穿同色繡著紅梅的大氅，行走之間隱約露出繡花鞋上鑲嵌的夜明珠，少女身形輕盈，儀態端莊，饒是快步行在雪中，髮髻上的步搖也只是輕微晃動。

白老夫人遠遠瞧著，身子下意識往前傾了傾，眼神忽暗忽明，嘴唇微動，似是隱隱喚了兩個字，但聲音太小，便是離她最近的白家大爺也沒能聽見。

但白家大爺察覺到了老夫人的異常，轉頭輕聲問：「母親，怎麼了？」

卻見白老夫人眼眶微紅，緊緊捏著手中的繡帕，盯著將將才上階梯的那道紅色身影，低喃道：「像，太像了。」

白家大爺一愣。「像誰？」他邊問邊隨著老夫人的視線望去，目光落在沈楓跟白蕤身後的沈雲商身上。不必老夫人回答，他心中便已有了答案。他面色微暗，側首低聲道：「母親，並不像。」他見過那位，與商商的母親一樣，商商也只是眉眼處隱約與那位有些肖似，除此之外更多的則是隨了沈家。

白老夫人回了神，忙垂首用繡帕擦了擦眼角，笑著道：「是我老眼昏花了，確實不像。」商商的容貌大多隨的沈家，這讓他們所有人都鬆了口氣，至於那隱約相似的眉眼，大家都閉口不提，畢竟這世上相似之人何其多？且姑蘇也沒多少人見過那位，自然沒人會往那處想。方才不過是離得遠，遠遠瞧見那儀態，她竟有幾分恍惚了。「這孩子長大了。」

白家大爺復看向沈雲商，唇角輕彎。「嗯，是長大了。」這才多久不見，周身的氣質便與以往截然不同，甚至隱約透著幾分貴氣和威壓，或許，這就是血脈相承吧？

說話間，沈楓跟白蕤已步入廳內，白老夫人便止住了話頭，笑盈盈地朝二人看去。

一番禮數過後，白老夫人便將沈雲商喚到跟前來。「商商，來，快讓外祖母瞧瞧！」

沈雲商乖巧地走過去，正要半蹲下，下人便遞來了小矮凳，她便乖順地坐下，依偎在白老夫人的懷裡，好聽的吉祥話一個接一個地往外蹦，將白老夫人哄得笑容滿面。

「囡囡可是越發會哄人了。」白老夫人輕輕摸著沈雲商的頭，慈愛地道。白老夫人說著，抬眸看向白蕤，語氣擔憂地道：「我聽說，此次捐贈之事鬧得有些大？」

白蕤此時已與沈楓落坐，聞言輕輕頷首。「據榮將軍的意思，已上達聖聽，或有可能宣見。」

白蕤的話一落，白老夫人與白家大爺對視一眼，各自掩下憂慮；白大夫人也微微皺了皺眉頭。

除此之外，其他人對此都覺驚喜。

白家二夫人笑著道：「若能面聖，那可是莫大的榮耀。」

「是啊，商商如今聲名大噪，說不得此次能拿個皇商的名號回來呢！」白家二爺也道。

白蕤面不改色地笑著道：「商商如今是越發有主見了，若這一次當真能得皇商資格，那自是極好的。」皇商？她可半點也不稀罕。

白家其他幾位姑奶奶今日也都回來了，聞言都滿面喜悅地各自說著恭賀的話。

一片歡聲笑語、熱鬧喜慶中，沈雲商注意到了大舅母面上的憂色。

她不動聲色地觀察著另外幾人，最後心中大約有了底。

看來有關母親的秘密，白家知道的人並不多。

在滿堂歡慶中，短暫地面露過異常的只有外祖母、大舅舅和大舅母。

在白家用過了午飯，白蕤便要告辭回府。

白家知道榮遲還在沈家，自然不會挽留。

只是臨走之時，白老夫人和白蕤私下說了話，問她榮遲可有認出她來？

白蕤如實答了。

白老夫人聽了不由得唏噓，握著她的手，滿是心疼。「也好、也好……今年這個年啊，格外讓人歡喜！」

白蕤知道老夫人的意思。她與親人生離多年，如今得以重逢共度除夕，確實很讓人歡喜。

「對了，商商若當真要進京，妳可有什麼打算？」白老夫人擔憂道：「上次燕堂回來與我說了，說是京中的人怕是察覺到什麼了。」

白蕤沈默幾息後，才道：「遲表哥的意思，該是時候告訴商商了。母親您可有什麼建議？」

白老夫人打量她片刻，嘆了口氣道：「這些年，妳受苦了。」

白蕤喉中微哽，搖頭道：「不苦的。」

「前些日子商商來找我時，從言行舉止間，我便覺得這孩子好像與以往不一樣了，今兒一見，方才知道並非我的錯覺。」白老夫人捏著白蕤的手，語重心長道：「我瞧著，商商跟妳一樣，能扛得住事。那些舊事壓在妳心頭多年，或許是時候讓商商為妳分擔一二了，反正，也瞞不了一輩子。」

白蕤抿唇輕輕點頭。「我知道了，謝謝母親解惑。」

白老夫人慈祥地笑了笑。「其實妳心中早就有決定了。好了，回吧，榮將軍還在府中等妳。」

白蕤遂收回手，屈膝告退。「我改日再來看母親。」

「好。」

白老夫人目送白蕤離開。

不多時，白大夫人出現在白老夫人身側，有些擔憂地道：「母親，您說，鄴京會不會有危險？」

白老夫人嘆了口氣，在白大夫人的攙扶下轉身往裡走。「燕堂也在鄴京，若有什麼事他也能照看一二。」她話語一頓，看著白大夫人。「只是，若真的出了事，妳……」

「母親，我不怕。」白大夫人溫聲道：「當年若沒有那位相救，我全家都已死於匪亂，如此大的恩情我本無以為報，若是將來燕堂能有本事護住他的血脈，那便是章家的榮幸，也是我的榮幸。」

白老夫人眼含著淚光，握著她的手，哽咽道：「妳是個知恩圖報的好孩子。」走出了幾步，白老夫人才又道：「白家又何嘗不是如此？那幾年，天下大亂，到處都是喊打喊殺，百姓想要活命是真的難。」白老夫人又重重一嘆，才繼續道：「金陵城破後，那些賊人在城中燒殺搶奪，無惡不作，白家那時也算是金陵大戶，那些賊人便因此盯上了白家，在一個深夜闖進府中。」時隔多年再提起那段過往，白老夫人仍覺得後怕。「護院死得只剩幾個了，好多丫鬟都落入賊人手中，在院中避也不避的……妳公爹氣得發抖，試圖用錢財換人，可那些人根本不在意，反正府裡的人死光了，東西還不都是他們的？」

白大夫人生逢亂世，也曾差點落入賊寇之手，如今再聽白老夫人說起，她的身子都隱隱發顫。「後來，也是那位救了母親嗎？」她以前只知那位於白家有恩，卻並不清楚細節。

「是娘娘，」白老夫人道：「當時她還是太子妃殿下。就在我們所有人都以為這輩子到了頭時，娘娘騎著高頭大馬，如神兵天將般衝進來。我還記得，當時阿城差一點就死在賊人刀下了，是娘娘手持彎弓，一箭救下了阿城。」

白大夫人熱淚盈眶。「原來，我和夫君的性命分別是那二位相救。那後來呢？」

白老夫人眼底逐漸盈滿了光芒。「後來啊，娘娘帶兵將賊人都趕出了金陵，沒過多久，多地傳來捷報，一年後，南鄴平外亂，朝堂逐漸安寧。再後來，眾望所歸下，那位登基為帝，可我們卻無論如何也沒有想到，那位在位不久就禪位於先皇……」

後來的事，白大夫人便都知道了。

白家族中有人在鄴京為官，多多少少能打聽到一些消息，白家那時生意逐漸壯大，人脈還算廣，白老爺子四處打聽那二位的消息，常走水路，或許是冥冥之中自有注定，一日，白家的船隻在海上救下了墜海的長公主趙曦凰，也就是如今的白蕤。

真正的白蕤那時正好因病離世，於是，老爺子和老夫人一合計，便李代桃僵，讓長公主以白家長女的身分留在白家。

金陵有人見過真正的白蕤，所以白老爺子才帶著全家遷居姑蘇城。

「母親，您在那之前就見過長公主嗎？」白大夫人好奇地道：「否則當初怎麼能確定長公主的身分？」

「沒有。」白老夫人搖頭道：「我們將長公主救下時，她已昏迷過去，但她身上那枚半月玉珮我們都曾在娘娘身上見過。待她醒來後，試探了一番，就確認了她的身分。」也是那時他們才知道，玄嵩帝根本不是自願禪位，而是被胞弟算計。

白大夫人了然，隨口道：「那那枚玉珮應該很特別，才能叫母親和家中人都能記住。」

白老夫人神色複雜地說：「是啊，很特別……」那枚半月玉珮能調動兵衛，如何不特別？但這事太過緊要，她便沒向白大夫人細說。

白大夫人見她不欲多說，也就沒有追問，轉而道：「那母親可知，前太子殿下真的落崖了嗎？」

外界都知道玄嵩帝禪位後，帶著皇后與一雙兒女離宮，自此消失無蹤。

而事實是玄嵩帝后名聲太甚，先皇不敢踩著他上位，才使了那些見不得人的手段。後來即便玄嵩帝禪位離宮，他也不敢下旨廢黜長公主與太子殿下。

白老夫人搖頭。「那時我們也派人去找過，但都一無所獲。不久後，朝中大局已定，朝廷對外宣稱前太子殿下落崖身故，長公主怕牽連我們，就未再查過。」白老夫人冷笑道：「也正因此，那把椅子上的人恐怕至今都沒有真正安穩過。畢竟當年前太子殿下的屍身一直沒有找到，一旦前太子殿下回來，別說如今東宮那位了，就是龍椅上的都得讓一讓。」

南鄴重嫡長，講究血脈正統，前太子殿下比先皇和當今聖上都要名正言順，更何況，玄嵩帝后的名號可不是什麼人都能相提並論的。

先不提世家大族和老臣，就是民間百姓的聲音，也夠讓當今頭疼了。

只要前太子殿下現身，朝堂必定要亂。

這時，白二夫人尋來，二人便沒再繼續說下去。

沈雲商先回了拂瑤院，讓玉薇選了幾樣禮物，便去了榮遲的院子。

母親既然和榮將軍認識，那她或許可以去榮將軍處打聽打聽。

沈雲商剛走到院子門口，便見阿春、阿夏和阿秋從院中出來。

兩方打了個照面，都是一愣。

沈雲商不解。「你們怎麼在這裡？」

幾人忙低下頭，阿春拱手恭敬地回道：「屬下們只是過來幫將軍搬些東西。」

沈雲商若有所思地「嗯」了聲。

他喚的是「將軍」，而不是「榮將軍」。看來，母親和榮將軍的關係，比她想的更近。

沈雲商步入院中，便見丫鬟正在撤茶盞，剛好三副，沈雲商眸光微閃。

她並沒有相信阿春幾人是過來幫榮將軍搬東西的說法，但眼下這種情況卻是她沒有想到的。阿春幾人是母親的護衛，按理說，不會與榮將軍同坐。

她壓下心頭的異樣，朝堂內走去。

榮將軍聽見動靜，放下茶盞朝她看去。「沈小姐。」

沈雲商帶著玉薇走進去，屈膝行了禮後，道：「聽母親說，將軍與母親乃是故友，那便也是商商的長輩，是以，商商便過來給將軍拜年。」

榮遲眼睛一亮，身子微微前傾，但最終還是坐了回去，似乎是在壓抑著什麼情緒，好半晌後，才起身過去，親自接了沈雲商的拜年禮，道：「沈小姐有心了。」

沈雲商和玉薇都是一愣。

榮將軍的長隨在此，為何還要親自來接？

下一刻，便見榮將軍從懷裡取出一個極厚的紅封，遞給她。

「這是壓歲錢，本該在初一給妳的。」

沈雲商猛地抬眸看向榮遲。初一的壓歲錢，該是自家長輩給晚輩封的。

榮遲無視她的訝異，將紅封又往前遞了遞。「沈小姐？」

沈雲商回神，連忙伸手接過來。「多謝榮將軍。」

榮遲別有深意地笑了笑，笑中還帶著幾分惋惜。

可惜，這次是聽不到她喚他一聲舅舅了。

「我明日便要回邊關，沈小姐日後若是有什麼事，儘管來信。」

「榮將軍不多待兩日？」

「不了。」榮遲道：「邊關軍務頗多，不能耽擱。」

沈雲商點頭表示明白。她正想著如何開口留下時，便聽榮遲吩咐人上茶，轉而又朝她道——

「沈小姐坐。」

沈雲商自是求之不得，她正要往側邊椅子走去時，榮遲卻先她一步坐在第一張椅子上，沈雲商一愣，下意識看了眼上方主位旁的茶盞。

「沈小姐？」榮遲見她沒動，出聲喚道。

沈雲商忙收回視線，坐在他的下首位。

「沈小姐今日來找我，是還有旁的事吧？」沈雲商剛落坐，榮遲便道。

沈雲商抿了抿唇，暗道她表現得有那麼明顯嗎？不過面上還是乖巧地說：「瞞不過榮將軍。」

榮遲輕笑。「沈小姐但說無妨。」

沈雲商幾番斟酌後，小心翼翼地道：「其實我過來，就是好奇榮將軍與我母親是如何相識的？」

榮遲別有深意地看著她。「妳父親讓妳來的？」

沈雲商忙站起身，解釋道：「榮將軍誤會了！此事與父親無關，也不是榮將軍想的那個意思，我就是想知道……」

「想知道妳母親與我是什麼關係，對嗎？」

沈雲商心中一跳，大著膽子抬眸看向榮遲。「是。」他怎麼什麼都知道？

榮遲盯著她，好整以暇地道：「是因為殉方陣，對嗎？」

沈雲商身形一顫，眼裡難掩震驚，母親竟連這事都告知他了！

「榮家是元德皇后的母族，妳母親又教了妳玄嵩帝自創的殉方陣，妳會找上我也在情理之中。」榮遲將她的驚愕看在眼裡，淡笑道：「妳想知道這些，是因為二皇子吧？」

「……母親連這都告訴您了？」看來，他跟母親的關係比她預料的還要近得多。

「是，妳母親將二皇子來姑蘇後的所作所為都告知我了。」榮遲抬手示意她坐下後，正色道：「妳先告訴我，妳為什麼想知道這些？」

沈雲商沈默了片刻後，如實道：「因為我總覺得二皇子對我別有企圖，不像只是貪圖裴、沈兩家的錢財。」

「哦？」榮遲眼裡帶著幾分訝異。「妳為何這麼認為？」

「二皇子若只是想要錢，那麼在裴行昭已經答應會幫他後，他便不應該寧願得罪裴行昭，也要設計我另嫁旁人。我觀二皇子此人極會收攏人心，若非我對他來說比裴家的錢財更重要，他不會這麼做；況且……」

榮遲眼神微亮。「況且什麼？」

「況且，崔公子與他不僅是伴讀，也是摯友和盟友，崔公子的婚事對他而言應當極其重要，於公於私，他都不應該設計我與崔公子。所以我猜想，他一定是對我有所圖謀，且他那日在林中設了殉方陣，我便想，他所圖謀的會不會是與殉方陣有關？而殉方陣乃玄嵩帝自創，已近失傳，所以我才想弄清楚這背後到底有什麼秘密，萬一日後真的進京，心裡也好有個底。」

榮遲眼中的讚賞毫不掩飾。「不錯！」

沈雲商沒聽明白。「什麼？」

榮遲擺擺手，笑著道：「妳想知道的真相我都知道。」

沈雲商面上一喜。「那榮將軍——」

「但我現在不能告訴妳。」

沈雲商將榮遲眼角的笑意看在眼裡，她怎麼覺得他好似……在逗她？

「不過相信我，妳想知道的，很快就會知道了。」榮遲神神秘秘地道。

「什麼時——」沈雲商還欲再問，就被榮遲打斷了。

「此次鄴京一行，妳必須萬分謹慎，但是……」

沈雲商抬眸看向他。「但是什麼？」

榮遲意有所指地道：「但是妳也無須害怕。凡事盡己所能即可，若那一條路實在行不通了，不防換一條。雖然或許要違背些什麼，但萬一有意想不到的收穫和出路呢？」

沈雲商似懂非懂地點點頭。「謝榮將軍提點。」

「若是遇到什麼想不通的，可以給我寫信。」榮遲又道。

沈雲商忍不住道：「榮將軍為何待我這般好？」她沒有感覺錯誤，從她一進來開始，她就感覺榮將軍看她的眼神似是看自家小輩一般，待她也格外親近。

榮遲挑了挑眉。「我這些話妳先記著就是。別忘記給我寫信啊！」喚我一聲大舅舅！

沈雲商帶著期待的心情來，帶著迷茫和不解離開。

很快她就會知道了？得是多快呢？

沒想到這一天，來得比沈雲商想像得還快。

年初十，京中的聖旨到了裴、沈兩家，宣裴行昭、沈雲商進京面聖。

離開前夜，白蕤將沈雲商帶到祠堂。

熟悉的場景、熟悉的囑咐、手中熟悉的半月玉珮，讓沈雲商恍惚了好一陣子。

前世她到了出嫁前夕，母親才將這枚半月玉珮交給她，卻不想，這一次她竟是在這樣的情況下拿到它。

因為與前世走了一條不同的路，導致很多事情發生了變化吧？

「女兒謹記母親之命，絕不敢違。」沈雲商握著半月玉珮，依著白蕤的意思，發了與前世一樣的誓言。

白蕤轉頭看了眼祠堂外的素袖。

後者輕輕點頭，示意周遭無人靠近。

白蕤這才緩步走向牌位，輕緩道：「有一個秘密藏在母親心底多年，今日打算告知於妳。」

沈雲商心神一震，眼帶錯愕地看向白蕤。前世，母親從未對她說過什麼秘密。

「但我現在不能告訴妳。

「不過相信我，妳想知道的，很快就會知道了。」

耳邊突然響起幾日前榮將軍的話，沈雲商突覺一陣激動，下意識跪直身子。

母親要跟她說的秘密，就是這枚玉珮背後的故事嗎？

沈雲商看著白蕤走近陳列牌位的地方，不知是按了哪處，隨著一聲輕響，便漸漸浮出兩個黑色的……牌位？

沈雲商瞳孔微縮，祠堂裡竟然有隱藏的牌位?!

「商商，跪近些。」白蕤轉身朝她道。

沈雲商壓下心頭的震撼，起身朝前走了幾步，復又跪下。

「商商，抬頭。」白蕤又道。

沈雲商這才敢抬頭直視出現在最上方的那兩個牌位。

這一看，她整個人都僵住了——

父皇　玄嵩皇帝之靈位

母后　元德皇后之靈位

沈雲商的腦袋空白了許久，她一時不知該先去深究玄嵩帝跟元德皇后的靈位為何在此，還是該將重點放在那父皇及母后的稱呼上？

總之，眼前所見已超乎了她所有預料，讓她沒有絲毫準備。

第十七章

白蘢見她失神，便靜靜地立在一旁，給她消化的時間。

不知過了多久，沈雲商才漸漸緩過來，再次仔細看向牌位——

不孝女　趙曦凰立

沈雲商又是一陣恍惚。趙曦凰，長公主殿下。

一時間，巨大的疑問盤旋在她腦中。

玄嵩帝跟元德皇后的牌位為何會在沈家的祠堂裡？這一切到底與沈家……不，與母親有什麼關係？

「母親……」沈雲商唇角微啟，不解地看向白蘢。

白蘢這才緩緩道：「商商，母親還有一個名字，喚作趙曦凰。」

隱藏多年的秘密終於重見天日，讓沈雲商猶被雷擊，久久動彈不得。

母親不是白家長女嗎？怎麼會變成長公主趙曦凰？

「商商，這才是妳真正的外祖父、外祖母。」

沈雲商帶著震撼和茫然，在白蘢的示意下，恭恭敬敬地磕頭行了禮。

「妳說有沒有可能，岳母大人會是那位長公主……」

裴行昭的話突然在耳邊響起，沈雲商唇角一顫。

當時只當是句玩笑話，沒想到，竟真被他說中了！

「那母親是怎麼到白家的？」震驚過後，沈雲商難掩好奇地問道。

白蕤遂將當年之事細細和她說了一遍，末了道：「白家瞞下我的身分，救我性命，又待妳如自家姑娘，雖然我們與白家並沒血緣之親，但日後，妳萬不可輕慢。」

沈雲商忙道：「女兒謹記母親教誨！」末了，又問道：「母親，當年到底發生了什麼事？」

「當年之事，另有隱情。」提及當年之事，白蕤的臉色就沈了下來。「趙宗赫的皇位是踩著他皇兄、皇嫂的性命得來的，所以商商，此次妳進京或許會驚險萬分，因此我才決定今日將真相告知妳，如此，妳也能更好地應對危機。」

趙宗赫是先皇。

沈雲商努力地消化著這一個接著一個的巨大真相。

沒承想竟又讓裴行昭說中了，當年玄嵩帝禪位一事果然有問題。

「所以當年外祖父並非自願禪位？」

白蕤不動聲色地打量著沈雲商，見她雖倍感震驚，但並沒有因這個秘密而慌亂無措，足可見她心性之穩。他們說得不錯，商商真的長大了，也能擔事了。

「當然。」白蕤冷笑了聲道：「妳外祖父跟外祖母乃一代賢主，得萬民之心，功勛無數，趙宗赫不敢用陷害那一套，便利用父皇和母后對他的信任，給父皇、母后下了劇毒。父皇可以不在乎自己的生命，但他在乎母后。」白蘞每每想起當年之事，便覺心痛如絞。「趙宗赫以解藥逼父皇寫禪位詔書，父皇的人那時遲遲尋不到解藥，眼看離毒發之日越來越近，父皇才不得不答應。」

沈雲商聽到這裡，不由得道：「那為何不反拿住他，逼他交出解藥？」

白蘞輕嗤了聲。「他不怕死。那個瘋子寧用性命相搏，說若是輸了，就給父皇、母后陪葬。」

沈雲商皺眉。「那他在乎的人呢？」

「他最在乎的就是皇位，根本沒有在乎的人，包括他自己。」白蘞冷聲道：「即便是他的嫡長子，他也半點都不在意。」

趙宗赫的嫡長子，那不就是當今陛下？

「那個瘋子與父皇是同胞兄弟，父皇向來愛重他，他也演得一齣好戲，從未露出過半點野心，讓父皇跟母后對他未有防備。二老征戰沙場，斬敵無數，多少次死裡逃生，可卻怎麼也沒有想到，有朝一日會栽在最信任的人手中。」白蘞緊緊握著拳，眼裡的恨意逐漸顯露。「他可以除了皇位外什麼都不在乎，但父皇不能。父皇在乎母后，在乎子民。那時天下剛剛穩定，南鄴也漸漸有了起色，禁不起再一次風浪，要是父皇、母后跟趙宗赫都死了，必然會再次引發天下大亂。」白蘞的眼眶隱隱泛紅。「因為那時，東宮太子，也就是妳的小舅舅，他才兩歲。

「太平盛世，設攝政王之位，或能輔佐幼主穩定天下，但剛剛經歷惡戰，千瘡百孔還沒有恢復元氣的朝堂卻不行。那時候的南鄴，需要一位能帶領南鄴走上正軌且能威懾外敵的君主。趙宗赫善文不善武，但那些年他執意跟著父皇，拿了不少功勞，對比於一位兩歲的幼主，顯然他更能讓外敵忌憚。他便是算準了這一點，所以才在那時候動手。我無數次恨自己為何不是男兒身，如此，父皇也不至於被逼到那種境地……」

沈雲商聽出了白蘞聲音裡的哽咽，也不由得紅了眼眶。

她雖沒有親歷，但有了前世鄴京三年的如履薄冰，她大約能想像得到那是怎樣一場無聲的慘戰。

「若母親是男兒身，他必然又有不一樣的陰謀。」

白蘞又哪能不明白這個道理？她轉頭抹了抹眼角，繼續道：「父皇寫下禪位詔書，帶著我們離開鄴京，對外宣稱隱居於世外。原本若是這樣，我們也能幸福地過完餘生，可那個瘋子他根本沒有給父皇和母后活路！」白蘞咬牙道：「他給的解藥裡摻雜了另外的毒，一種名叫碧泉的毒，剛開始無論怎麼查都只是風寒之症，但月餘之後，便會死得毫無聲息。」

白蘞被悲傷籠罩，並沒有發現此時沈雲商突然慘白的面色。

碧泉！她前世就是死於此毒！

所以正是因為外祖父跟外祖母死於碧泉，母親的醫書上才會記載此毒。

「此毒無解。」白蕤落下一行淚，悲痛地道：「我眼睜睜地看著父皇跟母后死在我的面前，我那時真的想殺回鄴京替父皇、母后報仇，可是父皇臨終前不許我報仇。」

「為何？」沈雲商不解。

「父皇、母后心繫天下蒼生，也愛重部下。一則若是復仇，必又是屍橫遍野，父皇說，南鄴的士兵可以為國捐軀，但不能死在自己人手中；二則，父皇、母后怕我和阿弟陷在仇恨中，同時也怕我們因此出事。這些年，趙宗赫一脈的人一直在找我們，因為當年我和阿弟的屍身一直沒有被找到，所以我們的存在對於趙宗赫一脈的人是很大的威脅。」

至此，沈雲商終於明白前世趙承北對她的忌憚從何而起了。

她低頭看向手中的半月玉珮，神色複雜地道：「母親，這塊玉珮背後是否還有秘密？」

白蕤眼神微沈。「為何這般問？」

沈雲商道：「玉薇和清梔上次受傷一事是二皇子做的，他將她們二人隔開，分別向她們逼問一樣東西。」

「什麼東西？」

「一樣對我和母親都很重要的東西。」沈雲商抬頭看向白蕤。「若我猜的不錯，他找的應該就是這枚玉珮吧？」

白蕤的視線落在沈雲商手中的半月玉珮上，許久後，輕輕勾唇。「不錯，這正是我要和妳說的。商商，妳手上的這枚玉珮，它並非是普通的玉珮，而是半塊兵符。」

沈雲商再次面露驚愕。

她心中對這枚玉珮有過很多猜測，但卻從來沒往這方面去想。

兵符？竟然是兵符！

怪不得，趙承北不惜犧牲崔九珩的婚事，也要將她放在眼皮子底下。原來，他想要的竟是這個！

「我方才與妳說的關於這半塊玉珮之事，都是妳外祖父的遺命，他要我們隱姓埋名，平凡安穩地過完一生。」白蕤道。

沈雲商清楚地看見白蕤眼底的恨意，她喃喃道：「真的不能報仇嗎？」母親揹負著這樣的血海深仇，也不知這些年是如何度過的？

「不能！」白蕤厲聲道：「我告訴妳這些，只是希望妳對自己的身世更加清楚，更好地跟趙承北斡旋，能安安穩穩地回來，不是要妳去復仇！」

沈雲商怔怔地看著白蕤。可是原本她就要報仇！報前世之仇！

白蕤似是感知到什麼，臉色瞬間沈了下來。「商商，母親只希望妳能好好的活著。」

「若是不能呢？」沈雲商反問道：「若是趙承北始終不肯放過女兒，女兒也不能反擊嗎？」

白蕤微微皺眉。這一瞬，她竟在商商身上看到了滔天的恨意。

當年商商還未出生，她沒有經歷過那一遭，即便是不平，也不該有如此恨意。

「母親，即便我們不想復仇，可他們真的就能放過我們嗎？難道，除了任人宰割，就沒有別的路可走了嗎？如今他們握著滔天的權勢，我們只求活命，何其艱難？」

白蘞盯著沈雲商，眼底難掩複雜。她怎麼也沒有想到，將這一切告知女兒後，女兒的反應竟會如此大。

沈雲商沒再開口，而是一眼也不眨地看著白蘞，等她的答案。

「母親並非是要妳任人宰割。」白蘞皺眉道：「只是，妳外祖父的遺命如此，不可違。更何況……」

「什麼？」

白蘞深吸一口氣，道：「妳手上這枚玉珮只是半塊兵符，除了自救外，調動不了妳外祖父的親兵。妳告訴母親，僅憑妳我之力，要如何復仇？且白家於我們有恩，還有沈家跟裴家，一個不慎就要牽連他們。」

沈雲商終於明白了，原來母親並非沒有想過要報仇，只是這條路看起來是死路。可對她而言不是，因為她清楚地知道，就算他們一退再退，裴、沈、白三家依然逃不過。

「那要如何才能調動外祖父的親兵？」

白蘞緊緊皺著眉頭，看著沈雲商。

沈雲商明白她的意思，鄭重道：「母親放心，女兒不會亂來，也不會違背外祖父的遺命，女兒只是想更清楚我們手中的底牌。」

白蕤這才微微安心，如實道：「兩塊兵符合二為一，由我和妳小舅舅，或是彼此的血脈一同送去白鶴當鋪，便能調動妳外祖父留下的所有親兵和勢力。但妳也知道，妳小舅舅他……」

「落崖，生死不知。」沈雲商輕聲接過白蕤的話。

玄嵩帝與元德皇后帶著一雙兒女歸隱，途遇山匪，長公主墜海，太子落崖，這是外界都知道的事。

按照母親的說法，唯有兩塊兵符合二為一，且都是外祖父的血脈才可調動兵力，那麼若是小舅舅已經不在了……

似乎是猜到了沈雲商的想法，白蕤道：「若是一方血脈將斷，在臨死之際便會將此兵符摔碎，用白色手絹包裹好送到白鶴當鋪，等於告知這一脈血脈已絕。當白鶴當鋪收到了兩塊兵符後，將會自此解散，世間再無玄嵩帝親兵。」

沈雲商了然。前世她便是這樣將兵符送到白鶴當鋪的，原來，那竟是意味著母親這一脈到她這裡就斷了。

「可小舅舅那時候還年幼，要是真的出了事，也不會有機會將兵符送去。」

白蕤又是重重一嘆。「是啊！若妳小舅舅真的不在了，那麼妳外祖父留下的兵力便永遠無法再啟用。」

沈雲商握著玉珮，心緒難寧。

她和裴行昭曾經動過找前太子的心思，但那時他們都覺得是難如登天，並沒有真的上心；沒想到，如今這位前太子，也就是她的小舅舅，竟成了他們破局最重要的人。

「母親也不知道小舅舅的下落嗎？」

白蘞搖頭，眼眶通紅。「妳小舅舅落崖那會兒才兩歲，一個兩歲的幼童，又如何能在殺手的手中活下來？」她雖然一直抱著這個幻想，但其實心底清楚，阿弟活著的機會很渺茫。

「母親是親眼看見小舅舅落崖的嗎？」沈雲商抱著一絲希冀問道。

畢竟外界都道母親墜海亡故，可母親不也好好的活著？萬一小舅舅也有什麼機緣呢？

白蘞頓了頓，搖頭。「沒有。父皇跟母后死後，我帶著妳小舅舅逃亡，在一個鬧市中被人群衝散，再得到消息時，便是妳小舅舅落崖身亡了。」

「那有沒有可能這個消息是假的？」沈雲商有些激動地道。

「不會。」白蘞否決了。「當時他們的人中有榮家的探子，稱確實看到妳小舅舅落崖，但沒有找到屍身也是真的。」

沈雲商的激動散去，一顆心又沈了下來。

如此說來，小舅舅還活著的可能微乎其微。

但，沒有找到屍身，就還是有那麼一絲希望的。沈雲商如此寬慰著自己。

「母親，小舅舅可有什麼特別的……比如說胎記或印記之類的？」沈雲商抱著那麼一絲絲希望地問道：「萬一承蒙上天眷顧，我遇著小舅舅卻認不出來，豈不是憾事？」

白蕤雖然覺得這個可能不會發生，但也不好太過打擊沈雲商，遂如實道：「妳小舅舅後背確實有一塊胎記。」

「在什麼位置？」

「在右側腰下，有一塊像月牙的紅色胎記。除此之外……」白蕤的視線落在她手中的玉珮上。「妳小舅舅手中的那枚玉珮，與妳手中這塊幾乎一樣，只是妳手上這塊圖案是『月』，妳小舅舅那塊是『日』，且這兩塊半月玉珮能完整地契合在一起。」

沈雲商認真地記下了。

「還有，切記，妳的身分最好保密，不要告知任何人，以免引來禍端，或牽連他人。」白蕤囑咐道。

沈雲商想起了什麼，忙問道：「所以，父親也不知道這一切嗎？」

白蕤面色微變，半晌後搖頭。「不知。」

沈雲商不由得看向那兩座牌位。

白蕤意會到她的意思，眼神微閃，道：「我入夜後，偷偷來做個機關。」

沈雲商點點頭，目前也只好這樣了。

她大約知道母親瞞著父親是害怕將來身分暴露了會牽連父親，但是以那些人的謹慎，一旦動手，必然會斬草除根。

不過現在也不是勸母親的好時機，待將來再打算吧！
之後白蕤又再三囑咐了沈雲商，才放她離開。
沈雲商用了大半夜的時間才勉強將這一切消化。

次日一早，玉薇跟清梔幾乎是從床上將沈雲商拉起來的。
今日就要啟程進京，鄴京來的人已經在前院等著了，耽誤不得。
二人一個扶著沈雲商，一個幫她漱洗、上妝。
待梳妝整齊，又端來一碗肉粥讓她用了，才攙扶著她出門。
直到外頭冷風襲來，才將沈雲商吹清醒了幾分。
「小姐，中貴人在前院，待會兒上了馬車再睡。」玉薇在她耳畔輕聲道。
沈雲商知道她的意思——叫人看見她這副睏倦的模樣不好。
但……她昨夜想來想去，還是覺得進京後深藏不露是最好的辦法。
沈雲商點頭答應了玉薇，但一到前院，她整個人就賴在玉薇身上，一副睏倦極了的樣子，給中貴人請安時，身體都是搖搖晃晃的。
沈楓見此忙道：「小女失禮，中貴人勿怪。」
此次來的是陛下身邊的人，他打量了沈雲商幾眼，便笑著道：「無妨的。」
他話一落，沈雲商就撲到白蕤跟前，撒嬌耍賴。「母親，怎非要這麼早呢？女兒還睏著呢，再睡一會兒再啟程好不好啊？」

白蕤垂眸，就見沈雲商朝她擠了擠眼，她頓時就明白了沈雲商的意圖，蹙眉輕輕點了點女兒的額頭，嗔道：「中貴人在此，不可無禮。」

沈雲商卻偏不，硬是在她懷裡賴著，直到白蕤要發脾氣時，才不情不願地起身，不滿地道：「好了好了，女兒知道了。」她起身朝那位公公敷衍地行了個禮，就朝外走去。「我去馬車上睡總行了吧？」

沈楓連忙起身給公公賠不是。「真是抱歉，小女頑劣，大人勿怪。」

陳公公客氣地笑道：「無妨，沈小姐如此率真，難能可貴。」

沈楓客客氣氣地將陳公公送了出去。

白蕤走在後頭，擔憂地看著沈雲商的背影。這丫頭倒機靈，知道遮掩鋒芒，只希望此行順利，她能安安穩穩、平平安安地回來。

沈雲商走出門後四下望了眼，沒有看見裴行昭的馬車，便皺眉不耐煩地道：「裴行昭為何還不來？」她迫不及待地想要跟他分享秘密。

京中來的人聞言回道：「裴公子應該快……」

話還未完，便聽見一陣叮叮噹噹的聲音傳來。

眾人轉頭望去，就見一輛萬分招搖的馬車緩緩駛來。

姑蘇城的人對此倒是習以為常，但京中來的人眼睛都看直了。

他們在鄴京都沒有見過這般能閃瞎人眼的馬車。

不說別的，那車壁上掛著的是一串串金珠珠吧？裴家的黃金是不要錢的嗎？

陳公公這時也走了出來，看見這一幕，唇角驀地一抽。這裴家公子，未免太過招搖了些。正這樣想著，馬車緩緩停下。

車簾被掀開，一個渾身金燦燦的人走出了馬車。

大雪已停幾日，今日隱約有陽光，離得近的人忍不住偏過頭閉了閉眼。

隨後再定睛看去時，便又因少年那張驚豔眾生的臉而震撼。

招搖歸招搖，但人是真的好看啊！

裴行昭跳下馬車，朝眾人走來，腰間的金珠珠一晃一晃的，看得人眼花撩亂。

他拱手朝陳公公行了禮，又向沈楓、白蕤辭行。

少年笑得張揚。「沈伯伯、沈伯母放心，我肯定將沈商商平平安安地帶回來。」

沈楓儘量無視他腰間的金珠珠，道：「一路順遂，早去早回。」

「好咧！」裴行昭應下，朝沈雲商伸出手。「走，坐我的馬車。」

沈雲商毫不忌諱地將手放在他的手心，旁若無人地誇讚道：「你今日打扮得真好看！」

「是嗎？我還覺得金珠珠掛少了呢！」

沈雲商邊走邊打量，然後伸手指了指。「嗯，我也這麼覺得，這處還可以再掛幾串。」

「明白。」裴行昭笑道：「我馬車上還有，妳幫我掛。」

陳公公實在沒忍住，偏頭問沈楓。「這麼多，不嫌重嗎？」
沈楓毫不在意地擺擺手。「習慣了，從小就這麼打扮的。」
好吧，是他不懂。陳公公正要上馬車時，卻又聽見有馬蹄聲傳來。
眾人再次望去，然後又被震撼了一次。
陳公公似乎覺得自己看錯了，不禁再問沈楓。「我沒看錯吧？那輛馬車上，鑲的是……玉？」
沈楓點頭。「是玉。」
京中來的人震驚極了。誰家一整個馬車都鑲著玉啊?!
很快地，馬車停下，鑽出一個腰間掛滿玉串，長得很漂亮的公子。在陽光的照射下，再次閃瞎眾人的眼。
公子卻毫不自知，笑嘻嘻地朝沈楓打招呼。「沈伯伯好！沈伯母好！」
沈楓笑著點了點頭。
陳公公問：「這位是……」
「這是慕家少家主，慕淮衣。」沈楓介紹道。
慕淮衣朝陳公公行了個禮。
陳公公笑著點了點頭，目光落在他腰間的玉串上。這是姑蘇城特有的審美嗎？
沈楓似是看出了他的意思，忙為姑蘇城正名。「就他們倆愛好別致了點，別家不這樣。」

陳公公「哦」了聲。真是……招搖，也真是有錢啊！

「你怎麼來了？」裴行昭和沈雲商二人停在馬車前，問慕淮衣。

慕淮衣笑得一臉春風得意。「我去鄴京看看鋪子，剛好與你們同行。」

慕淮衣想跟他們同行的目的很明顯。

姑蘇至鄴京的路上並不十分太平，再加上慕淮衣那輛馬車，像是明晃晃地在告訴匪徒他有錢，快來劫他。

而來接裴行昭跟沈雲商進京的有宮中侍衛，賊匪再是眼紅也不敢劫皇家的車隊。

雖然鄴京危險，但不過是同行，到了鄴京便會分開，也不至於牽連慕淮衣，因此沈雲商心念幾轉後便答應了。

瞧著時候不早了，大家都不再耽擱，各自上了馬車。

沈雲商深知此行猶如闖龍潭虎穴，除了沈家的護衛外，身邊就只帶了會武功的玉薇，清梔則留在沈家。

綠楊是在年前回來的，自也是跟著一路。

沈雲商上了裴行昭的馬車，她的馬車裡便只有玉薇。

綠楊悄悄地打馬跟在馬車旁邊，笑嘻嘻地跟玉薇搭話。

裴行昭掀開車簾正好瞧見他笑得跟一朵花兒似的，唇角不禁一抽，放下車簾朝沈雲商道：「豬又去拱妳家白菜了。」

沈雲商也掀開另一邊車簾看了眼，果然見她的馬車旁有好大一隻豬。

她收回視線時，狀似隨意地往四周瞥了眼，才放下車簾，輕微搖了搖頭。這邊都是我們的人。

裴行昭的頭往左邊偏了偏，眉頭輕挑。

沈雲商便明白了，他那邊有眼線。

能弄走嗎？

裴行昭揚眉。怎麼？

有事跟你說。沈雲商擠擠眼。

裴行昭點頭。「我叫那隻豬……咳，綠楊過來。」

隨後，裴行昭便將剛跟玉薇搭上話的綠楊喚了回來，輕聲吩咐了幾句，綠楊便領命而去。

不多時，外頭就傳來綠楊的攀談聲，聲音離他們越來越遠。

裴行昭掀開車簾往後看了眼，然後回頭朝沈雲商道：「拖住了。」

饒是如此，沈雲商也不敢太大聲，她靠近裴行昭，在他耳邊用很小的聲音道：「我知道了一個很大很大的秘密！」

耳邊的氣息擾得裴行昭心神不寧，他無奈地道：「需要這麼謹慎？」

「很大的秘密！」沈雲商認真地重複道。

裴行昭配合地露出驚訝好奇的神情，也湊過去在她耳邊道：「那快給我說說，我看看有多大？」唇不知是有意還是無意地碰了碰沈雲商的耳垂。

沈雲商捂住耳朵，瞪他。「你正經點！」

「好吧我正經，妳說。」裴行昭坐直，一臉認真傾聽的模樣。

沈雲商忍住一腳踢過去的衝動，再次靠近他。「你除夕那天許的願成真了。」

裴行昭邊回憶邊問：「我那天許了什麼願？」

「你說，想做郡馬的願望。」沈雲商道。

「哦，這個啊！嘿，妳那天不還說我是作白日夢嗎？」裴行昭聞言一樂，帶著幾分訝異地道：「不會吧，陛下要封妳為郡主了？」

沈雲商面無表情地望著他。

裴行昭了然。「不是這個原因，那這是怎麼回事？我當時還說什麼呢？哦我想起來了，我說有沒有可能未來的岳母大人就是那位長公主，這樣妳就是郡主，我就可以做……郡馬……了……」裴行昭的聲音越來越小，到最後幾個字幾乎沒有發出音，臉上的表情也逐漸變得精彩，他僵硬地轉頭看著沈雲商，震撼中帶著不敢相信。「不……不會吧？」

沈雲商托著腮，好整以暇地道：「前面那句是事實，至於你想做郡馬，大概現在還無法實現，因為我那會兒還沒有出生，沒有封號。」她邊欣賞著他的表情，邊回憶著昨夜她知道真相時是不是也像他現在這麼傻的反應？等欣賞夠了，她才伸手合上裴行昭因驚愕過度而半張著的嘴。「你鎮定點。」

裴行昭的唇顫了顫，緊跟著眼睫也抖了抖，再之後，他才勉強能出聲。「我還不夠鎮定？我都沒有發出驚呼。」

沈雲商嫌棄道：「好歹活了兩輩子的人，因這點事就大呼小叫，你不覺得太丟人了？」

裴行昭不服氣。「妳知道的時候又有多鎮定？」

沈雲商理直氣壯地道：「沒有發出驚呼。」

「呿，那不就跟我一樣嘛！」裴行昭拉住她的手臂。「快快快，詳細說說！」

沈雲商遂簡潔快速地將昨夜知道的盡數告知裴行昭，末了還道：「你的嘴莫不是開過光，竟都叫你說中了。」

裴行昭消化完這個驚天的消息，聞言不由得苦笑。「若真的開過光，關於禪位一事我想重說。這下子完了，沈商商，當今這一脈跟你們有著血海深仇，趙承北又已經懷疑妳的身分了。妳說，他們這一次會不會是想藉著捐贈之事把我們弄進鄴京，再偷偷給殺了？」

「重說也來不及了。」沈雲商嘆了口氣，道：「現在唯一於我們有利的就是，趙承北貪圖我們手中的兵力，還沒有將這件事告知皇帝。」

裴行昭面色一喜。「妳怎麼知道？」

沈雲商衝他翻了個白眼。「前世未來三年我的身分不是都沒有暴露嗎？鄴京除了趙承北那幾個人以外，並無人知曉。如今他沒了你的銀子支撐，沒有從賑災之事上獲利，東宮又在此時崛起，他自然比前世更想得到我們手中的東西，哪會捨得將母親的身分捅出來。」

「有道理。」裴行昭慢慢地從恍惚中回神，盯著沈雲商，面露複雜地「嘖」了幾聲。「我的命可真是好啊，注定得是皇親國戚。」

沈雲商朝他一笑。「那也有可能給我陪葬呢！」

裴行昭深情地握住她的手。「富貴險中求。沈商商，妳爭氣點，讓我吃個軟飯。」

沈雲商警戒道：「你想幹什麼？」

裴行昭眼睛發亮。「妳別以為我不知道妳心裡在想什麼，曾經妳就打過那位前太子殿下的主意，如今他成了妳的舅舅，妳會不想找他？」

「好吧我確實想，但是……」沈雲商道：「先不說他是否還活著，便是活著，這麼多年過去了，人海茫茫，去哪裡找？再退一萬步說，便是找到了又能如何？他萬一不想報仇呢？你可別忘了，那時候他才兩歲，還不記事呢！還有啊，我可是在祠堂發過誓的，絕不違抗外祖父跟外祖母的遺命。」

裴行昭瞇著眼看她。

沈雲商眨眨眼，跟他對視。半晌後，她敗下陣來。「好吧你猜對了，我現在就是非常迫切地想找到我那位小舅舅，然後將他帶到白鶴當鋪，啟用外祖父留下的兵力，弄死趙承北，順便奪回屬於我們的一切。唉，我肚子裡的小蟲啊，你真煩。」

裴行昭任她輕輕拍著他的腦袋，面無表情道：「那遺命呢？」

「外祖父遺命是不可為他們復仇，但我這是為我們上輩子復仇和這輩子想要活著而反抗啊，算不得違抗遺命。」沈雲商說得頭頭是道。「哦對了，母親還說這件事要絕對保密，不可對人言。」

裴行昭頓時炸了。「什麼意思？我不是人？」

沈雲商笑著輕輕幫他順毛。「你是我肚子裡的小蟲啊！母親是怕會牽連你，但我不怕啊！前世已經走過那條路，但失敗了，所以這一次我打算換條路。兩個人戰鬥，總比一個人孤軍奮戰有勝算。」

裴行昭「哼」了聲。「真不怕把我玩死了？」

「……你能不能換個好聽的詞？萬一還是死了，至少我們也是死在一處的。」

裴行昭對這個答案還算滿意。「行，為了我的郡馬之位，我全力以赴。」

沈雲商也哼道：「你敢不全力以赴？你我有婚約在身，你是不可能獨善其身的了，退婚你是想都不要想了，我死也會拉上你。」

裴行昭皺著眉，環住她的腰身，可憐兮兮地道：「那我的墳墓要用金子打造，還要掛很多金珠珠，墓碑上還要刻著『玄嵩帝外孫婿沈雲商之夫』。」

沈雲商被他逗樂了。「你不跟我葬在一起嗎？」

「當然要，黃金棺材造大點，妳躺我旁邊就行了。」

「合著倒成了我蹭你的棺材、墓穴，我不能擁有自己喜歡的墓穴、棺材嗎？」

裴行昭抬起他那雙桃花眼看她。「妳的墓穴、棺材裡有我還不夠歡喜嗎？」

沈雲商眼裡頓時帶著笑，捧著他的臉低頭挨著，如小雞啄米般吻過去。「歡喜歡喜，最歡喜了！」裴昭昭這張臉簡直太好看了，怎麼看都看不夠。「我的墓碑上就刻『天下最好看的男子裴行昭之妻』。」

裴行昭用手擋住她的嘴，認真道：「還得加一句『首富裴行昭之妻』。」

「……裴昭昭，你上輩子是不是窮怕了？」

一提到這個，裴行昭就來氣。「那可不？趙承北胃口大得很，我自從進了公主府後，連金珠珠都沒得掛了。」

沈雲商眼底閃過一絲心疼，隨後愛憐地看著他。「真可憐啊！這輩子我們就是把錢帶進棺材裡，也絕不給趙承北一分！」

裴行昭心滿意足地躺在她腿上，將臉埋進她懷裡。「好，那我的錢財以後就仰仗夫人保護了。」

二人鬧夠了，又說回了正題。

「你好像對外祖父格外敬重？」從最開始聽裴行昭說起玄嵩帝時，沈雲商就有這個感覺了。

「那當然。」裴行昭仰躺在她膝上，抱臂道：「咱外祖父那可是南鄴的大英雄、一代戰神、賢主，挽救了差點滅國的南鄴，試問南鄴人有哪個不敬重？」

那句「咱外祖父」喊的叫一個順溜。

沈雲商聽起來也覺得順耳，獎勵般地摸了摸他的頭。「所以這就是趙承北他們忌憚我們的原因。」

「也是，咱們那位小舅舅的太子封號並沒有被廢黜，只要他振臂一呼，不定多少人擁護呢！」裴行昭洋洋自得，再次感嘆道：「我的命真好。」

沈雲商手一頓，垂眸看著裴行昭。

其實她清楚，他幾番不正經只是不想讓她因為會牽連他而感到不安和愧疚。

裴昭昭，謝謝你。有你在身邊，真好。

「只是不知道咱小舅舅在哪裡？」裴行昭轉了身看著沈雲商。「妳說，有沒有可能會在鄴京啊？」

沈雲商正要開口，就聽他道——

「妳不是說我的嘴開過光嗎？萬一又靈了呢？」

「……嗯，會說就多說點。」

「對了，那塊玉珮長什麼樣？給我看看。」裴行昭好奇地道。

沈雲商便將半月玉珮拿出來遞給他。「母親說，小舅舅那塊跟這個除了圖案不一樣外，其他都是一模一樣的，且兩塊能完全契合。」

「這倒是一個線索，只是咱小舅舅應該不會帶著這麼重要的東西在外招搖吧？」裴行昭接過玉珮，認真端詳後遞還給沈雲商。

沈雲商仔細收好，點頭「嗯」了聲。人是生是死都尚未可知，提這些為時尚早。

「我們不能將此當作後路，此行危險，須另做打算。」

裴行昭挑眉。「那當然，畢竟我在出發時可不知曉還有這樣的驚喜。」

「你做了什麼？」沈雲商問。

「我重生之後，便開始培養自己的勢力，如今也算有些可用之人了。他們於昨夜、明日分別啟程，在鄴京會合，還留了一些在姑蘇。」裴行昭頓了頓，問：「妳應該也做了準備吧？」

「嗯。和你一樣，暗地裡培養了一些人手，不過大部分在幾日前就已經前往鄴京，其他的人跟你的部署一樣，明日走，姑蘇也留了些人手。」

「姑蘇留了多少人？」

「一百。」沈雲商道。

「跟去鄴京的有多少？」裴行昭再問。

「一百八。」

裴行昭又挑眉。「不錯啊，這麼短的時間，竟培養了這麼多人。」

「畢竟是姑蘇首富，能用的人還是不少的。你呢？」

「我在姑蘇留了兩百餘人，帶了兩百人。如此，姑蘇城共有三百多個人手，一旦真的出了事，至少我們沒有後顧之憂。我還給父親留了一封信，讓他們暗中做好隨時撤離的準備。」

沈雲商道：「若是這樣，便要捨棄錢財了。」

「錢財乃身外之物，沒了再賺，保命最重要。」裴行昭沒心沒肺地道：「鄴京那邊，妳有什麼安排？」

沈雲商低眉輕聲道：「活著最重要。我打算城外和城內各留一些人手，以防萬一，外頭也好有人接應。」

裴行昭「嘿」了聲。「又跟我想到一處去了。對了，我方才見妳時，看妳與平日有些不同，是因為那公公在？」

沈雲商點頭。「如今我們風頭正盛，在不清楚鄴京的局勢前，先藏著。你今天也格外招搖些。」

「要不怎麼說是青梅竹馬呢？我也是這麼想的。妳演的是什麼？」裴行昭好奇地問道。

「囂張跋扈無腦大小姐。你呢？」

裴行昭頭一偏，下巴一抬。「招搖多金沒見識的少家主。但趙承北應該不會信。」

沈雲商不甚在意地道：「管他信不信，皇帝信就行。」皇帝確定他們沒有什麼威脅，才不會處處盯著他們，如此才有機會施展拳腳。「對了，表哥也在鄴京。」

裴行昭驚喜地「呀」了聲。「那敢情好，大哥在，我們有靠山了。不過，也多了慕淮衣這個拖油瓶。」

沈雲商很認同這話。確實，慕淮衣那點功夫，連自保都不行。

待進了京，她得先去探探慕淮衣的口風，看他要在鄴京待多久，若時間短倒無妨，要是時間長了，她便要想法子讓他早日離開鄴京。

之後二人又商議了些計劃，將兩個人的人手合起來做好安排，才各自昏昏沈沈地睡過去。

時間轉瞬即逝，眨眼便已過三日。

「據說前面那座山上盤踞著很厲害的山匪，很多商隊途經此處都要破財。」這日，慕淮衣用完午飯後，說吃多了睡不著，賴在裴行昭的馬車上不肯走。

沈雲商聞言掀開車簾往前頭望了眼，入目皆是大山、叢林，這確實是一個很適合打劫埋伏的地方。

「不過我們不用擔心。」慕淮衣笑著道：「宮中的車隊，沒人敢劫的。」

裴行昭懶散地靠在車壁上，用腳踢了踢他。「你什麼時候回你自己的馬車？」有這人在，他都不能挨著沈商商睡覺了。

慕淮衣沒好氣地踢回去。「就待會兒怎麼了？怕我扒你車上的金子不成——」話還沒落下，外頭便傳來異樣的動靜，馬車急急停下，慕淮衣一個不穩往前栽去，幸虧裴行昭動作麻溜地伸出腿攔住他，才沒讓他撞在車壁上。

與此同時，裴行昭伸手將差點被甩落位子的沈雲商攬在懷裡。

慕淮衣穩住身形後，瞪大眼。「多謝啊！怎麼回事啊？」

外頭已隱約傳來兵器相接聲，沈雲商眉頭緊緊皺著。怎會有山匪？

裴行昭仔細聽了會兒，亦是皺起眉。「遇上山匪了。」

慕淮衣不敢相信。「不會吧？什麼山匪這麼大膽子，連宮中的車隊都敢劫！」

裴行昭跟沈雲商對視了一眼，又移開。

山匪自然沒膽子劫宮中的車隊，但總有別的人敢。

慕淮衣不信地掀開車簾朝外望去，只看了一眼就快速放下簾子，面色微白。「真的是山匪！可是不是破財就行嗎，怎麼這麼快就打起來了？」

這時，綠楊打馬過來，沈聲稟報道：「公子，我們遇上山匪了。」

慕淮衣的人也隨後趕來，護在馬車外。

陳公公這時在隨從的攙扶下走過來，他剛要開口，車簾就被人重重掀開。

沈雲商滿臉怒氣地道：「陳公公，這是怎麼回事啊？什麼人這麼大膽子敢劫宮中車隊！」

陳公公眼神微閃，意有所指地看了眼兩輛格外招搖的馬車。「總有人把錢財看得比命重。」

這就是怪他們太招搖，引來山賊了。

沈雲商只當聽不出來，不耐煩地道：「我可是姑蘇城首富的獨女，要是在陳公公手裡出了事，你們怎麼跟我父親交代？還有我未來夫君，他也是家中獨苗，若有個好歹，裴、沈兩家肯定不會善罷甘休！」

陳公公臉色微沈，暗道這商賈之女真是不知所謂，他可是陛下近侍，豈是她能訓斥的！但眼下他領了「將二人完好帶進宮」的旨意，未免生亂，還是得隱忍一二，遂賠笑道：「沈小姐說得是，我們的人一定會保護沈小姐與裴公子的安危。」

慕淮衣這時候擠出個腦袋來。「煩勞順手將我一起保護了唄！」

陳公公皮笑肉不笑地應了聲，轉身回了馬車。

陛下真是多慮了，就這些粗蠻無禮的小輩，哪有腦子籌謀什麼大事？

待陳公公離開，裴行昭才朝綠楊沈聲道：「去看看什麼來路。」

「不必了。」沈雲商阻止了正要離開的綠楊，看向朝他們飛身而來的玉薇。

在綠楊一臉難以置信的目光中，玉薇淡然道：「從武功上看應該是山匪，但他們的目的不在錢財，是衝著小姐和公子的馬車來的。」

沈雲商暗道果然如此。「知道了，妳佯裝不敵之後退回來，綠楊也是。」

「是。」玉薇領命而去。

綠楊還處於震撼中。「不是，玉薇她、她……她怎麼會飛的?!」

裴行昭沒好氣地道：「想知道什麼自己追去問，別給我在這兒丟人！」

綠楊恍惚地應了聲便追了上去。

車簾再次落下，沈雲商看向裴行昭。「怎麼打算？」

「靜觀其變。」裴行昭面不改色地道：「我看這陣仗不像是要我們的命，那就看看他們到底想做什麼。」

沈雲商也是這麼想的。

慕淮衣左看看、右看看，皺起眉問：「你們是不是知道些什麼？」不待裴行昭開口，慕淮衣似是想起了什麼。「該不會又是那個二皇子搞事吧？」

一語中的，裴行昭瞥了他一眼。「我們這一路可能不會太平了，到了下一個城鎮你便離開車隊。」

慕淮衣怒道：「我是那麼不講義氣的人嗎?!」

沈雲商淡淡地道：「他的意思是，你會扯後腿。」

慕淮衣氣極了。白費了他的義薄雲天！

小半個時辰後，戰局越發不樂觀。

陳公公又過來了，臉上再無方才的淡然。「裴公子、沈小姐，我看這幫賊匪不尋常，我們的人怕是敵不過了，這該如何是好？」

裴行昭面色一變，急道：「我怎麼知道啊？宮中侍衛都打不過，我們的護衛又哪是對手？」敢劫宮中車隊，侍衛還不敵，趙承北的手段怎麼越來越漏洞百出了？

沈雲商嚇得臉色蒼白。「這可怎麼辦？我可不想死在這兒！早知道面聖這麼危險，我說什麼也不去！裴昭昭，怎麼辦啊？要不我們回去吧！」他們不過是兩個紈袴，出了這等事，陳公公不想著逃命，倒還有心情來問他們怎麼辦。

陳公公努力保持著平靜。「沈小姐，聖旨已下，不可違逆。」

「那你說現在怎麼辦嘛！你剛剛不是說一定會保護好我們的嗎？你的人怎麼這麼沒用啊？」沈雲商怒容滿面地罵道：「哪裡來的山匪，膽子簡直是太大了，知道我是誰嗎就敢劫！」

在鄴京，誰見著陛下身邊的人不得給兩分薄面？陳公公何曾被人這麼下過面子，此時面上已經快掛不住了。

而這時玉薇跟綠楊分別受傷被擊退回來，幾個山匪持著大刀就朝這邊衝來。

沈雲商嚇得驚慌失措，急急喊道：「你們還愣著幹什麼？趕緊逃命啊！」

裴行昭也配合地喊著。「對對對，先逃命！」

慕淮衣雖然不明白他們二人在演什麼戲，但也很配合地露出一副害怕的樣子。

然後，在陳公公不敢相信的眼神下，馬車疾馳逃竄。

沈雲商還不忘朝他喊道：「陳公公，我那輛馬車就煩勞陳公公一併帶著了，我們下一個城鎮會合。」

慕淮衣很客氣地道：「我那輛馬車不用管，車伕會趕過來的。」

接著塵土飛揚，撲了陳公公滿臉，他盯著那輛逃竄的馬車，臉色青一陣、白一陣。

簡直是毫無禮數！如此貪生怕死的樣子，殿下何須浪費時間試探。

馬車遠去，山匪頭子不由得看向陳公公。這……追是不追啊？

陳公公沒好氣地朝他們使了個眼色，一幫山匪這才趕緊翻身上馬，追了上去。

馬車裡，裴行昭若有所思地問：「妳覺得是衝妳來的，還是衝我來的？」

沈雲商突然想起了那一次在小鎮上遇見的刺客，電光石火間，她驀地明白了什麼，喃喃道：「或許……衝我。」

趙承北莫非是在試探她手中有沒有外祖父的兵力？因為這種時候殺了她和裴行昭，對趙承北沒有任何好處，且那些山匪在打鬥時，根本沒有下殺手。

馬車疾馳前行，身後的山匪窮追不捨。

慕淮衣回頭看了幾次後，忍不住道：「裴阿昭，以你的武功，打這些人不跟玩似的，你們是在演戲嗎？」

裴行昭讚賞地看了他一眼。「真聰明！」

慕淮衣無語。但凡他不是個傻子都能看出來好嗎？「所以是為什麼？」
裴行昭沒答，而是看向沈雲商。
慕淮衣這才想起方才沈雲商說這些人是衝著她來的，遂又問她。「沈雲商，為什麼？」
沈雲商從方才起就一直沈默不語，此時慕淮衣問起，她愣了一會兒後，才看向二人。
「敢不敢賭一把？」
裴行昭饒有興致地挑眉。「樂意奉陪。」
慕淮衣試探地問：「賭輸了會死嗎？」
沈雲商瞥了他一眼。「要死也是死在我們後頭。」
慕淮衣猶豫片刻後，無奈地點頭。「行吧，反正都已經上了你們的賊船，現在跑也來不及了。」

第十八章

大約過了一盞茶的時間，途經一處相對空曠的草地時，沈雲商從袖中取出銀針遞給裴行昭。「將車輪扎壞。」

裴行昭二話不說就動了手。

馬車一個搖晃，慕淮衣再次不受控地飛了出去，裴行昭熟練地揪住他的後頸衣領。

「不是，你們怎麼說動手就動手？就不能讓我有所準備嗎？」重新坐好後，慕淮衣氣憤地道。

「反正沒受傷不是嗎？」裴行昭說。

慕淮衣一滯，隨後咬咬牙。「……你行！」

身後的馬蹄聲漸近，綠楊著急道：「公子，車輪壞了！」

算準了時間，沈雲商將頭伸出去，斥責道：「怎麼趕的車啊？車輪壞了我們怎麼逃命！」

她話音才落，追上來的山匪就將馬車包圍了。

沈雲商與那凶神惡煞的山匪頭子對視了一眼，立刻嚇得縮了回去。「裴昭昭、裴昭昭！怎麼辦，他們追上來了！陳公公他們是不是死了？我們是不是也要死了啊？」

慕淮衣唇角一扯。看不出來，她戲演得還挺不錯的。

「別怕，有我在！」裴行昭一副天塌下來有他頂著的神態安慰著沈雲商，然後一把掀開車簾，囂張十足地朝山匪喊道：「你們知不知道我爹是誰？江南首富的名號聽過嗎？識趣的就趕緊給我滾開，不然我爹一定會弄死你們！」

慕淮衣抬手捂住臉，怕自己忍不住笑出聲，露了餡。所以說不是一家人，不進一家門呢，這兩個人不去唱戲都可惜了。

山匪頭子臉上有一瞬的僵硬，但很快就掩飾了過去，惡狠狠地道：「交出你們手中所有的財物，我就考慮放你們一馬！」

裴行昭頓時就急了。「我呸！你也不去打聽打聽，老子愛財如命，想從我手裡打劫錢財，不可能，除非老子死了！還有，你們的胃口是不是太大了？慕家那輛鑲玉的馬車都給你們留下了，你們有必要非要來追我的馬車嗎？識不識貨啊？那上面可有不少難得一見的玉石，不比我這黃金值錢？」

山匪頭子被說得心癢癢的，但錢財始終沒有命重要，遂粗聲粗氣地吼道：「你們交不交？不交小命可就搭這兒了！」

「來呀，我還怕你不成！」裴行昭一把抽出馬車裡的劍飛身而出，直直刺向那山匪頭子。「我說了，想要錢，從我的屍體上踏過去！」

慕淮衣不由得小聲道：「他這戲是不是演過了？」

然他這話剛落，裴行昭「砰」地就打回了馬車裡。

綠楊跟玉薇甚至都還沒有來得及出手。

慕淮衣面無表情地盯著目眥盡裂的裴行昭，靜靜地看他發瘋。

「嘶……痛死老子了！你們還真下死手啊？到底知不知道我是誰啊？沈商商妳放開，我要出去殺了他們！」

沈雲商便停下攙扶他的動作。

裴行昭愣了愣，轉頭說：「妳還真放手啊？快拉著我啊！」

慕淮衣偏過頭緊緊抿著唇，努力抑制住情緒。

山匪頭子輕蔑地大笑了幾聲。「我還當多厲害呢，不過是個空有其表的軟腳蝦罷了，連爺爺的一腳都受不住！」

「你別太囂張！」裴行昭輸人不輸陣地喊道：「你等老子緩緩，剛才是沒有發揮好！」

沈雲商輕輕掐了他一下。行了，沒必要再去挨一腳。

裴行昭眼神一閃，立刻變臉。「你們不就是想要錢嗎？給給給，給你們就是了！」說著，幾人先後下了馬車。

幾個山匪實在沒想到他們竟這麼能屈能伸，一時都沒有反應過來。

直到聽見後頭傳來動靜，山匪頭子才冷笑一聲，刀鋒一轉道：「我可沒打算留你們的命！你不也說了，你爹是江南首富，我不做掉你們，還等著你們來復仇嗎？只要你們死了，就沒人知道是誰做的！」話落，他便提刀飛身砍去。

沈雲商眼神一緊，飛快地撲到裴行昭身前護住他，大喊道：「你們不許動我未婚夫！」

眼看刀將砍下來，裴行昭捏住她的手臂剛要發力，便聽沈雲商小聲道——

「相信我。」

裴行昭遲疑了下，卸下了力道。

慕淮衣在一旁緊張得手心都出了汗。

就在那把刀離沈雲商的頭頂只有一拳之距時，不知是哪裡飛來的一枝箭，將刀給射落了。

隨著叮噹脆響，裴行昭跟慕淮衣都鬆了一口氣。

裴行昭低頭沈著臉看向沈雲商。妳瘋了！

沈雲商朝他擠了擠眼，腿一軟，跌入他懷裡，眼淚說掉就掉。「嚇死我了，嗚嗚……是哪個英雄好漢救了我們？定要重賞！」

裴行昭咬著牙，黑著臉，一把將她扶住，不待他轉頭望去，便聽見熟悉的聲音和馬蹄聲傳來——

「裴公子、沈小姐，你們沒事吧？」

慕淮衣回頭看向陳公公，眸中閃過一絲暗沈。

裴行昭忍下心中的那股戾氣，轉身罵道：「你看我們像沒有事的樣子嗎？再來晚一點就為我們收屍吧！我們可是奉旨進京，死在路上看你如何跟陛下交代！」

沈雲商淚眼矇矓地從裴行昭懷裡探出頭，邊哭邊道：「陳公公你們沒死啊？」

陳公公唇角一抽，瞥了眼那後怕的山匪頭子後，急急朝裴行昭他們走去。「是這樣的，我們留了些人在後頭辦事，所幸他們及時趕來，不然我們怕也是難逃一死。」說完，他便朝後方侍衛喊道：「來人，將這一幫賊匪送入官府！」

沈雲商不動聲色地看了眼那些生面孔後，將臉埋回裴行昭懷裡，唇角輕輕上揚。

果然如此，這些人是來試探她的。

只可惜，趙承北想要的兵力連她都還沒拿到，饒是他再怎麼試探也沒有用。

沈雲商等緩了一會兒後，便又不管不顧地使了一通性子，執意要回姑蘇，不肯再上路。

陳公公好脾氣地哄了一會兒，見沒有成效，便搬出聖旨威脅，這才叫沈雲商不情不願地上了馬車。

其實，陳公公作為皇帝近侍，也是閱人無數，若非裴行昭和沈雲商重活了一遭，心性早有不同，必然是瞞不過他的。

待一切準備就緒後，車隊再次啟程。

行駛出一段距離後，陳公公身邊的侍衛皺眉道：「瞧著不像是裝的。」

陳公公被沈雲商氣得額際還在突突直跳，聞言咬牙道：「殿下自有殿下的道理。」雖然他也覺得這兩個人簡直是愚不可及、貪生怕死、胸無點墨，根本無須試探，但殿下之命他不能置喙。

侍衛也就沒再吭聲了。這一路上，他始終沒有發現暗處有人跟著，或許殿下這一次真的猜錯了。

自從出了這個亂子後，沈雲商一路上都沒有給過陳公公好臉色，將初生之犢不畏虎和囂張跋扈的大小姐演繹得淋漓盡致。

裴行昭和慕淮衣則時不時地配合一下，每日都要將陳公公氣上一氣。

一行人就這麼一路鬧騰著，終於進了鄴京。

陳公公和一眾侍衛都不由得鬆了口氣，總算可以不用跟粗俗野蠻的商賈之女打交道了。人安穩地到了鄴京，陳公公的腰板也挺直了，抬著下巴道：「二位暫且在客棧歇著，明日一早進宮面聖。」

沈雲商蹙眉道：「你叫我住客棧？」

陳公公皮笑肉不笑地說：「沈小姐，鄴京不比地方，這裡遍地是權貴，士農工商，還請沈小姐謹記。不住客棧，還想住哪裡？」

話外之音是——不過是商賈之女，還想住宮中不成！

沈雲商卻似是聽不懂般，高傲地睥睨著他。「我們在鄴京有大宅子，為什麼要住客棧？」

陳公公神色一僵。

「是啊，我們的住處就不勞陳公公了。」裴行昭朝綠楊道：「走，回家。」

侍衛長看了眼陳公公，而後冷聲道：「裴公子，明日便要面聖了，未免出岔子，我們得與裴公子一道去。」

裴行昭不甚在意地擺擺手。「行啊！」他轉頭拖出一個匣子，邊翻看裡頭的地契，邊唸出了一堆名字。「沈商商，妳想住哪裡？安合巷？華東巷？六福巷……還是嶸溪巷？」

陳公公與侍衛長聽得眉頭直皺。

他報的這些地方，宅子都是極其昂貴的。

沈雲商想了想，也拖出一個匣子。「你等等啊，我翻一下，看有沒有跟你相鄰的。」

所有的人都等著他二人對地契、找宅子。

陳公公只覺心梗。

侍衛們則是唏噓不已，真不愧是有錢人啊！

好半晌後，沈雲商從一堆地契裡抽出了一張。「找到了！我家在嶸溪巷也有一處宅子，我在十二號，你呢？」

裴行昭翻出嶸溪巷那張地契，看了眼後，眼睛一亮。「十三號，正相鄰呢！」

「那就這裡了。」沈雲商愉快地決定了。

一行人便繼續啟程，往嶸溪巷行去。

在看到那兩座相鄰的氣派宅子後，陳公公不願再多留一刻，敷衍了幾句就回宮覆命。達官貴人常覺商人低人一等，但實則日子不見得比人家過得好。侍衛們雖然見慣了富麗堂皇，但心頭也不由得生出幾分羨慕。這樣的宅子他們一輩子都掙不來，這兩個人怎麼這麼會投胎？

這時，慕淮衣坐回了自己的馬車，與裴行昭二人告別。「我先回去了，有事來你們旁邊的六福巷找我。對了，晚飯多做點，我要過來蹭飯。」說完，就乘著他那輛鑲滿玉石的馬車離開了。

侍衛們紛紛別過眼。不看不看，越看越氣人！他們一個月的俸祿都不一定能買來他那輛馬車上的一顆玉石呢，還一整車，根本想都不敢想。

「諸位一路辛苦了，都進來喝口茶，我讓人給諸位備廂房。」裴行昭笑容滿面地招呼。

侍衛們看向侍衛長。他們奉命將人完好無損地送進宮，期間寸步不離，可這麼大冷天的，誰也不想守在外頭。

侍衛長猶豫了幾息，拱手道：「那就叨擾了。」

裴行昭伸手做了個「請」的姿勢。「不叨擾，今晚我叫人備上好的酒席，感謝各位一路護送。」

舟車勞頓後，誰不想放鬆放鬆？聞言，侍衛們瞬間都來精神了。

侍衛長道過謝後，便安排手底下的人輪班值守，相鄰的沈府門口自然也安排了人。

兩家只隔著一道牆，沈雲商自然將裴行昭的安排都聽了進去，她唇角微彎，折身往裡走去。

其實他們早早就決定好要住在這兩座宅子，此時裡頭自然已經打掃乾淨。

管事跟在沈雲商身後，恭敬道：「小姐的院子已經收拾妥當，丫鬟、僕人都安排好了，按照小姐信上吩咐的，宅中所有僕人都是家生子，底子乾淨，護院也都是身手最好的。」

沈雲商「嗯」了聲。「有勞程管事。」

程管事忙頷首道：「是小人應該做的。對了，鄴京所有鋪子的帳本都已經整理好，您看是現在送來，還是待面聖之後？」

沈雲商想了想道：「現在送來吧。」

「是。還有，表公子昨日來了一趟，說小姐到了後給他去個信，小人這就派人過去？」

沈雲商點點頭。「好。」隨後，她似是想到了什麼，朝程管事道：「這幾日若是有了不速之客，吩咐護院不必盡全力攔。」

程管事一驚。「小姐這是何意？」

沈雲商輕笑道：「按我的吩咐做就是了。」

程管事忙應下。「是。」

按照沈雲商的意思，她住的院落仍舊喚作拂瑤院，程管事將她送到院中，便退下去取帳本。

沈雲商帶著玉薇四處走了走，回到寢房後，她便讓玉薇將隨身攜帶的匣子取出來。

她打開匣子，取出裡頭一塊看起來很陳舊的令牌。

玉薇一眼掃去，便看清上頭的字。

玄軍令。

路上，沈雲商已經找機會將她知道的秘密告知了玉薇，玉薇聽了自是震撼不已，但這一路她已經差不多都消化了。

「小姐是覺得有人會來盜這塊令牌？」

沈雲商眸光微閃。「趙承北根本不知道能調動外祖父留下的玄軍的東西到底是什麼。」

其實不只趙承北，很多人都不知道。

饒是先皇跟著外祖父那段時間，也一直都以為能調動兵力的是這塊玄軍令。

這是她臨走前，母親給她的。

除了玄軍外，其他人都以為這就是調動玄軍的兵符，其實並非如此，令牌不過是個擺設，真正讓玄軍聽令的不是任何東西，而是外祖父和外祖母。

但後來為了以備不時之需，外祖父跟外祖母尋來一件奇寶，打造了不同尋常的兩塊玉珮，用此奇寶打造的東西燒不壞，若在他們需要讓旁人前去調動兵馬時，兩塊玉珮才是真正的兵符，這塊玄軍令不過是「障眼法」。

不過母親也說過，趙宗赫雖然不知道真正的兵符是什麼，但他應該已經有所懷疑。因為他曾拿這塊玄軍令試圖將外祖父的玄軍收為己用，但無人聽令，後來連這塊玄軍令都被玄軍奪了回來。

所以趙宗赫那一脈，對於玄軍兵符是什麼，一直都是沒底的。

他或許會懷疑不是玄軍令對玄軍無用，而是玄軍只認外祖父跟外祖母，因為那時他所調的那支小隊裡正好有外祖父的親信，不認他也在情理之中。

也或許他們會懷疑，玄軍令並不是真正的兵符，畢竟那麼龐大的一支軍隊，不應該只靠認臉來調動。

玉薇點點頭。

「他們如今心中都沒底，卻也不會放棄尋找，這塊令牌正好能成為我的擋箭牌。」如此，也能更好地保護真正的兵符。「但也不能叫他們輕易得去。」沈雲商將玄軍令放回匣子，這個東西她得好好利用。

玉薇接過匣子道：「小姐放心，奴婢會收好。」

陳公公回到宮中向皇帝覆命後，便悄然去了二皇子宮殿。

趙承北料到他會來，早早就屏退了身側的人。

陳公公恭恭敬敬地行了禮後，稟報道：「稟二皇子殿下，此行經奴才試探，沈小姐身邊除了護衛，並無其他人。」

趙承北眼神微沈。「確定？」

陳公公頷首。「奴才確定。生死之際，都不曾有人出手相救。」

趙承北「嗯」了聲，又隨口問了幾句，便讓他退下了。

然而，就在陳公公離開後不久，此行的侍衛長出現了。

「屬下特意留在後頭查探過，並未發現暗中有人隨行。」他的回稟與陳公公的差不多。

趙承北若有所思地瞇起眼。

獨女都進京面聖了，她竟然沒有派人暗中保護？這不應該啊！

她藏著藏著，竟還真的以為自己出身商賈了？

「今夜她要去裴宅？」

「是，還有那慕家公子，今夜都會在裴宅用飯。」侍衛長道。

趙承北思忖了片刻後，道：「你找機會去她寢房找一找，看有沒有什麼東西是收放不同尋常的。」他還是不信趙曦凰會讓沈雲商兩眼一抹黑的來鄴京。

侍衛長恭敬地應下。

另一邊，陳公公回屋換了身衣裳後，又出了門。

幾經輾轉後，他到了東宮。

東宮似乎已等候他多時，免了他的禮，問：「如何？」

「稟殿下，此二人不足為慮。」陳公公將一路諸事事無鉅細地稟報給東宮。屏風後，太子不緊不慢地飲了口茶，開口前，偏頭看了眼身側立著的人。

男子戴著銀色面具，長身如玉，一襲白衣，只在袖邊用金線繡著幾片銀杏葉。見太子看過來，白衣男子輕輕頷首。

太子便道：「那二人可有受傷？」

陳公公恭敬地回道：「沒有受傷。二皇子那邊，奴才已經去回稟過了，二皇子殿下並未對奴才生疑。」陳公公繼續回稟道：「但奴才見二皇子試探之意甚急，下手也狠，與這二人不像有深交。」

太子面露詫異，再次側首。「你說，老二這是在做什麼？」

白衣男子頓了頓，頷首回道：「小人猜不透，不過如今已經知曉，二皇子前段時日去江南並非與裴、沈二人相交，這對殿下很有利。」

太子點頭。「你說得對。」末了，看向陳公公道：「此事辦得不錯，該賞！」太子喚了人來打賞。

陳公公恭敬謝恩後退下。

待陳公公離開，太子才又開口。「唐卿，你認為，接下來該怎麼做？」

白衣男子溫聲道：「小人認為，殿下接下來應該靜觀其變。如今國庫雖緊張，但危機畢竟已經解除，那二人捐贈的義舉已是南鄴上下皆知，正是聲名大噪時，殿下此時不宜結交，否則怕會再次引來陛下猜忌。」

太子本動了結交之心，聞言後背不由得冒了層冷汗。「言之有理、言之有理！」

「不過，」白衣男子低聲道：「卻也要防範裴、沈二人與二皇子殿下暗中結交。」

太子忙道：「那你認為孤該如何？」

白衣男子道：「不如故技重施，就像此次試探一樣，讓他們認為是二皇子殿下所為，如此幾次，他們自然會對二皇子更加防備，也就不可能做得了朋友。」

太子思忖幾番後，讚賞道：「此計不錯！」

「裴、沈二人眼下風頭正盛，依舊不能鬧得太大，所以不能真傷著人。」白衣男子又道。

太子點頭，看向他。「行，此事不如交給唐卿去辦，如何？」

白衣男子遲疑了下。

「唐卿若有任何需求，儘管跟孤提。財力如今孤不及你，但人力孤有的是。」

白衣男子這才恭敬應下。「小人的錢財就是殿下的，殿下放心，小人定給殿下辦妥。」

太子對他的態度很滿意。「你放心，只要你一心一意扶持孤，將來少不了你的好處。」

白衣男子一時沒答。

太子笑道：「孤知道，你不就是想謀個一官半職嗎？孤允諾你，只要事成，你無論是想去六部還是御史臺，都可。」

白衣男子一喜，恭敬拜下。「多謝殿下。」

待他離開，太子的近侍才上前，輕聲道：「殿下，此人來歷不明，殿下當真信他？」

太子淺笑道：「只要他有所求，孤就敢用。」一無所求才是他要防範的。

近侍細細一想也覺有理，便沒再吭聲。

慕淮衣在天黑前攜禮到裴宅蹭飯，隨後白燕堂至，許久不見的幾人再次歡聚一堂，自是少不得傳杯換盞，熱鬧寒暄。

院裡給侍衛們擺了酒席，加上裴、沈兩宅的僕人，坐了好幾桌。

到鄴京的第一頓飯，賓主盡歡。

不過因第二日要面聖，不敢鬧得太晚，到了戌時便都散了。

送走白燕堂跟慕淮衣後，沈雲商便帶著玉薇回了沈宅。剛踏入二門，護衛阿春、阿夏就迎了上來。

為了方便將人手分散帶進京，前後分了兩批出發。

阿春、阿夏帶著一部分人提前到的鄴京，阿秋則帶餘下的人晚沈雲商他們一日出發，眼下還沒有到鄴京。

作為沈雲商暗中的護衛，阿春跟阿夏並沒有在席上露面。

間。」

「小姐。」

沈雲商掃了二人一眼，心中就已了然。「來過了？」

阿春沈色道：「是。半個時辰前，有人潛進小姐的寢房，在裡頭翻找了約一炷香的時

沈雲商側首看了眼玉薇，玉薇面色平靜，似乎並不擔心被翻找到什麼，她遂收回視線，看向阿春跟阿夏。「隨我進屋。」

「是。」

寢房內一切如初，半點不像進過賊。

沈雲商輕笑。「倒是謹慎。」

待她坐下，玉薇便從懷裡取出用荷包裝好的玄軍令，道：「奴婢那會兒聽小姐的意思，今夜可能有不速之客，便將東西隨身攜帶了。」

沈雲商讚賞道：「我們玉薇最機靈。」

玉薇笑笑。

隨後，沈雲商便看向阿春跟阿夏二人，神色略顯複雜。

母親都跟她說了，阿春、阿夏、阿秋三人並非尋常護衛，也不姓白，而是姓榮。

四人皆出自元德皇后母族榮家，乃榮家旁支中挑選出來的子弟。

春夏秋冬都是事發後的化名，從前的名字他們都不敢用了。

事發時，四人年紀都很小。

最大的阿春才十三歲，阿秋十二，阿夏與阿冬這對雙胞胎才十一歲。

當年母親和舅舅身邊的人都沒了，只剩他們四人，長公主府侍衛統領與東宮侍衛統領在臨死之前，將統領的令牌分別交予阿春和阿冬，他們臨危受命，成了新一任、也是有史以來年紀最小的侍衛統領。

母親說，這是二位統領在絕望時唯一的希冀。

他們交出的並非是一塊令牌，而是一份責任和最後無奈的託付。

即便對方年紀尚小，卻也別無選擇。

她想，那時候二位統領應該也沒有想到，最後他們真的活了下來。

當年逃亡時，母親與舅舅被人群衝散，阿夏跟丟了舅舅，後來就留在母親身邊。

怪不得她曾問起阿冬，阿春說的是有可能已經不在了，而不是確定地說不在，因為舅舅和榮冬的屍身都未被找到。

「你們以前都喚作什麼名字？」

阿春、阿夏皆是一怔，好半晌後，阿春才拱手道：「小姐照舊喚屬下便是，曾經的名字……都是過去了。」除非有朝一日能將當年的真相公之於眾，那些被塵封的名字才能重見天日。

沈雲商聽他這般說，自不會執意去問。沈默片刻後，又道：「母親說，按照輩分，我該喚你們一聲表舅舅與表姑。」

她話一落，阿春跟阿夏便跪了下去。「小姐不可！」

沈雲商正要開口，阿春便又道——

「我們四人出自榮家旁支，與嫡系隔得遠，擔不起小姐如此稱呼。」

沈雲商起身去扶二人。「母親跟我說了，你們都是家中的嫡出子弟，如何擔不起？」

阿春跟阿夏不吭聲，但卻垂首執拗的不肯起身。

兩廂對峙半晌，沈雲商只能道：「我聽你們的就是，都先起來吧。」

二人這才起身。

沈雲商道：「日後你們不要動不動就跪，我是小輩，你們別折了我的壽。」

阿春認真地說：「小姐是長公主殿下嫡女，貴為郡主，我們該跪。」

「但我並沒有被冊封。」沈雲商反駁他。「長公主府和東宮侍衛統領可都是三品，照你這麼說，我還得向你們行禮。」見阿春、阿夏聞言又要跪，沈雲商連忙將二人扶住。「好了好了，咱先不掰扯這事了，以後，我私底下以榮姓喚你們。」

阿春跟阿夏對視一眼後，終是應下。「是。」

「都坐，我與你們商議些事。」沈雲商坐了回去。

二人稍作遲疑後，先後落坐。

沈雲商這才道：「以後，你二人都隱於暗處，非必要時刻不必露面。」

「是。」

「除了露過面的護衛外，我們帶進京的這些人，你們暗中繼續培養，切記小心謹慎，莫叫人察覺。」沈雲商繼續道。

榮春、榮夏二人恭敬應是。

「明日進宮也不知會不會有什麼變數，但趙承北已經懷疑我們的身分了，所以此行分外危險，你們要隨時做好準備。」沈雲商看向玉薇道：「明日若宮中出了什麼意外，妳立刻放信號，之後便按照先前計劃的行事。」

榮春微微蹙眉。「小姐，若皇帝已經知曉您的身分，明日會很危險。」

「多半還不知。」沈雲商道：「皇帝宣見，避不了，只能賭。」

榮夏道：「那我跟小姐一道進宮。」

沈雲商搖頭。「若真出了事，皇宮侍衛眾多，妳跟去也無濟於事。

「你們放心，我心裡有數的。」

榮春、榮夏見她意已決，也就沒再多說。

「除了這些部署外，還有一件事，需要你們暗中留意。」沈雲商又道。

榮春二人頷首。「小姐吩咐。」

沈雲商垂首取下隨身攜帶的玉珮，讓玉薇遞給二人。「你們可認得？」

榮春、榮夏仔細看過後點頭。「認得，曾經在娘娘身上見過。」

沈雲商又問：「外祖父戴的那塊你們可見過？」

二人又點頭。「見過。」

「如此便好。」沈雲商收回玉珮，道：「你們留意一下，看能不能找到另外一塊。」

榮春二人並不知道這玉珮背後真正的涵義，但聽沈雲商如此說，二人心中便有了猜測。

榮春驚道：「小姐莫不是在找……」

「是。」沈雲商點頭。「我想找舅舅。」

這個答案讓榮春跟榮夏都倍感震驚，但同時他們也有一絲激動，可是……

「可萬一前太子殿下已經……」

「我知道，可你也說了是萬一。萬一舅舅他還活著呢？」沈雲商淡然道：「我們就當舅舅還活著找就是。」

榮春與榮夏對視一眼，皆從對方眼裡看到了幾分訝異。

小姐找前太子殿下只是因為親情，還是有別的原因？

「好了，時間不早了，你們先回去吧。」

沈雲商並不打算在此時將她要做的事全盤托出，她得慢慢地探探二人的口風，看他們是否有想報仇的意思。

「是。」榮春和榮夏一同起身告退。

二人離開後，沈雲商讓玉薇將玉珮放到首飾盒中。「今日早些休息。」

玉薇忍不住道：「小姐，這麼重要的東西就這麼放著，會不會……」

「無妨。」沈雲商淺笑道：「我越是不在意的東西，他們才不會生疑。」

前世，這枚玉珮就是這樣在趙承北的眼皮子底下藏到了最後。

次日一早，宮中就來了轎子，接裴行昭與沈雲商二人入宮。

如今二人捐贈的義舉，南鄴可以說是人盡皆知，獲讚譽無數，皇帝心裡不管有沒有其他成算，起碼，在明面上還是得做做樣子。

兩頂軟轎停在了宮門口。

待二人下來，便有侍衛上前例行搜身，確認沒有攜帶危險物品後才放行。

沈雲商的視線在裴行昭腰間的金珠珠上一掃而過，唇角輕輕掀起。

前世他們進宮數次，對這裡的規矩又豈能不清楚？想要避過例行搜查攜帶凶器進宮，對於他們二人來說都不是什麼難事。

當然，他們並非真想做什麼，只是為了以防萬一，有機會自保。

前來迎他們的是接他們進京的陳公公，周遭也都是耳目，沒有機會交談，所以這一路上，沈雲商都沒和裴行昭說上幾句話。

因二人此番壯舉震驚南鄴上下，救無數南鄴子民於水火，皇帝便在早朝上當著文武百官的面宣見了二人。

一能體現皇帝的看重，二能安民心。

陳公公跟在二人身後，唇角輕蔑地彎起。

這二人是什麼性子，他已經是摸得透透的了。

只知守著自己那一畝三分地耀武揚威，不知外面的天地，眼下這麼大的場面，還不知會嚇成什麼樣呢！

然而，他卻沒有看到想看的笑話。

沈雲商跟裴行昭確實表現得有幾分畏懼，但也僅僅是行為舉止拘謹，垂著頭不敢亂看。雖然在位高權重者眼裡上不得檯面，但其實作為平民百姓，第一次進京面聖，二人的表現已經算是鎮定的了。

「草民裴行昭，參見陛下。」

「民女沈雲商，參見陛下。」

在文武百官的打量下，二人戰戰兢兢地行了大禮。

站在右側首位的趙承北不動聲色地瞥了眼二人，眼底閃過一絲冷笑。威脅他時可沒見他們如此害怕，倒是會裝。

左側首位的太子趙承佑也快速瞥了眼二人。雖然看起來小家子氣、上不得檯面，但說實話，這兩個人長得實在是好。

崔九珩在文官隊伍中間，沈雲商從他身側經過時，他側目望了眼。臉還是那張臉，但氣質卻與在姑蘇略有不同。崔九珩眉眼微彎，這二人如他所想，很聰明，知道要深藏不露。

皇帝這會兒笑得萬分和藹，親切地道：「免禮。此番你二人立下大功，朕心甚慰，想要什麼賞賜，儘管提來。」

沈雲商低著頭不出聲。

裴行昭便回道：「能為陛下分憂是草民分內之事，不敢要賞賜。」沒說賑災救民，而是為陛下分憂。

皇帝的笑容驀地加深了幾分。「立下大功，怎能不賞？」

皇帝身旁的太監總管會意，捧著早已擬好的聖旨唸了一長串賞賜。

雖然賞賜算得上豐厚，但對於自小見慣了奇珍異寶的沈雲商和裴行昭而言，並不是什麼稀奇的，但待他唸完，二人還是故作感恩戴德地恭敬謝了恩。

皇帝似乎對二人很滿意，遂又道：「我聽聞裴家公子武功不錯？」

沈雲商心中猛地一跳。

若趙承北不曾對皇帝提起他們，那麼在陳公公的認知下，裴行昭可是一招就被山匪踹了回來的人，這怎麼也稱不上「武功不錯」幾個字。

要麼是皇帝知道了什麼，要麼就是另有所圖。

裴行昭自然也想到了這點，忙道：「草民不過是會些花拳繡腿罷了，沒什麼真本事。」

皇帝卻不認同他這話，看向陳公公道：「朕可是聽陳公公說了，你敢與山匪抗爭，勇氣可嘉。」

裴行昭微微皺眉。這皇帝老兒要搞什麼么蛾子？

沈雲商下意識地握緊了手指。

「你二人此次功勞不小，朕覺得光這些賞賜遠遠不夠。」皇帝笑著道：「裴家公子，你可想入朝為官？」

裴行昭身形一僵，驚訝地抬頭看向皇帝。

皇帝身旁總管皺眉喝斥。「大膽，豈能直視聖顏！」

裴行昭忙又低下頭，惶恐地道：「草民自知身分卑賤，不敢有此奢望。」依著他對皇帝老兒的了解，這是覺得他有利用價值，想將他留在鄴京。

「愛卿此言差矣。」

皇帝笑容淡淡地道：「我觀愛卿一表人才，又文武雙全，若好生栽培，前途不可限量啊！」

一表人才沈雲商沒覺得有什麼不對，但文武雙全……若陳公公眼沒瞎、心沒盲，應該不會如此上報。看來，皇帝這是不想放他們走了。

沈雲商微微側目，正想要開口時，便見裴行昭誠惶誠恐地道——

「陛下有所不知，草民胸無點墨、粗鄙無知，難堪大用，要真做了官，草民害怕德不配位。」

皇帝的笑容又淡了幾分。確實是粗鄙無知，換做旁人早就應該磕頭謝恩了。「無妨，朕宮中從五品侍衛的官職有缺，你會些拳腳功夫便足矣。」

裴行昭咬咬牙。這父子倆還真是一個德行，都惦記上他的錢了。

沈雲商再次想要開口，又被裴行昭輕輕抬手阻止了。

隨後，沈雲商便聽見身後有聲音傳來——

「稟陛下，臣有事啟奏。」

皇帝面露不耐煩，但在看清出列的朝官後，面上若有所思，片刻後，道：「裴愛卿何事？」他倒是忽略了，文武百官中還有人姓裴。

沈雲商聽見那句「裴愛卿」，心念快速轉動。

她記得，裴家老爺子那一輩有一位幼弟在京為官，不過早年間似是出了什麼事，兩家已多年不曾來往，如今這位「裴愛卿」，想來多半是那位的後人。

「稟陛下，臣的祖父與這位裴公子的祖父同出一脈，雖然多年不曾來往，但據臣所知，臣這位……」年輕的言官瞥了眼裴行昭，滿眼輕視。「臣這位堂哥不學無術、好吃懶做，乃是姑蘇出了名的浪蕩紈袴子，實在當不起陛下的重用。」

這話一落，朝堂頓時安靜了下來。

一片寂靜中，年輕的言官朝裴行昭不屑地哼了聲，繼續道：「恕臣直言，他要做了官，臣怕是每日都得提心弔膽，生怕哪一日就受他牽連而人頭不保。他今日要是應了，臣怕還得去趟姑蘇，徹底跟他分了族譜。」

這話算是極其大膽了。

換作旁人來說，陛下必然要震怒，但這位……

滿朝文武都知道，這位去年的探花郎少年得意，傲氣凌人，心直口快，腦子一根筋，還執拗得要命，動不動就能跟你來一齣撞柱明志。

年前捐款那會兒，有人才露出不滿，他就站出來將人懟得滿臉通紅、啞口無言，最後自己還把自己說生氣了，稱要是誰不同意為災區捐款，他就一頭撞死在殿上！

這是為民請命，哪敢真讓他撞死？殿內的侍衛在皇帝的授意下擋在柱前，結果硬生生被他撞得臉色發白。

很顯然，他不是鬧著玩的，是真的想死諫。

不過他此番舉動倒是為牽頭的崔九珩踏平了一些路。

如今別說朝臣了，便是皇帝看到他都有些頭疼。

此時見他出來說話，原本打算附和皇帝的官員都躊躇著，一時沒人出列。

沈雲商的頭越垂越低，臉上的笑容都快要繃不住了。

雖然她知道這有可能是裴行昭提前跟他打了招呼，請他來解圍的，但不帶一個髒字就能將人罵得狗血淋頭的，她這還是第一次見。

裴行昭被罵得愣了好一會兒才回過神，哭笑不得地回頭看向那人。「你好歹還喚我一聲堂哥，給我留點面子行不行？」

年輕言官翻了個白眼，抬著下巴，看都不想看裴行昭。「我倒不想喚，誰叫你會投胎。」一句話又將裴行昭懟了回去。

裴行昭滿臉菜色地轉過身，不吭聲了，一身金燦燦的光都壓不住他的低沈黯淡。

有年輕繃不住的朝臣忍得肩膀都開始聳動了。

皇帝抬手扶了扶額，側首瞪了眼總管。

這兩人是堂兄弟這麼重要的事，怎沒查一查？如今這人站出來言辭犀利地抨擊自家堂哥，他若再執意要給人封官，倒顯得不甚英明了。

總管趕緊垂下頭。他往上查了兩代，都沒發現姑蘇裴家與鄴京誰家有來往，誰能想到這兩家老爺子竟同出一脈。

良久後，皇帝輕咳了兩聲，打圓場道：「到底是血脈相連的兄弟，想必是有什麼誤會。這樣，裴愛卿啊，你堂兄難得來趟鄴京，接下來朕給你放幾日假，你就帶你堂兄與沈家小姐在鄴京遊玩幾日吧！」接下來幾日，他都不想看到這個刺兒頭！

年輕言官眉頭一皺，煩躁地瞪了眼裴行昭，不甘不願地應下。「微臣遵旨。」

裴行昭與沈雲商二人也磕頭謝恩。

之後皇帝又隨意問了沈雲商一些家常話，便放二人離開了。

皇帝大概是真的很不想看到年輕的探花郎，當即就叫其先下朝，送二人出宮。

裴家的馬車已經等候在宮門口，上了馬車，周圍沒有皇帝的耳目了，裴行昭才拱手道：「多謝堂弟相助。」

年輕的探花郎名喚裴司洲。

他白了裴行昭一眼，看見沈雲商，又及時將白眼收了回去，言辭也稍微委婉了些。「我不善撒謊。」

言下之意就是，方才他所言都是事實。

沈雲商抿笑偏過頭，只當什麼也沒聽見。

裴行昭道：「我好歹是你親堂兄。」

裴司洲淡淡地道：「那請問我的親堂兄，你接下來怎麼打算？」

裴行昭嘆了口氣。「千防萬防，沒想到皇帝竟如此庸俗，也貪圖子民的錢財。」跟他兒子一個德行。

裴司洲重重地瞪他一眼。「你這話夠你死一百次了！這是鄴京，還望堂兄謹言慎行，莫要牽連於我，否則……我做鬼都要掐死你！」

裴行昭拱手作了個揖。「行行行，我知道了，萬萬不敢連累你，接下來幾日就煩勞堂弟了。」

前世他沒有找過裴司洲，就是怕牽連他們。

但後來他們的關係還是被趙承北查出來了，怕是他死後，他們也沒有落得好下場。所以他想著，總歸是瞞不住，還不如一早就找上他們，跟他們通個氣也好、聯個手也好，讓他們早早有所防備，總好過兩眼一抹黑的被連累。

姑蘇裴家與鄴京裴家確實在老爺子那一代就不聯繫了，具體原因他也不知道，但他想著，不管是什麼矛盾，到了他們這一代怎麼也淡化了些，不至於老死不相往來。

所以，他才找上跟他同輩的裴司洲。

年輕人嘛，好溝通。

「不煩勞，我沒打算帶你遊玩。」裴司洲這個年輕人一點都不好溝通。

裴行昭這下沒招了。好吧，裴司洲這個年輕人一點都不好溝通。

沈雲商到此時也大概能猜到裴行昭的意圖了，默了默，揚起一抹笑容看向裴司洲。「裴公子，我初來鄴京，人生地不熟的，不知可否叨擾裴公子幾日？」

面對沈雲商，裴司洲的冷臉有所回暖，他頷首道：「嗯，正好我與沈小姐講講鄴京的規矩，免得不慎衝撞了貴人。」

沈雲商神情微滯。她還以為她要碰釘子呢，都準備了一肚子的勸說之詞，沒想到他卻這麼輕易就應了。

裴司洲以為她是懼怕了，便道：「沈小姐放心，不管在鄴京發生了什麼事，只要不是妳的錯，儘管來找我。」

沈雲商眨眨眼，先看了眼一臉茫然的裴行昭，而後笑著回道：「那就多謝裴公子了。」

「不是，」裴行昭偏頭看向裴司洲。「我才是你哥！」

裴司洲看了他片刻，意味不明地哼了聲。

裴行昭轉頭看向沈雲商，問：「他哼是什麼意思？」

「不想認你的意思。」言罷，裴司洲也不去看裴行昭有什麼反應，只朝沈雲商道：「沈小姐無須與我客氣，以後喚我名字就行。」

沈雲商憋著笑。「好的，司洲。」

裴行昭實在憋不住了。「我記得，這是我們第一次見面，我們好像沒結仇吧？」

裴司洲偏過頭，閉上眼，不理他。

要不是他才幫了自己，就這欠揍的模樣，裴行昭早晚得揍他一頓！

•

馬車朝裴宅駛去，路經永安街時，有嘈雜聲傳來，沈雲商掀開車簾望了眼，卻見一輛華貴的馬車在眾多護衛、僕從的護送下離開，街邊百姓紛紛駐足，小聲談論。

裴司洲瞥了眼，解釋道：「這是楚家嫡幼子回來了。」

裴行昭一愣。「哪個楚家？」若是他想的那個楚家，他記得，年紀最小的是位小姐，哪來的嫡幼子？

沈雲商也放下車簾，好奇地望向裴司洲。她剛剛看見了馬車上的徽記，可她記得楚大人膝下最小的是位小姐，她還曾見過幾面。

「吏部尚書楚文邕楚大人。」裴司洲道。

裴行昭與沈雲商對視一眼，皆面露迷茫。

沈雲商下意識喃喃道：「楚大人竟還有位嫡幼子？」

裴司洲雖然覺得她此話有些怪異，但還是解釋道：「楚大人這位嫡幼子性子獨特，五年前離家出走後，楚大人幾乎將鄴京翻個底朝天也沒有找到人，之後一氣之下便宣稱從此以後自己再沒有這個兒子，所以知情者後來都不敢再提起這位公子，久而久之，很多人也就真的忽略了這位小公子。」

「原來是這樣。」裴行昭看向沈雲商。前世這小公子回來了？

沈雲商搖頭。沒有。

似是看出二人的疑惑，裴司洲繼續道：「在你們面聖之前，楚小公子回京的消息就傳進宮中，陛下便令楚大人提前下朝回去了，只是沒想到，到這時人才接回來。」

沈雲商不由得問道：「這位公子喚作什麼？多大年紀？」

這件事在前世並沒有發生，但據她的認知，除非是有人改變了未來的走向，一些事情才會隨之發生變化，但她和裴行昭都與楚家這位小公子素不相識，怎會改變他的軌跡？

「他叫楚懷鈺。」裴司洲道：「剛過二十。」

楚懷鈺，二十。沈雲商跟裴行昭雙雙沈默了下來。

他們肯定這個名字他們沒有聽過，但不知為何就是覺得有些熟悉。

見二人對楚懷鈺好奇，裴司洲便多說了幾句。「除夕是他二十歲的生辰，外祖江家那邊的老太太還派人送來了他的及冠禮。楚大人雖曾宣稱不認這個兒子了，但卻在當日為他取好了字。」

除夕、二十、及冠、江家？

一道靈光閃過，沈雲商與裴行昭震驚地抬頭對視。該不會……這麼巧吧？

「怎麼了？」裴司洲見二人神情有異，皺眉問道。

沈雲商回神，搖頭。「沒事，就是覺得這位小公子還真是有些特別。」

裴司洲「嗯」了聲，沒再開口。

馬車不久後就到了裴宅，裴行昭請裴司洲進去坐坐，被婉拒了，裴行昭便派馬車讓綠楊親自送他回裴府。

馬車漸漸遠去後，沈雲商跟裴行昭幾乎是同時回頭看向對方。

「江鈺?!」

話落，二人都是一怔。

良久後，沈雲商低喃道：「楚懷鈺、除夕二十歲生辰、母族姓江，這種種巧合，應該錯不了了。」

「嘶……我就說那小子看著不簡單，原來竟是吏部尚書的嫡子，如此顯赫的家世，他跑去闖什麼江湖啊？」

「前世，他並沒有回京。」沈雲商若有所思地看向裴行昭。「而他今生唯一的變故就是我們，我們臨走前還給他寫了信，說要來鄴京。你說，這會不會是導致他今日回京的原因？」

裴行昭面色略沈，片刻後道：「很有可能。」

二人雙雙沈默半晌後，沈雲商又道：「我們得找機會暗中見他一面。如今我們處境不妙，不能讓他在明面上跟我們扯上關係。」

裴行昭點頭。「嗯。」

第十九章

然而，還沒等二人找機會去見楚懷鈺，次日就在護城河畔的酒樓跟人迎面碰了個正著。

裴司洲雖說是沒打算帶裴行昭遊鄴京，但畢竟有皇帝的口諭在，裴大人一早就將他攆到馬車上，來尋裴行昭二人。

於是，他不情不願地帶二人出了門，簡單逛了逛城中心，便去了護城河畔的酒樓用飯。

一行人剛下馬車往酒樓中走，就碰見已經用完飯正要出門的楚家小公子。

幾人相對，沈雲商跟裴行昭別開了眼。

「楚公子慢走。」酒樓的夥計躬身客氣地將人送到門口。

沈雲商與裴行昭腳步一頓，轉身望去，只見那人已經在僕人的簇擁下上了馬車。

待酒樓夥計回來，裴行昭問道：「那是哪位楚公子？」

夥計看了眼裴司洲，神情立刻就恭敬了起來，熱情地回道：「那位就是昨日剛剛回京的楚家小公子。」

沈雲商和裴行昭皆面露錯愕。

方才他們看見的那張臉是完全陌生的，他們猜錯了，楚懷鈺竟不是江鈺？

二人同時回頭看向裴司洲。

裴司洲意會到他們的意思，淡淡地道：「他十五歲就離開了鄴京，如今歸來已到弱冠，樣貌上必然有些變化；且他十五歲之前不愛出門，也不喜與人結交，我也只遙遙見過幾眼，輪廓瞧著似乎差不多，應當是他。」

沈雲商眉頭微擰。雖說這確實不是同一張臉，但她總覺得好像有哪裡不對。

「你們似乎對楚家小公子格外關注？」裴司洲突然道。

裴行昭斂下神情，笑道：「特立獨行的人，我都想關注一二。」

裴司洲不太理解地皺了皺眉，但也不願多問，抬腳就走了。

沈雲商和裴行昭便都壓下心思，跟著進了酒樓。

酒菜上齊，裴司洲再次問道：「你們接下來怎麼打算？」

大家都是聰明人，有些話不必說得太直接。

皇帝雖然在裴司洲的摻和下鬆了口，但並不代表會就這麼放二人離開鄴京，多半還要另找藉口將裴行昭二人留下來。

裴行昭吊兒郎當地道：「還能怎麼打算？皇帝讓我們遊玩鄴京，那就玩唄！」

裴司洲抬眸看他一眼。對於這位素未謀面的堂哥，他了解不深，但從對方有先見之明地找他幫忙脫身來看，人就蠢不到哪裡去。

只是他不明白，既然裴行昭並不想捐官，為何又要如此大張旗鼓的捐贈？什麼為陛下分憂，他是半點也不信的。

難道說，只是想解邊關之急，救百姓於水火？

可雖然他對這位堂哥了解不深，但畢竟是一家人，多多少少還是知道些的。

正如他所說，江南首富獨子裴行昭紈袴浪蕩、風流肆意、無所事事、遊手好閒。但不學無術是算不上的，據他所知的裴行昭，文他不清楚，武功卻是極好的。別說小小的侍衛了，便是考武狀元也是綽綽有餘。

但顯然，陛下對此是不知的，這其中想來又有什麼他不知道的曲折。

可他所知的裴行昭的優點，也僅僅於此。

裴行昭對家業沒有半分上心，成日飲酒作樂、吊兒郎當，這樣一個人會如此關心黎民百姓？會冒著犧牲他所鍾愛的自由的風險，做出這樁驚天動地的大事？

「堂弟有何話直說便是，你這樣盯著我，我心裡發毛。」裴行昭皺眉道。

裴司洲躊躇片刻後，終還是問出口。「你為什麼會捐銀賑災？是你自己所為，還是家中長輩想以此替你謀聲譽？」

裴行昭挑眉。「為何不能是父親想帶著裴氏更進一步？」

「不可能。」裴司洲毫不猶豫地道。

「為何？」裴行昭意外地看向他。「你好像很了解我父親？」

裴司洲冷淡地道：「因為大祖父這一脈的人不會入朝為官。」

裴行昭神情微滯。

的確，他臨走前，父親確實囑咐過他，早去早回，若陛下賞官，要想辦法拒絕。「你怎麼知道？」

裴司洲如實道：「我曾聽祖父跟父親提起過。你還沒有回答我的問題。」

沈雲商見兄弟倆你來我往，也插不上話，便默默地用著飯菜，偶爾偏頭往護城河上望上一眼。

今日天氣好，護城河上有好幾艘遊船，隱約能聽見絲竹樂聲，護城河邊有不少人駐足賞景，多為年輕的公子、小姐，也不失為一道美麗的風景。

沈雲商看著，眼神逐漸複雜。

前世她也跟著崔夫人見過不少好景，但那時，她從沒有心情靜下來去賞這美景，因此鄴京給她的印象多是沈重、繁縟。

這回來鄴京，雖也不見得多歡喜，但大概……沈雲商看了眼身旁的絕色少年，大概是因為身邊有裴昭昭吧，周遭的景色竟也能入眼了。

「你真想知道？」裴行昭提起茶壺給沈雲商添茶。

「我既然問了，自然是想知道。」

「哪怕真相對你來說，並不樂觀？」裴行昭追問。

裴司洲眉眼一沈，好半晌後才答。「是。我如此問，本就是怕你牽連於我們。」

裴行昭揚眉。「行，那我便跟你透個底。」說罷，他看向綠楊。

綠楊會意，走出包廂，守在外頭。

見裴行昭如此謹慎，裴司洲的神色越發沈了沈。

「我與沈商商此番捐贈，是為了活命。」裴行昭微微傾身，低聲道。

裴司洲的瞳孔微震，手指也跟著蜷縮起來。

「你可知道二皇子年前離開過鄴京？」

裴司洲沈聲道：「知道。」

雖然二皇子是微服出行，但他父親作為禮部尚書，自然知道一二。似是想到了什麼，他皺眉道：「莫非，二皇子去了姑蘇城？」

「正是。」

裴行昭簡潔地將姑蘇諸事敘述了一遍。「他看上了我裴家的錢財，使出幾番手段想要拆散我和沈商商，讓我尚公主，好理所應當地拿走裴家的錢，但他每次的計謀都被我們化解掉，我們尋思著他不會善罷甘休，怕他發難，便想了尋求邊關幾位將軍庇護的法子。只是沒想到我和你未來嫂嫂太有默契，都背著對方做了這樣的事，兩筆賑災銀加在一起，就鬧得太大了。」

裴司洲聽完後，眉頭緊緊蹙著，小小的年紀看著卻極其老成。「沈小姐，是真的？」

沈雲商雖在賞景，卻也有聽他們交談，聞言抬眸，正色道：「是真的。他以裴、沈、白三家威脅我跟裴昭昭退婚，威脅裴昭昭給他錢，還在雪災後派人來向裴昭昭要過錢。那時我們已經將賑災銀送到邊關了，他的人得知後，還逼迫裴昭昭將這筆賑災銀算在二皇子頭上。」

如此，便就都說得通了。

裴司洲緊皺眉頭，許久才鬆緩。「所以你們得罪了二皇子？」

「是。」裴行昭如實道：「得罪得死死的，進京路上他還派人刺殺過我們。我們關係太近，以防萬一，還請堂弟告知家中長輩，心中也好有個底。」

裴司洲冷聲道：「如此，你還將我牽扯進來？」

「我們的關係早晚會被趙承北查出來的。趙承北此人心計頗深，遠不是表面上那般仁善，他絕對不會放過我們。」裴行昭認真地道：「你們早些知道，也好有時間安排退路。」

裴司洲聽出他的言外之意，身形一僵。「如此嚴重？」

裴行昭勾唇冷笑了聲。「他心如蛇蠍，一旦得勢，絕不會容得下任何忤逆過他的人。」

裴司洲深吸一口氣，狠狠瞪了眼裴行昭。「我收到信時就有不好的預感，果然如此！」

裴行昭歉疚地舉起杯子。「抱歉，我也不想牽連你們。」

裴司洲沒好氣地哼了聲，卻還是端起酒杯一飲而盡，良久後才道：「此事怪不得你們。」雖然這位二皇子名聲極好，但他一直覺得此人隱藏得深，如今看來，這不是他的錯覺。

「此事干係重大，堂弟應該知道怎麼做。」

看見裴司洲眼底的憤怒，裴行昭不由得提醒道。

裴司洲白了他一眼。「知道，我沒那麼傻，衝到殿前去檢舉二皇子。」如今連皇帝都盯上了裴家的錢，他就是死諫也只是白白搭上一條命，還要連累家中。

裴行昭挑了挑眉。「我當然知道堂弟很聰明。」外人都道裴司洲少年得意，初生之犢不畏虎，但其實，少年的心思重得很，一向知道什麼該做，什麼不該做。

沈雲商聽二人話畢，正要收回視線時，看見了護城河邊的人，眸色驀地深沈。

極風門弟子怎會在這裡？只見對方抬頭朝她看來，輕輕頷首。

沈雲商皺了皺眉，拿出手帕擦了嘴，朝裴司洲道：「我失陪一下。」

裴司洲輕輕頷首。

裴行昭只道她要去茅廁，並沒多問。

沈雲商離開包廂，剛下樓梯便迎面碰上方才在護城河邊看見的極風門弟子，對方看了她一眼，並未停留，擦肩而過時，往沈雲商手中塞了張紙條。

沈雲商不動聲色地將紙條藏在袖中，假意去了趟茅廁，才又回到二樓。

此時，裴行昭正在逼問裴司洲為何不待見他。

實在被問得煩了，裴司洲才沒好氣地道：「因為你一出生就搶了我的名字！」

這個答案讓裴行昭和沈雲商都是一愣。

沈雲商好整以暇地側耳傾聽。

裴行昭錯愕地道：「什麼意思？」

裴司洲覺得這件事也沒什麼不好說的，遂咬牙道：「當年，我滿月抓名字時抓到了『裴行昭』，可用了一段時間後，姑蘇傳來消息，說你也抓了這個名字。就因為你比我大幾天，高祖父便作主將名字給了你，我就用了剩下的這一個。」

裴行昭屬實沒想到，竟還有這樣一樁往事。合著這仇是他們滿月時就結下了？

沈雲商也有些哭笑不得，原來裴司洲對裴行昭的敵意是這麼來的。

「你很喜歡這個名字嗎？」過了許久，裴行昭試探地問道。

裴司洲淡淡地道：「原本很喜歡，但現在不喜歡了。」

「為什麼？」裴行昭不解。

「因為這個名字被你糟蹋了。」

裴行昭深吸一口氣，捋了捋衣袖。

沈雲商忙一把按住他。「冷靜。」

裴司洲絲毫不在意地瞥了他一眼，似是根本不怕他動手，不僅沒有見好就收，還變本加厲，嫌棄地道：「堂兄，你的打扮在鄴京過於招搖了，你腰間的金珠珠掛得太多了。」

裴行昭還來不及發作，門便被推開了，隨之傳來一道熟悉的聲音——

「裴阿昭你也在這裡吃飯嗎？」

幾人回頭望去，就見一個跟裴行昭同樣招搖的人大搖大擺地走了進來。

裴司洲的視線落在他腰間滿滿當當的玉串串上，眉頭皺得能夾死蒼蠅。

「啊這位是？」慕淮衣停在桌前，看著陌生男子，好奇地道：「我怎麼感覺你們長得有點像呢！」

裴行昭壓著一肚子鬱氣道：「那你真會感覺，這正是我堂弟，裴司洲。」

慕淮衣一驚。「親的？」

「他祖父與我祖父是同胞兄弟，你說是不是親的？」

慕淮衣對裴司洲頓時就來了興致。「你往裡邊坐坐，我們認識認識！我是裴行昭最好最好的朋友外加結拜的三弟。」

裴司洲一言難盡地看了眼他腰間搖晃的玉串串，皮笑肉不笑地說：「看出來了。」

有了慕淮衣的加入，這頓飯頓時就變得熱鬧了起來。

在有些時候慕淮衣比裴行昭還要沒皮沒臉，他好像絲毫看不出裴司洲不喜歡他，硬是拉著人問東問西，大有要促膝長談的意思。

最後裴司洲實在被纏得無法，起身道：「我還有事，今日便失陪了。」

「裴家弟弟這麼快就走了啊？」慕淮衣不捨地道：「再多坐會兒唄！」

裴司洲停下腳步，轉身看著他。「我只比堂兄小幾日。」

慕淮衣眨眨眼。「呀，絲毫看不出來呢，我以為你要比他小好幾歲呢！我比裴行昭小了幾月，那以後我喚你裴家哥哥。」

裴司洲動了動唇，面色幾經變化後，最後一拂袖，大步離開。「隨你！」裴行昭認識的人跟他一樣，不著調！

「好咧，裴家哥哥下次再聚啊！」慕淮衣揮手，單方面跟人道別。

裴司洲走得更快了。

裴行昭此時倒是樂開了懷，跟著喊道：「堂弟明日再見！」原來裴司洲得要慕淮衣這樣的性子才制得住啊！待裴司洲遠去，他立刻轉頭對慕淮衣道：「皇帝讓他帶我們遊玩幾日，明日你也來。」

慕淮衣不解。「為何？」

「人多熱鬧。」裴行昭認真地道。

「行啊行啊！那我這幾日就跟你們吃香的、喝辣的。對了，我怎麼不知道你在鄴京還有個堂弟？」

「此事說來話長……」裴行昭簡單地做了解釋，便揭過了這個話題。「吃飯了嗎？」

「沒啊，這不一來就看見綠楊站在門外。」

裴行昭便讓夥計再上了些菜，待酒足飯飽後，幾人又出門閒逛了一圈，才各自回府。

馬車臨近門前，沈雲商道：「江鈺約我們今日戌時見面。」

裴行昭一怔。「嗯？江鈺？什麼時候的事？」

「你問裴司洲為何不待見你時的事。極風門的人在護城河邊邀我見面，我下樓後他將紙條塞到我手中的。」

「原來那時妳是見極風門的人去了。」裴行昭若有所思地道：「他也來鄴京了？」他們已經見過楚懷鈺了，與江鈺並非是同一人，可現在江鈺卻又突然冒出來了，且就在他們跟楚懷鈺打過照面後，這事情怎麼看怎麼怪異。

「今夜他會來沈宅。」沈雲商有著和裴行昭一樣的疑惑。「到時候就知道這到底是怎麼回事了。」

裴行昭聞言，也就不再多想，點頭道：「行，我晚點翻牆過來。」

眼下皇帝的人還沒有撤走，美其名曰保護他們，實則是在監視二人。

沈雲商掀開車簾看了眼門口的侍衛，輕輕「嗯」了聲。

雖然不知道太子趙承佑為何會占了上風，但這於他們而言是一樁好事，他們可以藉著趙承佑的手對付趙承北。

只是如今他們行蹤被監視，想要做什麼還是得萬分謹慎。

不過，江鈺的出現，或許對他們會有所幫助。

戌時，窗外傳來一聲響動，裴行昭示意沈雲商坐著，自己上前開了窗戶，然後就對上一雙亮晶晶的眼睛和熟悉的容顏。

「外面冷，我可以進去嗎？」來人正是江鈺。

裴行昭讓開身。

江鈺卻看了眼到他腰部的窗戶，伸出手。「可以扶我一下嗎？」

「……你怎麼進來的？」

「我的人送我進來的。你放心，他輕功很好，沒被外面的人察覺。」江鈺認真地保證著。

裴行昭無言半晌，伸手將他拉了進來。

屋裡燒了炭，一進來整個人都暖和了，江鈺便褪下斗篷，坐在茶案旁。他看著面前的熱茶，問沈雲商。「是給我準備的嗎？」

沈雲商答。「是。」

江鈺便捧起茶盞小口小口地喝著，比起喝一杯熱茶，他更像是在暖手。

裴行昭坐回沈雲商身邊，默默地盯著江鈺，試圖在江鈺臉上找到白日裡見過的那張臉上的痕跡。

他聽說過江湖中有一種絕技，名叫易容術，手法高超者能改頭換面，叫人看不出半分端倪。仔細想想，楚懷鈺的身形和江鈺好像差不多。

沈雲商倒是什麼也沒想，等江鈺緩過來了，她直接問：「你是楚懷鈺？」

雖然她清楚那是兩張完全不一樣的臉，但她就是覺得，這應該是同一個人。

且世間哪有那麼多巧合之事？

都是五年前離家出走，楚懷鈺的母親姓江，他化名江鈺，二人生辰還在同一天。起初她確實是懷疑自己猜錯了，但隨後將這些細枝末節合在一起，就覺出了不對。

江鈺抬起頭對上二人深邃的目光，眨眨眼，承認得非常乾脆。「是呀！我曾說過，若是有緣，我或許會告訴你們我的名字，現在我覺得我們很有緣，所以重新認識一下。我來自鄴京，叫楚懷鈺。」

沈雲商和裴行昭雖然心中已有猜測，但在得到證實時還是不由得鬆了口氣。

裴行昭問道：「所以白日我們見到的人是你？」

「是啊！」

「易容術？」裴行昭又問。

楚懷鈺捧著茶盞，眼睛亮亮的。「你會易容術啊？」

「不會，只是略有耳聞。」看來極風門人才濟濟這一點，江鈺……不，楚懷鈺沒有說謊。

「哦。確實是易容術，怎麼樣，能以假亂真吧？」

沈雲商「嗯」了聲。「門中弟子做的？」

楚懷鈺點頭承認。「對啊！」

「你為何這麼做？」裴行昭很有些不解地道：「你該不會不是真正的楚懷鈺吧？故意易

容成他？」

楚懷鈺的面色有一瞬的凝滯，但很快他就搖頭否認了裴行昭的猜測。「我就是楚懷鈺。跟你說實話吧，五年前我離家出走，其實是因為我現在這張臉。」

沈雲商和裴行昭聽得莫名其妙，但都沒有打斷他，等著他繼續說下去。

「這才是我的真實樣子，我曾頂著這張臉得罪了大人物，但那人並不知道我是誰，我怕他們早晚會查到我身上，雖然父親跟母親會護著我，可我不想連累他們，所以就離家出走了。」楚懷鈺認真地解釋道：「我收到你們的信，知道你們也來了鄴京，幾番思索下，就讓人給我易容回來了。」

沈雲商大致聽明白了，但是……「你就不怕穿幫？」

楚懷鈺搖頭。「不會，我十五歲以前很少出府，連宮宴都從不參加，鄴京幾乎沒什麼人見過我；再者，已過了五年，容貌上有些變化也在情理之中，且易容的那張臉並沒有改變我的輪廓，所以不會有人懷疑的。」

沈雲商想起裴司洲也說過這話，裴司洲說曾遠遠見過年少時的楚懷鈺，但昨日打了個照面後，他確實沒有生疑。

「你得罪了誰？」裴行昭問。

楚懷鈺好像對他們完全不設防似的，有問必答。「趙承北。」

沈雲商跟裴行昭雙雙一怔，同時道：「你跟趙承北有仇？」

「我跟他沒有，他跟我有。」楚懷鈺想了想，回答道：「那年，我偷偷出門，不小心把他撞進池塘，所幸他雖然見過我這張臉，但並不認識我，周遭也沒人認識我，所以他才至今都沒有找到我。不過我想，他可能也沒有看得太清，畢竟當時只是風將帷帽吹起時，讓他瞥見了一眼。」

那得有多不小心？沈雲商問：「既然你認為他或許沒有看清你，你又何須離家出走？」

「可就怕萬一他瞧清楚了呢？」楚懷鈺道：「那是冬天，他被發現救上來已是小半刻後了，他因此在床上躺了一個月，要是我被他找到了，不死也得脫層皮，我怕疼得很。」

沈雲商跟裴行昭雖然覺得這個真相有些離譜，但又覺得很爽。

只是，趙承北會武功，眼前這弱不禁風的人如何能將他撞進池塘？

「你們不會告發我吧？」楚懷鈺一臉認真地看著二人。

做回了吏部尚書的嫡子，這個人看起來卻還是那樣的溫軟可欺。

沈雲商保證道：「絕對不會，我們跟他也有仇。」

楚懷鈺卻坦然道：「我知道啊！不然也不會告訴你們。」

沈雲商眸光一沈。「……你知道的還真不少。」合著不是純白的小白花，還是有點心眼在的。

「你們畢竟是我門中的二門主跟三門主，我肯定要格外關注啊！」楚懷鈺理所當然地道：「他是不是想要你們的錢？要不要我幫忙？」

聞言，沈雲商跟裴行昭對視了一眼，同時勾唇，點頭。「好啊！」

裴行昭傾身，瞇起眼沈聲道：「我們想弄死他，你幫不幫？」

楚懷鈺被他這話嚇得許久都沒動彈。「你、你們……為什麼？」

「他死了，以後你就不用易容了，這不好嗎？」裴行昭不答反問。

楚懷鈺聞言，果真認真地思考了起來。半晌後，他猶豫道：「可是，這會不會不太好啊？他是嫡出皇子，弄死他，我們要株連九族的。」

「你不說，我們不說，誰知道是我們幹的？」裴行昭繼續道。

沈雲商也道：「我們也不是要你的人直接去刺殺他，而是一起想辦法利用旁人光明正大地弄死他。」

楚懷鈺看看裴行昭，又看看沈雲商。許久後，他呆呆地點了點頭。「那……我們該怎麼做？」

他話一落，沈雲商和裴行昭就對視了一眼，眼中閃過一絲異光。

「現在還沒有計劃，等想好了就告訴你。」裴行昭慢條斯理地端起茶盞淺飲了口，道：「對了，我們若想找你，應該怎麼做？」

「外頭那條街的早市和晚市上都有我的人擺攤，你們想找我，告訴他們即可。我若想找你們，也會告訴他們。」楚懷鈺道：「這是特地為二位門主安排的。」

沈雲商輕笑道：「好，大門主費心了。」

隨後幾人又簡單地說了幾句話，楚懷鈺便離開了。

待人走遠，沈雲商面上的笑容盡數消散。「他在說謊。」

讓趙承北落水一事漏洞百出，且就算是真的，他又何至於因此對趙承北動了殺心？

他既然因為怕牽連家中而離家出走，那如今又怎會冒著被株連九族的風險答應與他們合謀刺殺趙承北？

裴行昭負手而立，淡淡地道：「但他確實是想弄死趙承北。」

二人對視一眼，勾了勾唇。

既然目的一致，那麼楚懷鈺是如何跟趙承北結的仇，對他們來說並沒有那麼重要。

出了沈宅，回到馬車上後，楚懷鈺皺眉道：「我覺得編得不太像，他們會信嗎？」

馬車上的青年淡淡道：「不會信。」

楚懷鈺偏頭看他。「那你還讓我這麼說？」

「讓他們知道主子跟趙承北有死仇就夠了。他們如今處境危險，需要盟友，並不會深究主子跟趙承北的仇怨是什麼，只要目的一致即可。」

楚懷鈺「哦」了聲，也覺得有道理。「那我們回府吧！」

「是。」

深夜，宮中突有火把亮起，傳來一片嘈雜聲。

「抓刺客！抓刺客！」

黑暗中，有一道黑影疾速掠過，似是慌不擇路地從窗戶翻進一間屋子。

撲面而來的香氣讓黑衣人立刻察覺到誤闖了女子香閨，剛想要離開便聽見外間傳來宮女的聲音——

「公主？公主可醒了？」

黑衣人一愣。公主？他闖的是公主的寢殿?!

「誰？」這時，公主被外頭的聲音驚醒，同時也發現了他。

黑衣人幾乎沒什麼猶豫，他風一般掠向那張被紗幔遮擋的圓床，將匕首抵在剛剛被驚醒的公主脖頸上，低聲道：「掩護我，不然我殺了妳。」

微弱的燭光中，公主矇矓的眼神逐漸清亮。

黑衣人緊緊盯著她，想著只要她敢發出驚呼聲，便立刻點了她的穴道。

「公主，是奴婢。宮中遭刺客潛進，可是嚇著公主了？您別害怕，奴婢進去陪您。」陪寢的宮女知道公主膽子小，邊點燭火、邊往裡間走。

黑衣人的眼神逐漸暗沈。

這時，清醒過來的公主用她一雙滴溜溜的眼睛看著他半晌後，朝外間道：「我沒事，不必進來。」

宮女腳步一滯。「可是公主……」

「我有些睏倦，妳將外間的燭火熄了吧。」公主打了個哈欠，帶著睏意道。

宮女聞言，這才作罷，恭敬地道：「公主若是害怕，喚奴婢一聲。」

「好。」

宮女退回了外間，有一道屏風和紗帳阻擋，她並沒有察覺到裡頭的危險。

外頭侍衛的腳步聲漸漸靠近。

黑衣人手上的匕首仍舊抵在公主脖頸上。

公主怕黑，晚上床外會一直燃著一根燭火，雖然燭光微弱，但二人離得近，黑衣人能清楚地瞧見公主的樣貌。

膚若凝脂，桃腮杏臉，眼睛圓滾滾、黑漆漆的，格外的有神，透出的光清澈無害，似乎因為有些害怕，看著他時睫毛撲閃撲閃的。

這時，侍衛的聲音自門外響起。「刺客朝這邊過來了，六公主可無礙？」

外頭守夜的宮女回道：「奴婢並沒有聽見動靜，公主應當無礙。」

侍衛皺眉。「此賊人闖了御書房，事關重大，還請通報一聲，確認公主的安危。」

宮女遲疑了片刻，便朝裡頭喚道：「菱荇姊姊？」

菱荇正是公主的陪寢宮女，她已經聽見了外頭的對話，折身恭敬地朝裡間請示。「公主，是陛下那邊的殿前將軍。」若來的是旁人，她不用問便會將人喝斥回去。

黑衣人手中的匕首又往公主的脖頸抵了抵。

公主被迫揚起下巴，她抿著唇，微微側首朝黑衣人示意。

黑衣人會意後，身形一僵。她要他藏在她的……床上？

「六公主放心，臣一個人進來，只在外間搜查。」殿前將軍的聲音又傳來。

生死關頭，黑衣人不再猶豫，翻身進了床榻裡側，藏在公主的被中，但手中的匕首抵在了公主的腰間。

公主淺淺呼出一口氣，鑽進被中，輕聲道：「進來吧。」

公主的聲音軟綿，帶著濃濃的睏倦，聽得人心尖一顫。

冬日的被子厚實，她側身躺著，倒也勉強能擋住身後平躺著的人。

女子的馨香縈繞在鼻尖，黑衣人閉了閉眼，屏氣凝神，防止因呼吸聲而暴露了。

很快地，門被推開，菱荇重新點起了燭火。

殿前將軍立在屏風後，朝裡頭望去。他面色緊繃，眼神凌厲地掃過四周。

若非因為這刺客太過緊要，他是不敢搜查公主寢殿的；但即便進來了，他也不敢闖進裡間，只能在外頭查探。

習武之人耳力不同於常人，這個距離若是裡間還有人，他是能感受到的。

殿內燈火通明，空氣中瀰漫著緊繃的氣息。

過了好半晌，殿前將軍才收回視線，彎腰朝裡間拱手。「六公主，得罪了，臣自去領罰。」即便是因公而闖入公主寢殿，也免不了責罰。

若是搜查出什麼了倒無妨，若沒有，那就得按規矩辦，饒是陛下身邊的殿前將軍，也一樣。

公主軟軟地「嗯」了聲，輕輕道：「趙將軍搜查刺客，情有可原，責罰便免了。」

殿前將軍眸色沈了幾分，恭敬應下。「是。」他轉身離開，走遠後，朝手下人道：「繼續搜查！」

「是！」

等外間恢復平靜，公主又朝菱荇道：「妳去側殿睡吧，我明日要起得晚些。」

公主的睡眠一向淺，輕微的聲響都能將她驚醒，菱荇作為貼身宮女，每日自然起得很早，若有時公主睡得晚了，為了早起不吵醒公主，便會在側殿陪寢。

所以菱荇對公主的吩咐並沒有起疑，恭敬應下後就退下了。

菱荇離開後，公主才小聲地道：「你可以把匕首挪開了嗎？有些疼。」

黑衣人垂眸看了眼手中的匕首，無聲收回。方才怕誤傷她，他是用刀柄抵在她腰間的。

他正要起身，卻聽公主道——

「你現在出去會被抓的。」

黑衣人停止動作，靜靜地看著她。

公主也沒轉身，背對著他道：「趙將軍敢闖進來搜查，就是對這裡起了疑心，按照他的性子，此時肯定還在外頭蹲守。」

黑衣人沈默了片刻，又躺了回去，鬼使神差地說了句。「妳很了解他？」

「嗯，他是殿前大將軍，經常打交道。」

之後，很久都沒人再出聲。

一片寂靜中，公主突然輕聲問道：「你為什麼要闖御書房？是想偷什麼東西嗎？」

黑衣人坦誠地「嗯」了聲。

「那你偷到了嗎？」

黑衣人淡淡道：「沒有。」

公主「哦」了聲，寢殿內又陷入片刻沈靜。「那你還會再來嗎？」

黑衣人頓了頓，答道：「不會了。」他便是來，又怎會告知她？

「你下次要是還來又被發現了，別往我這裡跑了，你打擾我睡覺了。」

公主的聲音雖軟，但不難聽出裡頭的怨念。

黑衣人呆愣片刻，良久後，嗤笑了聲。倒是心大，睡覺比命重要？

「妳不怕我殺了妳？」

公主沈默了會兒，回道：「我覺得你不會殺我。」

「哦？」

「直覺，解釋不清的。但我的直覺一向都很準，我雖沒看見你的全貌，卻能從你的眼睛裡看出，你不是壞人。」
黑衣人盯著公主單薄的肩背，眼神微暗。這位公主，好像與那些人有些不同。
又過了一會兒，公主輕聲道：「你可以走了。」
黑衣人聞言沒再猶豫，起身從床尾繞過去，臨走時，順手拉過軟被蓋住公主。
他依舊從窗戶翻出去，只是這一次動靜要小很多。
從方才公主和那宮女的對話中，他隱約察覺到這位公主的身體似乎不是很好，像是不能受到驚嚇。
六公主，那她的名字應該叫做趙晗玥。

御書房進了賊人，且還沒有抓到，自是引起了極大的騷動。
皇帝震怒，下令全宮搜查，但一夜過去了，始終沒有刺客的半點蹤跡。
很快就要上早朝了，未免引起慌亂，皇帝這才下令暗中尋找。
趙將軍徹夜未眠，疲倦地揉了揉眉心。
他底下的人提醒道：「將軍，您走錯方向了，這不是回房的路。」
趙將軍淡淡地道：「我去領罰。」
底下人愣了愣，才明白他的意思，忙道：「可是六公主已經免了將軍的責罰。」
「公主金枝玉葉，衝撞了必要領罰。」趙將軍沈聲道：「若我開了先例，以後豈不是都不將此當一回事了？」

底下人垂首，不敢再吭聲了。

東宮。

昨夜，東宮也來了人搜查，自然驚動了太子。

一早起來，太子就到了幕僚的房間。「唐卿啊，昨夜宮中進了刺客，你可知曉？」

白衣男子在太子闖進來前就戴好了面具，聞言恭敬地道：「回殿下，聽到了些動靜。」

「我聽說是闖了御書房，這事你怎麼看？」太子皺眉道：「這賊人可真是有本事啊，闖了御書房都還能全身而退，那東宮對他來說，豈不也是來去自由？」

被喚作唐卿的男子眼眸微閃，恭敬道：「既然他闖入御書房，應不會來東宮，殿下若是擔憂，不如近日多加布防。」

太子想了想，點頭道：「你說得對。哦對了，我記得你好像會武功？」

白衣男子忙道：「只會花拳繡腿，遠不及殿下身邊的侍衛。」

太子曾經讓侍衛試探過他的武功，此時也不過是隨口一問。

「殿下，昨夜小人留宿東宮已是逾矩，今日小人便早些出宮吧。」

太子擺擺手。「怪不得你，是孤非拉著你多喝了幾杯，將你灌醉了，宮門又落了鑰，你才不得已留下。昨夜受了驚，今日無事，你便早些回去歇著吧！」

「謝殿下體恤。」白衣男子恭敬地道。

沈雲商用完早飯就去尋了裴行昭。

前世她在崔家，崔九珩並不清楚趙承北那些陰私，她自然也就無從得知，但她想，裴行昭應該知道。

裴行昭也剛用完飯，得知她的來意，道：「我正要跟妳說這事。」

沈雲商遂坐直身子，認真聽著。

「前世他以裴、沈幾家威脅我，讓我暗中替他做了不少事。」裴行昭緩緩道：「按照前世的時間點，眼下他已經在著手設計太子母族。」

前世，太子就是因受母族牽連而被廢黜。但沈雲商想，這應該是對外的說法，若太子是清白的，就算皇帝動了易儲的心思，老臣、言官和宗人府必然會反駁。「太子本身也牽扯進去了？」

裴行昭點頭勾唇。「商商聰明。薛家的家主智謀遠慮皆不如先祖，家世也遠比不上幾大世家，以趙承北的心計，很容易就能從薛家入手，將太子拉下水。」

「他如何做的？」沈雲商皺眉詢問。

裴行昭徐徐道來。「趙承北知道嫡長之位不可輕易撼動，所以他選擇了慢慢地籌謀，就在這幾日，薛家一位子弟就會因害死舞女而驚動鄴京，雖然此事傷不了太子筋骨，但本就不顯的薛家因此染上了污點；緊接著，薛家女因與貴女相爭，將對方推入池塘，害對方活活淹死；年後薛家又屢出類似醜聞，再之後就是薛家被查出貪污，然後……」

「然後什麼？」

裴行昭瞇起眼，低聲道：「然後在薛家搜出了龍袍，東宮此時有人告發，說太子私自豢養兵馬，意欲造反。」

沈雲商面上一驚，原來是這樣。

怪不得從薛家獲罪到太子被廢除、守皇陵，前後不過才兩日，且朝堂上沒有任何反對的聲音。

牽扯到謀反，誰沾都是一身腥。

「可東宮是嫡長順位，根本沒必要造反啊，難道就沒人起疑？」

裴行昭頓了頓，道：「可那時候的太子式微，薛家又在幾年內頻傳醜聞，太子的名聲也跟著一落千丈，而趙承北羽翼漸豐，呼聲也越來越高，眼看東宮位置不保，太子和薛家選擇謀反，說得過去。」

沈雲商眉頭微鎖。「倒也是，不過，依趙承北的這些手段，竟拖了三年？」

她前世剛嫁進崔家那會兒，兩耳不聞窗外事，對外界什麼也不曾關心，她只要知道裴行昭活著即可。

後來學了規矩，她的狀態勉強好了些，崔夫人就開始頻繁帶她出門參加宴會，也是那時她才知道薛家屢屢出事。不過這些事與她無關，她也沒有去深究，龍袍之事更是被遮掩了下去。眼下猜想，這應當是皇帝想要保護長子才按了下來，否則，太子不可能活得下來。

「薛家自那貴女死後，就低調謹慎了起來，將府中小姐陸續嫁了出去，府裡的公子也都謹小慎微。那會兒，趙承北忙於暗中拉攏朝臣，經營名聲，一時沒能得手又怕人起疑，就安靜了一段時間，到次年才又開始出手。」

沈雲商沈思片刻。「所以這些都是二皇子栽贓的？」

裴行昭短暫的停頓後，搖搖頭。「我是明年才開始正經為他做事，在那之前他對我防備之心甚重，先前這幾次並沒有讓我參與，且就算後來他也不敢讓我掌握什麼把柄，給我的差事都是抓人真正犯下的罪責，所以其實我也不太清楚眼下將要發生的事件中，到底哪一樁是趙承北構陷，哪一樁是薛家當真犯下的事。」他頓了頓後，又道：「不過……舞女之死，和薛家小姐推貴女落水致死這兩件，極有可能是構陷。」

沈雲商忙道：「為何？」

「過幾日薛家有一場宴會，請了城北一個雜技團來表演，中途有一位舞女換衣裳走錯了房間，被在房間內醒酒的薛家二子撞見，欲行不軌，舞女為保清白，撞柱而亡。但事發後查那個舞女的身分時，發現她是前幾日才到的雜技團，且身分不明。可次日她的家人卻突然冒出來，狀告薛二逼死女兒。」

沈雲商聽出來他的意思。「這一切太過巧合了。」先不說薛二為何在那間房醒酒，就說雜技團本身就設有換衣裳的地方，為何那舞女偏偏去了薛二醒酒的房間？「那被推入池塘淹死的貴女事件呢？」

「那是半月後，在鄴京裴家主母的生辰宴上發生的事。」裴行昭沈聲道。他後來想想，可能也是因此事，趙承北開始懷疑他和鄴京裴家的關係。

沈雲商驚道：「裴家？難道死的那位貴女是裴家小姐？」

裴行昭搖頭。「不是，她的身分更貴重些。」

沈雲商想也是，若那位貴女的分量不夠，在東宮的勢力下，不足以引起騷動。「是誰？」

「封將軍三女，封如鳶。」裴行昭低聲道。

沈雲商瞪大眼，失聲道：「是�城封磬封大將軍？」

「正是。」裴行昭道。

沈雲商倒抽了一口氣，半晌後，她道：「我相信這是一場有預謀的陷害了。經過此事，不管後頭怎麼處置，封磬都不可能再支持東宮。」

榮家退出朝堂後，鄴京後來的鎮國大將軍，正是封磬。

趙承北這招屬實是又穩又狠啊！

「嗯，我也是因此懷疑封如鳶的死另有蹊蹺。」裴行昭道：「他們打撈封如鳶時我也在場，聽周遭有人小聲質疑裴家的池塘挖得太深、太過危險，封如鳶會水，可掉下去後只撲騰了一、兩下就沈下去，再沒有動靜。但我後來去看了那池塘，遠沒到他們說的那麼深不見底。」

沈雲商也察覺到疑點。「是啊，而且就算她不會水，也會憑著本能求生，不會這麼快就沈下去，毫無動靜吧？」

裴行昭「嗯」了聲，道：「後來仵作說，是落水太急，腿抽搐了才無法掙扎。」只是，他也不知道趙承北到底用了什麼手段，讓會泅水的封家小姐失去掙扎求救的機會。

「那薛家小姐如何處置呢？」沈雲商又問。

裴行昭道：「正是戰事緊要之時，死的又是戍邊大將軍的嫡女，所以薛家保不住她，一命償一命。」

沈雲商深吸了一口氣。「趙承北可真夠狠的！」好好的兩個姑娘，一個被活活淹死，一個蒙冤而死得不明不白。「薛家小姐與封將軍嫡女是因何起的衝突？」

裴行昭沈默片刻後，道：「為情。」

沈雲商不明白。「嗯？」

「都喜歡裴司洲。」他當時就是怕裴司洲被牽連進來，為他說了幾句話，因此叫趙承北起了疑。

沈雲商一愣，原來竟是這樣。「那裴司洲可有因此被牽連？」

裴行昭搖頭。「沒有。」

趙承北意不在裴家，他求了情，趙承北便給了他一個順水人情，將裴司洲摘了出去。

不過現在想來，他當時錯得離譜。

即便他不求請，裴司洲因不知情，也不會受到多重的責罰，反倒因為他開口，叫趙承北起了疑心，最後害了裴家。

不過就算沒有這樁事，以趙承北的心計，早晚也會查到跟他一個姓的鄴京裴家。

沈雲商並不知曉此事還有那般內情，她沈默半晌後，看向裴行昭。「若這兩件事都是趙承北所為，那我們是可以阻止的。」

裴行昭沈思片刻，點頭。「薛家宴會就在幾日後，但皇帝的人還在監視我們，我們的人最好不要動手。」

「找極風門？」

「嗯。想要化解此事也簡單，只需要在舞女進那間屋子前將她攔住，或者不讓薛二到那間屋子醒酒即可。」

沈雲商的眼中突然閃過一絲微光。「你還記不記得，我們曾想過讓崔九珩與趙承北離心？」那時候他們沒想到會這麼快來鄴京，所以寄希望於趙承北自己將崔九珩推開，但眼下，不正是一個機會嗎？

裴行昭當即明白了她的意思，傾身道：「妳有什麼好主意？」

沈雲商靠近他，輕聲將自己的想法道來。

之後二人又商議了些細節，綠楊便來稟報，說裴司洲和慕淮衣到了。

二人的商談也就告一段落，雙雙迎了出去。

第二十章

崔家。

「公子！公子！」

崔九珩今日休沐，用了早飯便一頭扎進書房，近午時，管家腳步匆忙而來。

西燭上前將人攔下。「管家何事？」

管家神情急切地看了眼書房，低聲道：「二皇子今晨打獵時不慎受了傷，眼下人還昏迷不醒。」

西燭一怔，皺眉回頭看了眼書房。

自姑蘇回來後，公子與二皇子就不如往日那般親近了，除非必要，公子都不往二皇子那裡去了。

二皇子對公子下那種藥，要不是裴公子拿出了解藥，公子這輩子都要毀了，別說公子了，便是他心中都還有氣。

若論私心，他很不想進去稟報。

「西燭，怎麼了？」崔九珩聽見外頭的動靜，出聲問道。

西燭黑著臉看了眼管事，才不甘不願地進去書房，稟報道：「公子，二皇子那裡派人過來，說二皇子今日打獵時受了傷，如今昏迷不醒。」

崔九珩捏著書本的手顫了顫，眉頭緊緊蹙著，似乎在遲疑著什麼，但這點遲疑並沒有維持太久，很快他就放下書起身。「備馬車。」於公於私，他都該走一趟。

西燭只能應下。「是。」

崔九珩到二皇子宮殿時，太醫還沒出來，他便問烏軒。「殿下如何？」

「還未醒。」烏軒面露擔憂地回道。

「這是怎麼回事？打獵怎麼會受這麼重的傷？」崔九珩皺眉又問。

烏軒頷首回道：「我傷剛癒，殿下體恤，今日沒讓我跟著。據回來的侍衛說，是遇到了黑瞎子。」

「皇家獵場怎會有黑瞎子？」崔九珩疑惑道。

「殿下沒有去皇家獵場。」烏軒頓了頓，才繼續道：「殿下聽說城外三百里外的一座山上有白虎，想去獵來給崔公子做斗篷。」

崔九珩身形一滯，面色頓時有些複雜。

烏軒見此，撲通跪下道：「崔公子，先前在姑蘇裴家莊，是我向殿下提議設局的，殿下本不願意，是我——」

「行了。」崔九珩冷聲打斷他。「你起來吧，此事不必再提。」

這段時日，這件事就像是擋在他和趙承北中間的一道鴻溝，他無法說服自己跨過去。

可裡頭昏迷不醒的人不僅是主，還是他自幼相伴長大的摯友，於公於私，他都沒辦法就此跟對方劃清干係。

這時，有太醫出來，看見了崔九珩，先是拱手行了禮，才道：「殿下醒了，喚崔公子進去。」

崔九珩回了禮，淺淺呼出一口氣後踏進門。

趙承北傷得不輕，面上無甚血色，唇色也發白，看見崔九珩他便欲起身。「九珩，你來了……」

崔九珩幾步上前制止他。「殿下傷勢不輕，先躺著。」

趙承北盯著他看了半晌後，躺了回去，苦笑道：「我還以為你以後真的不理我了。」

崔九珩的動作一僵，收回手，垂目沒作聲。

周圍伺候的人陸續退下，屋內安靜了好一會兒，趙承北才有氣無力地開口。「九珩，對不起，那件事是我一時情急做錯了。」

崔九珩仍舊沒有抬頭，只淡淡地道：「我沒有怪殿下。」

趙承北苦澀一笑。「你以前從來不會跟我這般客氣疏離的，還說沒有怪我？」

崔九珩不作聲了。

「九珩，你原諒我這一次，好不好？」趙承北側首盯著他，強撐著起身，但許是不慎拉扯到傷口，他痛得悶哼了聲，臉色一片慘白，額上甚至都痛得冒了冷汗。

崔九珩終於抬眸看向他。「殿下別動。」

趙承北卻執拗地盯著他。「我怎麼做你才會原諒我？」

兩廂僵持半晌，崔九珩輕嘆了口氣，上前扶著趙承北躺下。「殿下先養傷。」

趙承北一把抓住崔九珩的手。「九珩，我向你保證，以後再也不會發生這樣的事……」

話剛落，趙承北面色一變，唇角溢出一縷鮮血。

崔九珩忙要喊太醫，卻被趙承北阻止。

趙承北執拗地盯著崔九珩，眼底滿是愧疚。

崔九珩的唇角動了動，終是消了氣，溫和道：「好。」

得到他的允諾，趙承北才放下心來，兩眼一閉，又暈了過去。

崔九珩忙喚了太醫進來。

太醫診治過後，道：「殿下傷得不輕，須靜養一段時日，情緒不可起伏過度。唉，那座山常有凶獸出沒，也不知殿下怎非要去那裡狩獵？」

崔九珩沒答，側首看向床榻上的人，眼底閃過一絲擔憂。

沈雲商一行人隨著裴司洲在城中逛了一個上午，到了午時，就近到一間酒樓用了飯，而後在慕淮衣的提議下租了遊船去遊河。

臨上遊船時，一旁的議論聲傳來——

「聽說二皇子今日去打獵受傷了？」

「你也聽說了啊？我還以為是什麼假消息呢！」

「是啊，起初我也不信，二皇子殿下打獵都是在皇家獵場，怎麼會受傷呢？」

「這我倒是有所耳聞，我聽說二皇子殿下沒去皇家獵場，而是去了一座野山。」

「啊？這是為什麼？」

「誰知道呢？不過我聽說那座山上有白老虎……」

沈雲商幾人默默地上了遊船，慕淮衣才忍不住樂道：「真是老天有眼啊！」

話落，三人都看向他。

尤其是裴司洲，眼裡似是淬著刀子。「你不想活，別連累我們！」

慕淮衣忙捂住嘴，四下看了眼，見沒人，這才放心。「這裡就我們幾個，又沒旁人。」

話剛落，一艘遊船便緩緩靠近，從他們旁邊划過。

慕淮衣立刻噤口，什麼也不敢再說了。

沈雲商與裴行昭交換了個眼神，皆從對方眼底看到了一樣的答案。

沈雲商笑了笑，沒頭沒尾地低喃了句。「原來，是這樣。」

前世也有過類似事件，發生在她和崔九珩成婚一月後，自那之後，崔九珩跟趙承北的關係才似乎有所緩和。

裴行昭「嗯」了聲。「這次要嚴重些。」

前世那次，趙承北並不是打獵受傷，只是遇刺受了點輕傷。而這一次趙承北下藥寒了崔九珩的心，所以他才會是「打獵受傷」。

崔九珩怕冷，趙承北去那座山上獵虎，不用想都知道這是趙承北的苦肉計。沈雲商幾乎是立刻就明白了他的意思，不由得輕聲一嘆。

苦肉計加以身犯險獵虎皮，經過這一次，崔九珩便會與趙承北和好如初了。

但若趙承北如此用心良苦地挽回了崔九珩後，崔九珩卻很快又對他起了疑，想來趙承北到時的表情應該會很精彩。

慕淮衣完全聽不懂他們在說什麼，忍不住道：「你們又在打什麼啞謎？能不能說人話啊？」

裴司洲雖然也聽不懂，但他並沒有感到好奇。

這一個上午，他被聒噪的慕淮衣吵得耳朵疼，現在什麼也不想聽，只想在這河面上清靜清靜。

「說的是人話，但你聽不懂。」裴行昭道。

慕淮衣臉色一黑，給了裴行昭一腳。「你罵誰呢！」

「誰聽不懂罵誰。」

「裴阿昭！」慕淮衣咬牙切齒地撲過去要跟人決鬥。

可就在這時，突然有一陣美妙的琴聲響起。

裴行昭一掌按住慕淮衣的腦袋。「別吵，聽琴。」

慕淮衣哪有心思聽琴？他現在只想把裴行昭從遊船上踹下去！然而就在他抬頭的那一瞬，恰好看見一艘遊船徐徐靠近，一抹倩影撞進他眼中。

女子著一身青白相間的寬袖羅裙坐於琴前，垂在身後的三千髮絲在徐徐的河風下微微飄揚，冰肌玉骨，清麗無雙，青蔥十指挑動間，悅耳的琴聲鋪灑在河面上，讓人如癡如醉。

慕淮衣不知何時鬆開了裴行昭，撲到圍欄邊癡癡望著。

待對方遊船與他們的遊船擦肩而過時，慕淮衣像是魔怔了般地招了招手，喊了聲。「神仙姊姊！」

他的聲音不大不小，卻足夠叫臨近幾艘遊船上的人聽見，紛紛望了過來，包括原本垂目彈琴的女子。

沈雲商、裴行昭跟裴司洲前所未有的、極有默契地同時轉過頭，擋住自己的臉，只恨不能從甲板上找個洞投到河裡去！

真丟人啊！

慕淮衣絲毫未察覺，見女子望過來，他的笑容越發燦爛，雙手擺動得越大，他腰間的玉串串隨著他的動作晃蕩，發出輕微的清脆聲響。

女子的視線隨之往下，落在那交織在一起的玉串串上，清麗的眸中閃過一絲錯愕，但很快她便收回視線，面色平靜地繼續撥動琴弦。

倒是女子身後立著的丫鬟，忍不住笑嗔道：「哪家的傻子？」

其餘人也都哄笑開來。

有嘲諷，有看戲，也有真被慕淮衣的樣子逗樂的。

慕淮衣對這一切皆毫無所覺，他的眼裡只有他的神仙姊姊。眼看遊船漸漸遠去，他抬腳便要跟隨著挪過去。

裴行昭實在忍不住，飛快起身，一把捂住他的嘴，將人拖了回來。

慕淮衣的武功遠不如他，拚了命掙扎也無用，只能氣憤著急地瞪著裴行昭。

裴行昭沒好氣地道：「你還氣？臉都給你丟完了！」

裴司洲到此時都還用袖子遮擋著臉。那船上的人他都認識，對方自也都認識他，明日上朝他可丟不起這個臉。

「你不叫了我就放開你。」裴行昭威脅道：「你再敢動，我就點了你的穴道。」

慕淮衣迫於武力的壓制，總算安靜了下來，委屈地點了點頭。

裴行昭這才放開他，收回手時還在慕淮衣身上嫌棄地擦了擦。

但慕淮衣雖然不喊了，嘴裡卻沒停過，他急急湊到裴司洲跟前打探。「那位小姐是誰啊？裴家哥哥你認識嗎？」

這時，那艘遊船已經駛遠，裴司洲才放下袖子，狠狠地瞪他一眼。「你能不能有點禮數！」

慕淮衣眨眨眼，立即索利地坐直身子，看著裴司洲。

他說的是這個嗎？罷了！裴司洲閉了閉眼，咬牙道：「白家長女，白芷萱。」認識這人兩日，他深知慕淮衣纏人的本事，若他不說，慕淮衣必定不會罷休。

一聽見這個名字，慕淮衣頓時就愣住了。

他擰眉思索了很久後，看向沈雲商。「我記得，白家族中有人在鄴京為官是吧？」

沈雲商看了眼裴行昭，如實道：「如你所想，正是這個白家。」

她前世見過白芷萱，自然認得。

只是那時她與裴行昭一樣，抱著不能牽連對方的心思，因此沒去認親，也避開交往。

裴行昭也曾在宮宴上遙遙見過白芷萱幾面，不禁打趣道：「看來你和白家還真是有緣。」只是不知道是正緣還是孽緣？

曾經因為和白燕堂拜了堂，白家老夫人差點就給慕淮衣和白家小姐訂親。去歲因為白燕堂的一封信，白家頻繁地給他相看姑娘，可卻一個都沒成，如今到頭來，他一眼就喜歡的人還是姓白。

慕淮衣此時滿心滿眼都是方才的神仙姊姊，哪管什麼正緣還是孽緣？抓著裴司洲就繼續打聽。「那她訂親了嗎？」

裴司洲看向沈雲商。

沈雲商抿著笑搖頭。「對於鄴京白家，我一無所知。」

裴司洲這才道：「據我所知，並未訂親，不過……」

慕淮衣忙道：「不過什麼？」

裴司洲意味深長地看了他一眼。「今日那艘船上應該是在舉辦小宴會，這種宴會上，公子、小姐們都是以才藝會友。方才那艘船上，有戶部尚書嫡長子、御史中丞家的公子，還有國子監祭酒家的小公子等人。」

慕淮衣一時沒聽懂。「所以呢？」

裴司洲便直接道：「白大小姐的琴藝乃鄴京一絕，受無數公子、貴女追捧，可想而知愛慕者何其多，你……只是其中最不顯眼的一個。」

慕淮衣這回聽明白了，人頓時就蔫了。

就在三人都以為他會就此放棄時，卻見他突地拍掌而起，壯志凌雲地道——

「但我有近水樓臺先得月的優勢！」

三人同時不解地看向他。「嗯？」那艘船上的公子們不比他近？

「我有白燕堂，他是我大哥！」慕淮衣眼睛發亮地道：「我去求他，帶我去白家拜訪。」

眾人思索了片刻。要這麼說，那確實好像要近些。

「但你憑什麼認為表哥會幫你？」裴行昭問。

慕淮衣哼道：「他耽誤了我的姻緣，得賠個娘子給我。」

沈雲商道：「若我沒記錯，那天在醉雨樓應該是你胡亂說話，連累了表哥的名聲吧？」

慕淮衣擺擺手。「不要在意這些細節。今日我們也逛得差不多了，許久不見大哥，甚是想念，我們這就去拜訪他吧！」

這簡直就是司馬昭之心，路人皆知。

裴行昭不想答應，但他受得了聒噪，裴司洲受不了。

最後，裴司洲一錘定音，讓船掉頭。「回去，我耳朵要聾了。」

白燕堂在鄴京的宅子位於安合巷，與嶸溪巷隔了幾條街，但離幾人遊船所在的護城河倒是不遠。

慕淮衣被「神仙姊姊」迷昏了頭，一門心思要去見白燕堂，為此還非常周到地買了禮物。

沈雲商幾人拗不過，只能跟著他往白宅去。

裴司洲原是要找藉口離開的，但硬是被慕淮衣塞到他那鑲滿玉石的馬車上，說多一個人他就多一分成功的機會，雖然也不知道這個結論他是如何總結出來的。

大家族的公子大多都會學點功夫，學的如何端看天賦和個人選擇，而裴司洲在習武一事上沒有天賦也不喜歡，就連慕淮衣都打不過，因此被迫塞進馬車後，就氣得坐在角落裡生悶氣。

所幸距離尚短，裴司洲的悶氣還沒生完，就已經到了白宅。

白家的人無須等馬車上的人下來，遠遠看見那兩輛招搖得能閃瞎人眼的馬車，就知道是誰來了。

待沈雲商一行人下了馬車時，白宅的管家就已經迎了出來。

「表小姐、裴公子、慕公子。」管家一一行了禮後，將視線落在最後一人身上。管家雖跟隨白燕堂走南闖北，但出自姑蘇白家，自然認得三人，可他沒有見過這位。

沈雲商便介紹道：「這位是鄴京裴家嫡長子裴大人。」

管家忙拱手見禮。

裴司洲此時心裡還憋著火，只冷著臉微微頷首。

「諸位裡面請。」禮節過後，管家便躬身做了個「請」的姿勢，恭敬地道。

今日來得唐突，沒有遞帖子也沒有讓人送信，沈雲商便朝管家解釋道：「我們臨時有事想見表哥，表哥在府中嗎？」

管家回道：「在的，公子剛回來。小的已經讓人去稟報了，表小姐與諸位公子稍候。」

沈雲商道：「不急，也不是什麼要緊事。」

慕淮衣動了動唇，欲言又止。怎麼不要緊了？很要緊的好嗎！

白燕堂來得挺快，管家剛讓人上好茶，他便進來了。

慕淮衣見著他，眼睛一亮，起身就迎上去，拉著他的胳膊。「大哥，你來啦！」

這人異常的熱情讓白燕堂身形一滯。在一一看了眼在座的其他幾人，心中明了，今日是慕淮衣有事找他。

礙於裴司洲在，白燕堂只淡淡「嗯」了聲，便走向主位。

慕淮衣跟著他往前，手一直捏緊白燕堂的手臂。

白燕堂輕輕皺了皺眉，駐足。「你先放開。」

慕淮衣此時不敢得罪他，非常聽話地放了手，乖乖坐回自己的位子上。

而將這小小的插曲看在眼裡的沈雲商，待白燕堂坐好後，隨口問道：「表哥手怎麼了？」

白燕堂面不改色地道：「無事，跟白瑱切磋時不慎受了傷。」

白瑱是白燕堂的貼身護衛。

沈雲商不疑有他，點了點頭。

「這位是？」白燕堂看向堂中唯一的陌生人。

沈雲商介紹道：「鄴京裴家的裴大人。」

白燕堂的眼神微微一變。

鄴京裴家這個年紀的裴大人，那不就是裴家那位年輕氣盛、出了名的刁鑽執拗的言官，裴司洲？

白燕堂心中如此想著，面上卻不顯，起身朝他行禮。「見過裴大人。」

裴司洲微微頷首，便算是回了禮。

白燕堂與沈雲商話了幾句家常，又跟裴行昭、裴司洲寒暄了幾句，才看了眼已經坐立不安的慕淮衣，道：「不知表妹今日過來，是有什麼要事？」

沈雲商哪能不知道白燕堂是在故意逗慕淮衣？遂故意道：「也沒有什麼要事，只是過來看看表哥。」

慕淮衣終於忍不住了，忙說：「有事，我有事！」

白燕堂好整以暇地看著他，打趣道：「怎麼？信上寫了不算，還得當面來跟我訛娘子嗎？」

一語中的，在座眾人都沈默了下來。

白燕堂見此，笑容一滯，不敢相信地看著慕淮衣。「還真被我說中了？」

慕淮衣討好地朝他笑了笑。

白燕堂震驚不已。「……不是，祖母給你相看了那麼多，都沒成的？就算沒成，你怎有臉到這裡來訛我？醉雨樓那事真要追究起來，也該是我問責你吧？」

慕淮衣理不直、氣也壯地道：「我們都拜過堂了，不要在意這些細節。你身為大哥，不該為我的婚事上上心嗎？」

白燕堂唇角一抽。

裴司洲並不知其中內情，聽了這話，當即驚愕地看了眼慕淮衣和白燕堂。他們……拜堂?!

裴行昭見嚇到了裴司洲，怕他誤會什麼，忙側身輕聲簡單地解釋了遍幼年結拜的事。

裴司洲的面色這才勉強恢復。

「你都說了是拜堂，又不是真的結拜，禮數都錯了，那我怎算你的大哥？」白燕堂毫不猶豫的拒絕。

慕淮衣胡攪蠻纏。「反正管他拜堂還是結拜，禮都成了，你不認結拜禮，那也得認拜堂禮！」

裴行昭剛喝的一口茶差點沒噴出來。

沈雲商跟裴司洲亦是滿臉複雜地看著慕淮衣。

他知不知道自己在說什麼？

白燕堂也氣笑了。「那按你這麼說，我是不是得八抬大轎把你娶回家？」

慕淮衣大度地擺擺手。「不用這麼麻煩，換個白家人幫你負責也行。」

慕淮衣以往最忌諱人提起當年那樁事了，如今卻不惜用此來要挾白燕堂，在座眾人就明白了，他當真是被白家大小姐給迷昏了頭，不擇手段了。

白燕堂也聽出了不對勁，瞇起眼問：「什麼意思？你打我哪位妹妹的主意？」也不對，祖母一向喜歡慕淮衣，慕淮衣要真是愛慕他哪位妹妹，何須來求他？直接找祖母不是更容易？

「我今日遇見的她——」慕淮衣還沒說完話，就被白燕堂抬手阻止了。

慕淮衣與他的幾位妹妹皆是早已相識，今日才見過，那就不是他那幾位妹妹了。

「你的意思是，她是鄴京人？」白燕堂問。

慕淮衣點頭如搗蒜。

白燕堂沒好氣地道：「那你找我做甚？」

若在姑蘇城，不論慕淮衣看中哪家小姐，他都能去幫忙周旋一二，可這是在鄴京，遍地都是貴人，他無權無勢，拿什麼去幫忙說媒？

「因為她也是你妹妹啊！」慕淮衣見白燕堂不解，忙解釋道：「是鄴京白家長女。」

白燕堂因這個答案而感到萬分錯愕和震驚，隨後恍然，對哦，慕淮衣一開始說的就是「換個白家人」，只是他怎麼也沒想到竟是鄴京白家。

白燕堂愣了好久才回過神。「……不是，你什麼時候見過白芷萱？」

沈雲商替慕淮衣回答。「大約一個時辰前，在護城河的遊船上。」

白燕堂臉上難得地閃過一絲茫然和錯愕。

「大哥，我沒別的意思，我只是想借你的名義認識她，增加一些相處的機會。」慕淮衣誠懇地道：「不是真的就要這麼唐突地上門提親。」他還沒有徹底昏頭，深知這只是自己一廂情願。

「提親？你倒是敢想！」白燕堂沒好氣地哼道：「你可知我那小叔，也就是白芷萱的父親，是何官職？」

慕淮衣搖頭。「不知。」他路上倒是忘記問一問裴司洲了。不過就算問了應該也不會得到答案，因為裴司洲到現在都還冷著臉不想理他呢！

「刑部侍郎。」

白燕堂看著他那傻愣愣的樣子，沒忍住地翻了個白眼。「知道鄴京怎麼讚譽白芷萱的嗎？琴音一絕，冰肌玉骨，美若天仙。上白家提親的哪個不是世族大臣之子？稍微小些的門戶都不敢肖想，你的眼光倒是很不錯嘛！」

慕淮衣眼裡的光肉眼可見地黯淡了下去。

「我勸你早些打消這個念頭。」白燕堂見他這樣，似又有些不忍，語重心長地道：「鄴京講究門當戶對，你一介白身想要跟白家結親就是作夢。沒有家族底蘊支撐，至少也得考個功名，起碼殿前三甲，我還能去幫你說一說，否則即便是我去開這個口，怕也會被打出來。」

慕淮衣的肩膀垮了下去。

沈雲商三人都默不作聲。

沈雲商跟裴行昭前世在鄴京三年，豈會不知鄴京這些規矩？之所以答應慕淮衣來這一趟，也是想叫他在白燕堂這裡死了心。

士農工商的階層擺在眼前，官宦人家若非另有目的，絕不會跟商賈人家聯姻的。

然而，就在他們以為慕淮衣會不得不放棄時，卻見他小心翼翼地看著白燕堂。

「我就認識認識她也不行嗎？況且有句話不是說，世上無難事，只怕有心人嗎？」

白燕堂咬牙。「你有八百個心都不行，你還是死了這個心！」

「就這一次，最後一次，你幫忙引薦，以後我再也不提咱們拜堂那事了。」慕淮衣認真地道。

白燕堂見他油鹽不進，氣得揉了揉眉心，隨後喚來管事，吩咐道：「給姑蘇去信，請祖母準備聘禮。」

慕淮衣一怔。「你要娶親了？」

白燕堂看著他，涼颼颼地道：「對，我負責，我八抬大轎把你娶回去！」

慕淮衣震驚極了。「……不是，你發什麼瘋呢？」

沈雲商跟裴行昭實在忍不住，噗哧笑出聲來。

就連裴司洲的眉眼也都染了笑意，還借此報慕淮衣「吵聾」他耳朵的仇。「白公子的意思是，他寧願娶你，也不會給你說這樁媒。」

管家是看著這幾個長大的，自然知道當年那樁事，當即就明白這是他家公子的玩笑話，遂斂下笑意，配合地道：「是，老奴這就去安排。」

慕淮衣震驚過後，哪能看不出這是白燕堂在搪塞他？他氣得咬咬牙，破罐子破摔地道：「行啊，你有本事你就去慕家下聘啊！你敢娶，我就敢嫁！」

眾人著實沒料到他還有這股狠勁，一時間都愣怔不已。

「二選一，你自己選！要是不選，我就去姑蘇白家送聘禮，娶你！」慕淮衣眼一閉，雙臂一抱，往椅子上一靠。

管家一時有些無措地看向白燕堂。

白燕堂看著那耍無賴的人，只覺得額際突突直跳。

沈雲商、裴行昭和裴司洲三人則樂得看戲。

不知過了多久，才聽見白燕堂咬牙切齒的聲音傳來——

「……最後一次！」

慕淮衣整個人從椅子上彈起來。「好！」

這個結局顯然出乎了看戲幾人的意料之外。

裴司洲對「世上無難事，只怕有心人」這句話有了重新的認知。

這日，幾輛馬車緩緩駛向華昌酒樓。

到了預訂的包廂，白燕堂對慕淮衣耳提命面。「你給我記住，今日是我帶商商和裴行昭來認識鄴京白家跟裴家的公子、小姐，你只是順帶的。今日這酒席上只有你一個外人，你得有蹭飯的自覺，明白嗎？」
慕淮衣飛快地點頭。「我知道的。」
為了今日這場引薦，白燕堂怕白家誤會，昨日硬逼著裴行昭給裴家遞了帖子，將裴家的公子、小姐也邀請了過來。
眼下，兩家的人都還沒到。
「你見著人了給我安分點，要是再敢像前日那樣……傻子似的望著白芷萱笑，我立刻就把你踢出去！」後來，白燕堂問了裴行昭那日遊船的細節，光是聽著他都想找個地縫往裡鑽。「我告訴你慕淮衣，今日你要是敢丟了我的臉，我立刻就回去向慕家提親，綁也把你綁進白家，腿給你打斷了養在後院！」
沈雲商聽著白燕堂這口不擇言的威脅，便知道他是真的害怕丟這個人。
趁著那邊還在威脅，她輕輕碰了碰裴行昭。「你昨日都跟表哥說了？」
裴行昭點頭。「得讓表哥有個心理準備。」
畢竟，沈商商和他都是第一次正式見鄴京白家和裴家的人，要真是搞砸了，丟人的不只白燕堂一個，今後再見面，他們誰都抬不起頭來。
不多時，外頭傳來動靜。
慕淮衣立刻坐直了身子。
白燕堂起身前又警告般地瞪了他一眼，才迎出去。

來的是裴家的人。
鄴京裴家嫡系的小輩，只有裴司洲和胞妹，庶出今日都沒來。
裴家二小姐名喚裴思瑜，是位大方可愛的姑娘，她一一跟幾人互道了禮後，乖巧地坐在裴司洲身側。
大約過了小半刻，白家的人便到了。
白家兩房嫡系小輩共有五位，但今日只來了三位，另二人各有他事，脫不開身。
今日來的是白家大公子白瑾宣、二小姐白芷萱、五公子白庭宣，皆乃長房嫡系。
白瑾宣已入朝三年，與父親一樣在刑部，他比白燕堂大了一歲，如今成婚兩年，膝下有一子剛滿兩個月。大抵是做了父親，要顯得成熟穩重得多。
白庭宣如今正是招貓惹狗的年紀，跟早些時候的裴行昭一樣，紈袴、不著調。
不過這些在慕淮衣眼裡都不重要，從白芷萱一進來，他的視線就落在她身上，半點也挪不開。
好在人多，白燕堂又有意遮擋，沒叫人看出什麼端倪。
幾廂互道了禮，便陸續落坐。
不知是有意還是無意，白庭宣硬是從白燕堂身後繞過去，坐到慕淮衣的旁邊。
白燕堂不好阻止，只能再次警告地看了眼慕淮衣。
加上慕淮衣另一側坐著的裴行昭會時不時踢他兩腳，慕淮衣當真收斂了不少，不敢再亂看。

白燕堂一到鄴京就上白家拜訪，與白家幾位公子、小姐也早就見過，今日的酒席他們是為沈雲商來的。

白瑾宣率先看向沈雲商。「早聽聞表妹進京，因公務繁忙，沒能抽出身去看望表妹，還請表妹勿怪。」

沈雲商噙著笑頷首道：「該是我登門拜訪才是，因這幾日……」她別有深意地看了眼裴司洲後，繼續道：「裴公子奉皇命帶我們遊玩鄴京，還有侍衛隨行保護著，一時無法登門，還請表哥見諒，代我向幾位舅舅、舅母告聲罪。」

在座只有白瑾宣和裴司洲在朝堂上見過沈雲商和裴行昭，知道皇帝賜官一事。

裴司洲已經知道內情，自然明白沈雲商這話是何意。

但白瑾宣可是狀元郎出身，又在朝堂摸爬打滾了幾年，沈雲商這話一出，他就能聞弦歌而知雅意，眸色微深地瞥了眼門外，不動聲色地道：「無妨，父親跟母親都知道的。」說罷，他又看向裴行昭。「裴公子初來鄴京，可還適應？」

裴行昭笑著回道：「有勞大表哥關懷，適應的。不過我還是覺得故鄉更適合我這種遊手好閒、胸無大志之人。」

白瑾宣垂眸，眼神微暗。看來他們所料不錯，裴家果然不為捐官，那麼陛下賜官和著侍衛隨行就另有深意了；再往深了想，裴家賑災一事恐怕很有可能另有隱情。

白庭宣什麼也聽不懂，聞言樂呵呵地看向裴行昭。「如此，我們可是志趣相投啊！」不待裴行昭開口，他瞥了眼裴司洲後，小聲道：「陛下就該讓我帶你們遊玩的，裴司洲這個只會讀書的小古板哪知道什麼好玩的啊！」

話雖說得小聲，但在座的人都聽得見。

裴司洲冷冷地看向他。

白庭宣收回視線，端起茶盞淺飲，裝作什麼事也沒發生。

白瑾宣也瞪了眼白庭宣，朝裴司洲歉意地頷了頷首。

裴司洲偏過頭，不理他。

畢竟一個是言官，一個在刑部，多多少少會有點摩擦。

裴行昭無法接那話。

沈雲商便道：「回姑蘇前，定是要叨擾表弟的。」白庭宣比她小了兩月。

「談何叨擾？」白庭宣咧嘴一笑。「表姊可以隨時來找我。」

之後各自寒暄幾句。

白芷萱淺笑道：「我近日常聽父親念起姑姑，不知姑姑近來可好？」

姑蘇白家與鄴京白家雖隔了房，但都是從金陵出來的，幼時都見過，只是這幾年各自忙著，才來往得不大頻繁。

白蕤自幼身子就不好，這是白家人都知曉的。

沈雲商聞言便道：「母親身子尚好。」

白芷萱一開口，慕淮衣的眼睛都亮了。

裴行昭不動聲色地踢了他一腳，他才又按捺下去。

但旁人沒察覺，卻瞞不過坐在慕淮衣身側的白庭宣，他趁著眾人各自說著話時，側身輕聲問慕淮衣。「你是不是喜歡我二姊？」

慕淮衣整個人都僵住了。

「我那天也在船上。」白庭宣繼續道：「我聽見你喚我二姊神仙姊姊了。」

慕淮衣僵硬地轉身看著他。完了，丟人丟到白庭宣跟前了，白燕堂跟裴阿昭要弄死他了。

「你放心，我不說。喜歡我二姊的人可多了。」白庭宣的目光往他腰間瞥了眼。「但是你得告訴我，你這玉串是怎麼打造的？我還是第一次見呢！」

慕淮衣立刻來了精神。「當真？」

「當真。」

慕淮衣二話不說地從腰間取下一串遞給他。「你若是喜歡，我送給你，你要多少有多少。」

白庭宣接過來仔細觀看，半晌後發出一聲驚呼。「我的天，你這是極品玉石啊！」

他這一驚呼，席上的人都望了過去，偏兩人還沒有察覺，兩顆腦袋湊在一起說著自以為的悄悄話。

「是啊，我還有更珍稀的呢！」

「什麼樣的？」

「極品紅玉打造的，昨兒剛送來。」慕淮衣的眼珠子轉得飛快。「白兄弟你若是想看，待會兒去我宅中瞧瞧？」

「好啊好啊，等吃完飯我就隨你去。」

白庭宣輕而易舉地就被忽悠上了賊船。

「白家弟弟你這柄扇子好生別致，如果再加點什麼就好了。」慕淮衣眼眸輕轉，若有所思地道。

白庭宣忙問道：「哦？加點什麼？」

「你瞧，這個地方，要是再鑲一塊玉石進去，豈不是更完美了？我那裡正好有一塊合適的。」慕淮衣腿上挨了一腳，皺眉轉頭看著裴行昭。「你踢我做甚？」他這回又沒有盯著白家小姐瞧。

兩顆腦袋同時抬起來，卻見桌上所有人都看著他們。

二人雙雙怔了片刻後，白庭宣道：「是我們聲音太大了對嗎？那我們小聲點。」

然後慕淮衣又被白庭宣拉過去說起了悄悄話。

低頭前，慕淮衣得意地看了眼白燕堂。

白燕堂深吸一口氣，不想再理他，轉頭看向白瑾宣。「大哥，喝酒。」

於是，眾人自動忽略某兩個人，繼續寒暄。

到底是一家人，即便只是初見，也很快就熟絡了起來。

一頓飯畢，賓主盡歡，眾人有序地出了包廂。

然而一行人剛下一樓，卻見一女子正走進酒樓。

女子一身淡黃色裙裝，杏臉桃腮，氣質卓然，渾身透著與生俱來的矜貴。

白瑾宣跟裴司洲二人幾乎是同時走出人群，彎腰拱手行禮。「六公主。」

其他人也都跟著行禮。

就連原本走在最後、似是在小聲密謀什麼的慕淮衣跟白庭宣也都噤口，恭敬地彎下腰。

慕淮衣不認得六公主，但前頭眾人都行禮了，他自然不敢乾站著。

沈雲商跟裴行昭前世都見過這位六公主。只是在前世，這位六公主的結局並不好。

一行人中只有一人的反應不一樣。

白燕堂在看到六公主那一瞬，先是愣怔片刻，然後便低下頭，不動聲色地往後退了一步。

趙晗玥似乎沒想到會在這裡撞見認得她的人，抬手虛扶了下。「免禮。」

這一行人中，白瑾宣官位最高，是以他開口道：「公主來此用膳？」

趙晗玥輕輕點頭，壓低聲音說：「嗯，我是微服出來的，你不要聲張。」

可方才他們行禮的聲音已經驚動了周圍，眼下已有不少人看過來。

白瑾宣看了眼公主身後，只見到一位宮女和一個侍衛，遂皺眉問：「公主出宮沒帶其他人？」

趙晗玥搖頭。「沒有。」隨後她似是反應過來白瑾宣是在擔憂她的安危，遂道：「他們二人都會武功，不會有事的。」

白瑾宣沈思片刻後，道：「公主初來此地，想必不熟悉，不如讓臣與臣妹作陪？」

這位公主性子純善，不知險惡，沒碰上便罷，碰上了他便不能就這麼走了，否則萬一真出了事，他也難逃罪責。

趙晗玥與白芷萱還算熟悉，聞言自是歡喜。「但你們好像才用了飯？」

「無妨的。」白瑾宣回頭看了眼白芷萱。

白芷萱便上前恭敬地道：「公主這邊請。」

趙晗玥「嗯」了聲後，抬腳往裡走。

白燕堂在她即將路過面前時，又往後頭退了一步。

然而，趙晗玥卻還是在他跟前停下了腳步。

趙晗玥鼻尖微動，側首看向身旁垂首的青年，久久不動。

眾人見公主盯著白燕堂瞧，都愣住了。

白瑾宣正要開口時，便聽公主道——

「你抬頭。」

白燕堂眸光微沈，片刻後他微微抬頭，眼神卻始終垂下，不敢直視公主。

趙晗玥再次出聲。「看著我。」

沈雲商與裴行昭不解地對視一眼。

白瑾宣幾人更是不知發生了什麼事。

白燕堂閉了閉眼，幾經猶豫後抬頭，對上公主明亮的雙眸。

他的眸光溫和平靜，與平日勾人的神態大相徑庭。

趙晗玥盯著他看了一會兒後，才收回視線，語氣淡了下來。「本宮認錯人了。」

話雖這麼說，但白燕堂總覺得她最後瞪了自己一眼。他心中一咯噔，側眸看了眼公主離開的背影。她認出他來了？如何認出來的？

待公主上了二樓，幾人才出了酒樓。

沈雲商便問白燕堂是怎麼回事？

白燕堂聳聳肩。「不知道啊，公主不是說了，她認錯人了。」最好是認錯人了，不然……白燕堂頗有些頭疼地想著，這位患有心疾、性子又純良的公主，他還真不忍心下手。

沈雲商若有所思地「嗯」了聲，也不知信沒信。

慕淮衣要帶白庭宣回去看玉，匆匆向幾人告別後就離開了。

白燕堂隨後也稱有事，而裴司洲要將裴思瑜送回去，於是一行人便在此分開。

沈雲商依舊坐的裴行昭的馬車。

一上馬車，她就道：「你有沒有覺得表哥不對勁？」

裴行昭點頭。「覺得。但……前世表哥和公主並沒有交集。」

沈雲商淡淡地道：「前世表哥跟慕淮衣都沒有進京，我們也沒有跟白家、裴家吃過飯。」

「也是。」裴行昭道：「一切都不一樣了。」

「我記得，六公主前世去和親了。」沈雲商又道。

裴行昭頷首。「嗯。」

那是一年後的事了。

榮將軍解甲歸田後，南鄴的武將只有封磬拿得出手，再生戰事時，敵國提出和親，皇帝便應了。

趙承歡是嫡公主，皇帝捨不得；四公主的母族那時恰好剛立下大功。

所以最後定下來的，是六公主。

和親之地荒蠻，六公主的身子本就不好，過去不到半年，人就沒了，連屍身都沒能送回來。且當地習俗是水葬，也沒能留下完整的屍身。

對於如今皇室這幾位皇子、皇女，唯有這位六公主讓人恨不起來，可偏偏就是她，下場最慘烈。

二人雙雙沈默半晌後，沈雲商道：「後日就是薛家的宴會了。」

裴行昭神色鄭重了幾分。「嗯，得想辦法讓極風門的人混進去。」

他們這次占了先機，便不可能再讓趙承北得逞。

然而，還沒等裴行昭他們通知楚懷鈺，薛家的帖子就送來了。

沈雲商翻開帖子看了眼，輕輕勾唇。

如此，倒是省事了。

二月十六，薛家舉辦春日宴，世家子弟、朝臣之子皆在受邀之列，沒有家族底蘊又是白身的，唯有沈雲商跟裴行昭二人。

二人以商賈之身受邀是因年前賑災銀一事聲名大噪，如今又得陛下青睞，風頭正盛，薛家當然不敢忽視。

薛家作為太子母族，這場春日宴自然是萬分隆重。

而因今日來者身分都很貴重，因此門口守衛也就極其的森嚴。

凡是沒有帖子者皆不可入內，且每人只可攜帶一名丫鬟或者僕從，若是想混進去，幾乎不可能。

沈雲商不由得慶幸，得虧薛家遞了帖子，不然想要塞人進來還真是一件麻煩事。

門口管事確認了帖子無誤後，便恭敬地將人請進去。

沈雲商跟裴行昭同行了一段路後，在岔路口分道而行。

男女分席，各有場地。

薛家的丫鬟將沈雲商帶入院中後，便恭敬地退下了。

沈雲商立在廊下，看著滿園熱鬧的景象，恍惚中，似又回到了那三年，崔夫人帶她參加宴會的情境。

初時，她不懂鄴京規矩，又以商賈之身嫁給崔家大公子，惹來了無數豔羨，也招了不少妒忌和輕視，所有人都覺得她不配，趁崔夫人不在時刁難她的更是常有之事。

只是後來有崔夫人與崔九珩給她撐腰，那些如刀子般的眼神和刺耳的話語這才少了些。

「小姐？」玉薇見沈雲商久久不動，輕喚了聲。

沈雲商回神，因為她的到來，院中安靜了許多，有不少貴女都望了過來。

這回，她們眼裡沒有輕視，也沒有恨意。

因為雖同樣是商賈之身，但這回她沒有嫁給崔九珩，而是立下大功，上達聖聽，所以她們沒有理由與她為敵。

即便並沒有高看，卻也不會刻意為難她。

「沈姊姊！」一片寂靜中，裴思瑜笑盈盈地走過去，熱情地挽著她的胳膊。

裴思瑜這一聲「沈姊姊」，讓許多貴女都不解，她們是何時如此相熟的？

「裴小姐。」沈雲商笑著輕喚了聲，便被裴思瑜帶到一圈貴女中。

裴思瑜向她們介紹道：「這是姑蘇沈家的沈小姐，也是我未來堂嫂嫂。」

這個小圈子中的貴女都是與裴思瑜交好的，聞言都頗為震驚。

「可我不是聽聞，沈小姐有婚約？」

「是啊，與沈姊姊有婚約的姑蘇裴家裴大公子，正是我的堂兄。」裴思瑜解釋道。

世家、官宦家中的女眷做事都有一套章程，沈雲商很快便明白，裴思瑜與她親近應該是得了家中的示意。

裴家既然知道趙承北對姑蘇裴家錢財的覬覦，也明白無法獨善其身，還不如站出來表明自己的立場，如此，就算趙承北想要做什麼，都得掂量掂量。

裴家如此，那白家……

「雲商表妹。」

沈雲商剛生出這個想法，白芷萱便攜著一位姑娘朝她走來。

沈雲商聽她這般喚，心中便已明了，微微屈膝道：「表姊。」

眾女才剛從「裴行昭竟與鄴京裴家是親戚」的關係中緩過神來，便又被白芷萱這聲表妹給驚著了。

與白芷萱交好的小姐自然對此感到好奇，不由得問道：「芷萱，這是怎麼回事？」

白芷萱拉著沈雲商的手，溫柔地解釋著。「鄴京白家與姑蘇白家同出一宗，姑蘇白家的姑姑，也就是雲商表妹的母親嫁到沈家，所以我與雲商表妹是正經表親。」

這話一出，眾女便明白了，看沈雲商的眼神也都多了幾絲笑意。

禮部尚書府跟刑部侍郎府的面子，她們自然是要給點的。

接下來，沈雲商時不時便被白芷萱與裴思瑜拉著介紹各家小姐。

其實這些小姐們沈雲商都認得，前世她都見過，只是那時候大多都沒給她好臉色，而如今面對她都是一副笑臉，再不濟也會客氣頷首。

沈雲商自然不會跟她們去計較前世的冷臉，一一打了招呼，認了臉。

裴行昭那邊的情形也差不多。

有白瑾宣跟裴司洲陪著，還有白庭宣時不時熱情地湊上來，知道這是白、裴兩家在給裴行昭撐腰，其他家的公子也都願意給幾分面子。

總之，這一次進京的第一次宴會，融洽而歡快。

薛家請了戲班子表演，宴席過後，公子、小姐們都到了場地中落坐，對此不感興趣的就三三兩兩地結伴遊園賞花。

沈雲商與裴行昭隔著人群對視一眼後，各自輕輕點了點頭。

戲演到一半，沈雲商見最前頭的薛二離席，便看了眼裴行昭的方向，見他也悄然起身，這才收回視線。

這時，立在最後方的玉薇不動聲色地退後，路過崔九珩的護衛西燭身邊時，飛快地將手中紙條塞給他。除了西燭，無人察覺。

待玉薇遠去，西燭才悄悄打開紙條看了一眼。而後他面色微沈，不由得看向沈雲商的方向，卻恰好見她起身離席。

西燭思索片刻後，走進席間，在崔九珩耳邊輕語了幾句。

崔九珩握著茶杯的手緊了緊，卻只是面不改色地微微點頭。

半晌後，崔九珩才放下茶盞，藉口去淨房而離了席。

——未完，待續，請看文創風1282《姑娘這回要使壞》3（完）

2024年7月出版

小公爺別慌張

文創風 1271～1273

明知是性命攸關之事，可自己卻漠然置之，
她一心只求安穩平靜的日子，不料卻釀成大禍，
不僅自己幾次三番陷入險境，
從小伴著自己長大的丫鬟也為了救她而死，
既如此，她決定不再逃避，要一一揪出幕後黑手！

我本無意入江南，奈何江南入我心／寄蠶月

穿成古代孤兒，竟連姓氏都無，只知名字叫允棠，母親留下不少遺產給她，
自己承了人家的身，卻沒有原身的記憶，哪還有心思去管什麼身世來歷？
本打算這輩子過好自個兒的小日子便好，偏偏有人不讓她順心如意，
隔壁開錢莊的勢利眼婦人帶著媒婆上門替家中兒子求娶她，
但這人根本侵門踏戶，說出來的話句句貶抑，她一時氣憤就懟了回去，
甚至，她還掰出亡母生前就幫她與魏國公的兒子訂了親的謊話威嚇對方！
小公爺這號人物她也是聽別家小娘子說的，據說家世驚人、相貌俊朗，
反正，天高皇帝遠的，那不認識的小公爺可不會跳出來自清，不怕不怕！
萬萬沒想到，剛上汴京要祭拜亡母的她就撞上一名男子，一碗湯水灑了對方一身，
由路人的驚呼中，她得知這位好看的受害者是個小公爺……不會這麼巧吧？
喔喔，原來這位是蕭小公爺啊，那沒事了，這「蕭」可是國姓呢，
先前她在揚州時，曾聽說書人提起過魏國公三次勤王救駕的故事，
所以說，她很確定魏國公家的小公爺是姓「沈」才對，
還好還好，有驚無險，只要不是她編排的那個未婚夫就行……
咦？不料這個蕭卿塵竟然就是魏國公的兒子，人稱小公爺是也？!

花開兩朵，仍屬一枝／小粽

2024年7月出版

攀龍不如當高枝

再次見到前世夫君，她並非平心靜氣，
可他對往事一無所知，那現在的他又有何錯呢？
如今她已不拘泥兒女情長，只在意同為女子的未來，
而她，將會成為這世上第一株專給女子棲息的良木。

文創風 1276 **1**

曲清懿前世母妹早亡，父親任由繼母侵吞應屬於她的財產。
本想還能與愛人小侯爺——袁兆偕老一生，卻因身分之差遭構陷，
最終只能委屈為妾，見袁兆再娶正妻，而後孤守空閨而亡。
這世母亡後，她不與父親回京，而是留在外祖家守著妹妹清殊，
妹妹平安長大，性子外放歪纏，卻時時顧念她，最見不得她受委屈，
因此這輩子她的願望，便是保護妹妹周全，使她一世喜樂。
但她得先回到京中奪回屬於自己的權利，才能擁有力量守護，
並在這性別歧視的世道中，逐步為女子鋪路，方能真正完成願望！

文創風 1277 **2**

穿越後孤兒清殊成了個幸福姊寶，雖說生活中沒有冷氣、冰箱，
又有封建制度的威權，但獲得的親情填滿了她的生活。
在她看來，人無論在哪裡都相同，總是好人占多數，
連傳言不好惹的淮安王世子——晏徽雲，也不過是面冷心熱，
見她們姊妹在雅集宴上受欺侮，嘴上嫌煩，卻願意當靠山幫忙。
小事有姊姊幫，真有人刻意找碴也有世子靠，她日子過得安逸，
整日只顧著吃喝玩樂，在學堂與看得順眼的貴女來往，
直到姊姊遭逢意外、生死不明的消息傳來，她才從安樂中驚醒……

文創風 1278 **3**

清懿沒想過，這輩子在生死關頭救她的人會是袁兆，
但她清楚，能這樣不知不覺害她的就是前世那位正妻——丞相嫡長女，
她察覺對方身上有些玄妙，袁兆亦想藉此打探丞相一派隱私，
於是雅集宴上她展露潑墨畫梅絕技，並與袁兆配合意圖激怒對方，
可這回「正妻」遲遲未出手，顯然那古怪力量不能隨意使用，
於是她加緊商道的擴展以及設立學堂的事，等再收到袁兆的消息，
卻是他上元節狀告丞相黨羽勾連外敵，反遭貶為庶人一事。
對此事她並不擔憂，她知道他會歸來，而這輩子她也有自己的理想！

文創風 1279 **4** 完

清殊被選中擔任小郡主的伴讀，在宮中感受到階級的壓抑，
也因禍得福，與晏徽雲互通了心意，為此她深感自己的幸運。
儘管晏徽雲得前往關外駐紮，但權威的庇護使她在宮中如魚得水。
無奈她泡在蜜罐子中長大，忽略了腐朽貴胄的底線，因而被騙遭綁，
所幸對方一時不敢來強，她便迂迴應對，冷靜等到姊姊出手相救。
可她脫逃後不願息事寧人，因為有其他受害者早已慘遭玷污，
這時，她已不在意世俗的眼光，也不在乎是否影響她與晏徽雲的親事，
因為她明白，當隻不咬人的兔子得到的不會是尊重，只會是壓迫！

2024年6月出版

養娃好食光

文創風 1268～1270

「店家，兩碗荔枝楊梅飲，要放冰～～」
身懷絕妙廚藝的她就好這一口，
賣相鮮豔誘人，吃了更是甜上心頭！

日好家潤，福氣食足／三朵青

穿越到古代已經夠驚嚇，還沒名沒分當了景明侯世子程行彧的外室，
雲岫很想扶額，前世的學霸人生怎麼能栽在今生的戀愛腦上？
又聽聞程行彧要迎娶別的高門女子，她終於心碎夢醒，打包行李走人，
靠著好廚藝跟過目不忘的本事，走到哪吃到哪賺到哪，餓不死她的，
而且她不孤單，肚裡懷了程行彧的娃，以後母子倆就一起遊遍南越吧！
五年後，她跟閨密合開鏢局，做起日進斗金的物流生意，堪稱業界第一，
兒子阿圓更是眾人的心頭寶，成了天天蹭吃蹭喝的小吃貨一枚。
孰料平靜日子還沒過夠，一場遠行讓雲岫再遇苦尋她的程行彧，
原來當年他另娶是為辦案演的戲，情非得已，卻聽得她怒火噌噌噌往上漲——
這麼大的事，他竟自作主張瞞著她？說是為她好，實則插了她一身亂刀。
如此惹她傷心根本罪加一等，想當阿圓的爹，先拿出誠意讓她氣消再說！

2024年5月出版

算是劫也是緣

文創風 1261～1262

她這個大俗人是真的不明白，
卜卦神準的國師明明算過與她結親是命定大劫，
最終竟然還是同意皇帝的賜婚？
如果他不是窺得天機的非凡之人，
要麼就是下凡的時候腦子著了地……

縱使知悉天命，終也敵不過有情人／墨脫秘境

大婚之日，新郎官未能親迎，新娘只能與一隻大雁拜堂成親?!
身穿喜服的孟夷光縱有萬般無奈，也只能接受帝王亂點鴛鴦譜。
原以為深居簡出的國師是個又老又醜的，沒想到竟是性情如稚子的美少年，
偌大府邸就他一個主子和兩隨從，雖然上無公婆要伺候、下無妯娌需應對，
但是環顧四周，除了他倆的院落還堪用，其他則荒蕪得像是百廢待興，
更令人吃驚的是，這三個大男人還是妥妥的吃貨，不知柴米油鹽貴，
即使他上繳身家俸祿，她有娘家的十里紅妝陪嫁，也禁不起花銷如流水啊！
孟夷光驚覺結這門親根本是跳入火坑，想過佛系生活根本癡人說夢，
她只能當個俗人，平日看帳冊精打細算，找門路投資鋪面和海船以生財。
一向嫌棄錢為阿堵物的國師也被她賺銀子的熱情所感化，搗鼓起棋攤、書畫，
她正覺孺子可教也，怎料，一日他突地口吐鮮血，就此不省人事。
當初他算過自己有大劫避不過，難道是……她讓他動了凡心鑄成大錯？

姑娘這回要使壞 2

國家圖書館出版品預行編目資料

姑娘這回要使壞 / 菱昭著. --
初版. -- 臺北市 : 狗屋出版社有限公司, 2024.08
冊 ; 公分. --（文創風 ; 1280-1282）
ISBN 978-986-509-544-4（第2冊：平裝）. --

857.7　　113009727

著作者　菱昭
編輯　黃淑珍
校對　沈毓萍
發行所　狗屋出版社有限公司
地址　台北市104中山區龍江路71巷15號1樓
電話　02-2776-5889～0
發行字號　局版台業字845號
法律顧問　蕭雄淋律師
總經銷　知遠文化事業有限公司
電話　02-2664-8800
初版　2024年8月
國際書碼　ISBN-13　978-986-509-544-4

本著作物由北京晉江原創網絡科技有限公司授權出版

定價290元

狗屋劃撥帳號：19001626

網址：love.doghouse.com.tw　E-mail：love@doghouse.com.tw